데스마치에서 시작되는
이세계 광상곡
18

미아
말수가 적고 음악을 좋아하는
엘프.
아리사
쿠보크 왕국의 옛 왕녀.
전생에 일본인.
새해를 축하하며, 오세치 요리를 만끽!

루루
쿠보크 왕국 출신.
아리사의 언니.
나나
무표정한 호문클루스.
사토
이세계를 헤매고 있는
서른 줄 프로그래머.

유년 학사의
원정 실습 준비로
콩닥콩닥—!!
타마
고양이 귀 종족의 소녀.
리자
주황 비늘 종족의 소녀.
포치
강아지 귀 종족의 소녀.

데스마치에서 시작되는 이세계 광상곡 18

★ ★ ★

아이나나 히로

Death Marching to the Parallel World Rhapsody

Presented by Hiro Ainana

CONTENTS

Death Marching to the Parallel World Rhapsody 18

새해

"사토입니다. 어렸을 때는 정월에 이벤트가 잔뜩 있었습니다만, 사회인이 된 뒤로는 연말의 일 처리 때문에 섣달 그믐까지 일이 잔뜩 있어서, 설날은 자고 있는 사이에 끝나는 경우가 많았던 것 같아요."

"기다리셨습니다. 국수 다 됐어요!"

윤기 나는 검은 머리칼을 휘날리며 왕도 저택의 식당에 들어온 것은 경국지색이란 말로는 다 표현하지 못할 정도의 미모를 지닌 미소녀 루루다. 앞치마를 입은 모습이 청초한 그녀에게 잘 어울린다.

루루에 이어 방으로 들어온 저택의 메이드들이 가다랑어 육수의 좋은 냄새를 풍기면서 테이블 위에 국수가 든 그릇을 늘어놓았다. 쯔유 국물의 색과 향기를 보니 오늘 국수는 칸사이풍인가보다.

"기다렸습니다! 역시, 섣달 그믐 밤에는 해넘이 국수지!"

손가락을 튕기는 포즈를 취한 것은 루루의 배 다른 여동생이자 전생자인 어린 소녀 아리사다. 평소에는 금발 가발로 숨기고 있는 옅은 보라색 머리칼이, 아리사의 움직임에 맞추어 경쾌하게 흔들렸다.

"응, 중요."

고개를 끄덕이며 아리사에게 동의한 것은 미아였다. 트윈테일로 묶은 옅은 청록색 머리칼 사이로, 엘프의 특징인 조금 뾰족한 귀가 엿보인다.

그녀의 고향인 보르에난 숲에서는 몇 백 년 전에 당시의 용사 다이사쿠가 일본 문화를 퍼뜨려서「해넘이 국수」라는 풍습도 익숙한 모양이다.

"건더기가 심플하다고 보고합니다."

특징적인 말투로 말하며 파만 썰어서 올린 국수를 들여다보는 건 금발 거유 미녀인 나나다.

마법적인 인조생명체 호문클루스인 그녀는 태어난 지 1년 정도밖에 안 되었지만, 겉모습은 이미 고교생 정도다.

"고명은 따로 올리는 모양입니다."

가다랑어 육수의 향기에 눈웃음을 짓고 있던 리자가, 메이드들이 밀고 오는 두 번째 왜건에 시선을 돌렸다.

붉은색 머리칼을 가진 주황 비늘 종족의 리자는 목덜미와 손목에 주황색의 도마뱀 같은 비늘을 가졌고, 허리에서는 기다란 같은 색의 비늘에 덮인 꼬리가 나 있다.

"고기인 거예요!"

다갈색 머리칼을 보브 컷으로 정리한 강아지 귀 강아지 꼬리의 어린 소녀 포치가 달콤짭짜름하게 조려서 얇게 썬 고기가 듬뿍 올라간 깊은 접시를 가리키며 눈빛을 반짝거렸다.

"새우 튀김도 빅~?"

포치 옆에서 하얀 머리칼을 단발로 정리한 고양이 귀 고양이 꼬리의 어린 소녀 타마가, 깊은 접시 옆에 늘어놓은 새우 튀김이나 모듬 튀김이 든 접시를 보고 활짝 웃음을 지었다.

"고명은 자유롭게 골라주세요."

루루가 말하고서, 몇 가지 고명을 접시 옆에 놓았다.

"그레이트~?"

"포치는 고기가 좋은 거예요!"

국수 위에 듬뿍 고기를 올려주자, 타마와 포치가 춤을 출 것처럼 기뻐하는 표정을 지었다. 타마의 꼬리가 꼿꼿하게 올라가고, 포치의 꼬리가 떨어질 것처럼 좌우로 흔들렸다.

"리자도 고기면 될까?"

"네, 감사합니다."

리자는 고기 국수를 새침한 표정으로 받았지만, 그녀의 꼬리는 그녀의 내심을 드러내는 것처럼 리드미컬하게 흔들리고 있었다. 꼬리는 솔직하다.

"나는 정통파로 새우 튀김 먹어야지~."

"버섯 듬뿍 야채 모듬 튀김."

아리사와 미아가 튀김을 국수에 올렸다.

"나도 정석인 걸로 해볼까?"

"그러면 저도 그렇게 할게요."

내가 새우 튀김을 고르자, 루루도 기쁜 기색으로 같은 것을 골랐다.

"나나는 뭐가 좋아?"

"저는 디폴트로 합니다."

"처음에 올린 파채만 먹으려고?"

"예스, 마스터. 작은 파가 귀엽다고 고합니다."

아하, 그렇군. 자그마하고 귀여운 걸 좋아하는 나나답다.

"그러면 주인님. 한마디 하세요."

아리사가 갑자기 스피치를 요구했다. 그냥 분위기에 들떠서 떠올린 게 틀림없다.

"다들, 수고했어. 올해는 마족이 만든 미궁에 말려드는 것부터, 마왕이랑 싸우거나 이래저래 일이 많았지만—."

마무리는 오늘 낮에 있었던 「마신의 찌꺼기」와 치른 격전이다.

섣달 그믐에 거행하는 마화 떨치기 의식을 악용한 파리온 신국의 호즈나스 추기경이 하필이면 「마신의 찌꺼기」나 마족의 군세를 소환하여 시가 왕국의 왕도를 괴멸시키려 한 것이다.

동료들의 활약으로 마족의 군세는 격퇴되고, 「마신의 찌꺼기」 셋도 마침 찾아온 왕조 야마토와 천룡의 협력을 얻어 퇴치할 수 있었다.

그 뒤처리와 구조 활동을 하느라 아까 전까지 왕성에 있었지만, 구조자를 모두 구해내고 주요 도로를 막고 있던 잔해를 치워놨으니 그 다음은 국가 기관에게 맡기고 돌아온 것이다.

"—이렇게 큰 상처나 병도 없이 해를 넘길 수 있어서 다행이야. 내년에도 건강에 주의하면서 즐거운 나날을 보내자."

내가 간단히 스피치를 마치자, 리자를 비롯한 동료들이 「네」 하고 기운차게 대답했다.

"자, 먹자. 기껏 만든 국수가 불면 아깝잖아."

내가 그렇게 말하고 모두를 재촉하자, 평소처럼 아리사의 「잘 먹겠습니다」를 신호로 먹기 시작했다.

"면 아저씨가 차분하질 못한 거예요."

"미끌미끌끌~?"

국수를 젓가락으로 잘 못 집는 포치와 타마가 악전고투를 하고 있었다. 포치와 타마의 젓가락질은 점점 좋아지고 있지만, 가늘고 미끄러지는 국수는 아직 어려운 모양이다.

"포치, 타마, 포크도 있어."

"안 되는 거예요. 그건 패배인 거예요."

"이길 때까지 싸워~?"

보다 못한 루루가 발바닥 젤리 마크의 포크를 내밀었지만, 두 사람은 젓가락으로 국수와 씨름하는 것을 고른 모양이다. 어찌어찌 들어 올린 국수를 옆에서 먹는 탓에, 둘의 머리칼이 국물에 닿고 있었다.

나중에 목욕을 시켜야겠네.

그런 생각을 하면서, 나도 국수에 젓가락을 옮겼다.

"맛있네."

국수의 풍미가 입에 퍼진다.

바삭바삭한 새우 튀김도 좋지만, 국수 국물로 부드러워진 새우 튀김도 독특한 맛과 식감이 있다.

풀어진 새우 튀김의 튀김옷과 뜨끈한 국물을 함께 먹으면 몸의 중심부터 따끈해지는 느낌이 든다니까.

"오늘은 식사 시중들지 않아도 되니까, 다들 같이 먹자."

벽에서 대기하고 있던 메이드들에게도 국수를 권했다.

메이드장은 사양했지만, 오늘은 특별히 괜찮다고 하자 꺾여 주었다. 누가 뭐래도 왕도가 멸망의 위기에 처했던 상황에서도 저택을 지켜줬으니, 함께 맛있는 국수를 먹는 것 정도는 괜찮을 거야.

"—왕도에 면 문화가 없는 이유는 이걸지도 모르겠네."

주춤거리면서 국수를 먹는 메이드들을 보고, 아리사가 나에게 귓속말을 했다.

아무래도 국수를 후루룩 먹는 것에 저항이 있는지, 포크에 감거나 국물과 함께 마시는 것처럼 먹고 있었다.

국수 그릇이 비고, 그릇 위에 올린 고명도 아인 소녀들과 메이드들 뱃속으로 사라졌을 무렵—.

"댕댕~?"

멀리서 들리는 시각 알림의 종소리를 타마의 귀가 포착했다.

"리자 씨, 창문 열어줘."

아리사의 부탁을 받은 리자가 창문을 열자, 엿듣기 스킬을 쓰지 않아도 종소리가 들리게 됐다.

"소리의 인상이 조금 서양풍이지만, 이것도 뭐『제야의 종』이네."

아리사가 배를 쓰다듬으며 종소리에 귀를 기울였다.

"새해 복 많이 받아! 올해도 잘 부탁해!"

"**새해해해복** 많이 받아, 인 거예요."

"올해잘부~?"

아리사가 나랑 동료들에게 인사하자, 동료들도 정확한 의미는 잘 모르는 것 같지만 새해 인사를 했다. 아리사가 느닷없이 일본 문화를 발신하는 건 늘 있는 일이니, 내성이 생긴 모양이다.

"주인님, 기왕 새해니까 첫 참배 가자!"

"첫 참배~?"

"신사에 참배하러 가는 거야."

고개를 갸웃거리는 타마에게 아리사가 대답했다.

"시가 왕국에도 첫 참배 같은 습관이 있나?"

"첫 참배라는 건은 모르겠습니다만, 해가 넘어갈 때 신전에서 기도를 바치는 것은 세류 시에서도 하고 있었습니다."

참가한 적은 없습니다만. 리자가 덧붙였다.

"그러면 다 같이 첫 참배 가자."

여기서는 파리온 신전이 가장 가깝지만, 맵을 보니 추기경 일로 위병들이나 기사들이 포위하고서 조사를 하는 모양이다.

조금 멀긴 하지만, 테니온 신전에 가는 편이 좋겠어.

"어이쿠, 그 전에—."

나는 품에서 봉투를 꺼냈다.

"혹시, 세뱃돈?!"

"그래."

"안에 떡이 든 건 아니지?"

"그런 정성들인 짓은 안 해."

일본에서 세뱃돈의 기원은 떡이었다고 하지만, 일부러 그걸 위해 떡을 찧을 정도로 한가하진 않거든.

"떡은 맛있는 거예요?"

"맛있어~?"

포치랑 타마가 떡을 옹호하며 아리사에게 항의했다.

그건 그렇다 치고, 모두에게 세뱃돈을 나눠줬다.

"감사~?"

"해냈다, 인 거예요!"

"마스터, 감사하다고 고합니다."

동료들이 이구동성으로 인사를 하며 세뱃돈을 받았다.

안에는 금화 1닢과 메시지 카드다. 조금 부끄럽지만, 돈만 든 것보다는 나을 것 같아서 넣어봤다.

메시지 카드를 읽은 동료들의 입가가 느슨해졌다.

넣길 잘했군.

"저, 저기, 저희들도 인가요?"

"평소에 모두가 잘 일해준 것에 대한 감사의 표시니까, 사양하지 말고 받아줘."

메이드들에게도 세뱃돈을 나눠줬다. 들어 있는 금액은 동료들과 같다. 메이드장만 조금 넉넉하지만.

""""정말로 감사합니다, 주인 나리.""""

메이드들이 힘차게 고개를 숙이며 인사했다.

몰래 봉투 안을 본 메이드들이 기쁜 비명을 지르고 메이드장에게 야단을 맞았다. 메이드장 자신도 입가가 느슨해져서 평소의 엄격한 표정이 흐트러졌으니, 아마 마음은 메이드들과 같을 게 틀림없다.

오늘 숙직은 필요 없다고 메이드장에게 말하고, 메이드들의 귀가를 허락했다.

물론 밤길은 위험하니까, 원하는 자는 객실에 묵는 것을 허가했다.

메이드장을 포함한 절반 정도가 묵고 간다고 하니 저택을 지키는 건 그녀들에게 맡기고, 나는 동료들과 첫 참배를 하러 갔다.

◆

"걸어 다니는 사람이 꽤 많네."

아리사 말처럼, 거리에는 랜턴이나 촛대를 든 사람들이 걷고 있었다.

오늘은 「붉은 밧줄의 마물」 소동으로 여기저기 노면이 울퉁불퉁하니까, 우리를 포함하여 마차를 탄 사람이 없었다.

"응. 다들 신전으로 가나 봐."

"분명히 불안한 거겠죠."

루루와 리자가 그런 대화를 나눴다.

도착한 테니온 신전의 입구 앞에, 불안한 표정을 지은 사람들이 줄을 만들고 있었다.

젊은 신관들이 행렬에 선 사람들에게 말을 걸고, 매달리는 사람들에게 「축복(블레스)」이나 「자애(어펙션)」 같은 신성 마법을 걸어 진정시키고 있었다.

여기는 귀족가에 있는 탓인지, 행렬을 만들고 있는 건 귀족가의 사용인들이나 나랑 마찬가지 명예 사작 같은 하급 귀족들이 었다. 유복해 보이는 영세 귀족이나 그 가족들은 줄을 서지 않고 예배당으로 들어가는 모양이다.

"좋은 냄새~?"

"국수 냄새가 나는 거예요."

"하하하. 메밀 떡국은 예배당 너머에서 나눠주니까 조금만 참아라."

코를 벌름벌름하는 타마와 포치의 말을 듣고, 앞에 선 사람이 웃으며 가르쳐 주었다.

이것도「해넘이 국수」의 일종인가?

"어이쿠, 차례가 됐네."

앞 사람이 입구의 신관이 들고 있는 상자에 천화나 동화를 넣고 안에 들어갔다.

"죄송합니다. 신년의 예배가 처음입니다만, 이것은?"

잘 모르는 거라서 솔직하게 물어봤다.

"사이스엔입니다. 왕조 야마토 님이 시작하신 시가 왕국에만 있는 풍습이니, 모르실 수도 있겠죠."

사이스엔— 새전이군.

왕도에서는 파리온 신전에만 기부를 했으니, 금화가 20닢 정도 든 작은 주머니를 신관이 든 상자에 넣었다.

조금 많긴 하지만, 낮의 사건으로 신전도 식사 배급이나 부흥 지원에 돈이 필요할 테니까.

"이, 이건! 실례했습니다. 특별 예배를 희망하는 분이셨나요?"

자수가 된 주머니였던 탓인지, 신관이 우리가 특별 대우를 바란다고 오해해 버렸다.

"아뇨, 보통 예배면 충분합니다."

내가 짤막한 대답을 고하고서 예배당 안에 들어갔다.

안의 구조는 공도의 테니온 신전과 거의 같았다. 예배당 안에 있는 성인 앞에 사람들이 잔뜩 무릎을 짚고서 열심히 기도를 바치고 있었다.

낮의 사건에서 마족의 군세나 「마신의 찌꺼기」 같은 것이 왕도의 하늘을 뒤덮은 다음이니까, 신에게 매달리고 싶은 심정도 이해는 된다.

우리도 그 안에 섞여서 기도를 바치고, 들어왔을 때랑 다른 문으로 나갔다.

"주인님은 어떤 소원을 빌었어?"

"모두 건강하고 안전하기를. 아리사는?"

"주인님이랑 꽁냥꽁냥 할 수 있기를—."

그럴 예정은 없기에, 「그렇구나」 하고 가볍게 흘리며 다른 애들에게 물어봤다.

"이런 차가운 반응에 중독될 것 같아~."

아리사가 뒤에서 뭔가 바보 같은 소리를 하고 있지만, 괜히 반응하면 기뻐할 것 같으니 못 들은 척 했다.

"포치는 고기 잔뜩 먹을 수 있도록 부탁한 거예요!"

"타마도~."

"저는 수많은 유생체와 노닐고 싶다는 소원을 빌었다고 고합니다."

"저는 모두의 건강과— 그리고 비밀이에요."

"저도 그런 식입니다."

포치, 타마, 나나는 예상대로였지만, 루루랑 리자는 볼을 붉히면서 얼버무렸다.

"신경 쓰여~."

아리사가 말하면서 두 사람에게 비밀을 알려달라고 매달렸다. 「말해봐! 비밀 꼭 지킬게!」라고 하는데, 그 말은 지키지 못하는 약속 플래그 같단 말이지.

"미아는?"

"아무것도."

"에이, 정말로 아무것도 안 빌었어?"

"응."

아리사의 물음에 미아가 수긍했다.

"신은 소원을 들어주는 존재가 아냐. 아닌 거야? 행복한 나날을 보내는 감사를 전하는 거야. 고마워요 하고. 정말이야?"

미아가 장문으로 말했다.

엘프들에게 신은 소원을 들어주는 존재가 아니라, 지켜보는 존재라는 걸까?

"주인님, 이쪽, 인 거예요!"

"허리업~?"

포치랑 타마가 붕붕 손을 흔들었다.

안뜰에 선 두 사람 너머에서, 따끈한 수프를 나눠주고 있는 모양이다.

"수제비?"

"메밀 떡을 수프에 넣은 거구나."

메밀로 수제비를 한 것 같은 느낌의 요리다. 메밀국으로 불리는 요리에 가깝군.

아까 해넘이 국수를 먹은 참이지만, 기왕 대접해주는 복을 부르는 음식이니 다 함께 신세를 지기로 했다.

◆

"좋은 벚꽃이야."

첫 참배를 하고 돌아와서 동료들을 재운 다음에, 어쩐지 잠이 안 온 나는 안뜰에서 술잔을 기울이며 밤 벚꽃 구경을 하러 나섰다.

안뜰의 벚꽃도 훌륭하지만, 멀리 보이는 라이트업된 왕벚은 환상적인 아름다움이 있었다.

"—응?"

어쩐지 그냥 오늘의 전투 로그를 체크하다가 신경 쓰이는 표시를 발견했다.

〉특수능력 「유닛 배치」가 활성화되었습니다.

메뉴를 열어 확인했다.

지금까지 회색 항목으로 되어 있어서 선택을 못했던 「유닛 배치」를 고를 수 있게 됐다.

특수능력— 유니크 스킬이다.

갑자기 유효화된 이유는, 단순하게 생각하면 「마신의 찌꺼기」를 쓰러뜨렸기 때문이 틀림없다.

딱 한순간, 신검의 신기에 침식된 검은 왼팔을 떠올렸지만 아무리 그래도 그게 발동 조건이었다고 생각하기는 싫다. 만약 그렇다면 「오른팔이 신기에 침식되면 『유닛 작성』까지 해방할 수 있지 않을까」 같은 위험한 생각에 이를 것 같단 말이지.

"주인님, 잠이 안 오시는 건가요?"

혼자서 밤 벚꽃을 안주 삼아 술잔을 기울이고 있는데, 리자가 말을 걸었다.

나는 메뉴를 닫고 리자에게 술잔을 들어서 보여줬다.

"조금 더 꽃놀이를 즐기고 나서 잘게."

아무것도 없을 거라 생각하지만, 그만한 사건을 일으킨 녀석들이면 아직 뭔가 꾸미고 있을 지도 모른다.

조금 더, 감시라는 명목으로 명주와 밤 벚꽃을 즐기고 싶다.

"리자도 한잔할래?"

리자는 취하면 잠드는 버릇이 있으니까 바깥에서는 술을 권하지 않지만, 여기라면 내가 침대까지 옮겨줄 수 있으니 권해봤다.

"마시겠습니다."

창을 내려둔 리자가 내 옆에 앉았다.

리자가 나에게 받은 술잔을 맛있는 기색으로 들이켰다.

"더 마실래?"

"네."

리자와 시가주를 나누면서, 앞으로의 일을 조금 이야기했다.

작위 이야기, 입신출세 이야기, 노예에서 해방되는 이야기, 장래의 희망. 맨 정신으로 좀처럼 못하는 이야기를 알코올의 도움을 빌어 진심을 논한다.

"제 창은 주인님을 위해서 있습니다. 허락해주신다면, 이 몸이 다할 때까지 제 충성과 영혼은 주인님과 함께—."

술에 약한 리자는 거기까지 말하고서는, 내 대답도 안 듣고 술잔을 손에 든 채 잠들어 버렸다.

잘 자렴, 리자. 앞으로도 잘 부탁해.

◆

"어디 보자. 여기서라면 검증을 해도 괜찮겠지."

리자를 침대로 옮긴 다음, 「유닛 배치」의 검증을 하기 위해 왕도 근처에 만든 비밀기지로 왔다.

메뉴의 비고란에는 「유닛 배치: 자기 진영의 유닛을 자기 영역에 재배치한다」라고 적혀 있었다. 설명이 너무 심플한데.

"일단은, 골렘부터 해볼까?"

나는 흙 마법 「땅의 종자 제작」으로 디폴트 골렘을 만들었다.

"유닛 배치—."

그렇게 말하면서 사념을 보내자, 골렘이 바로 옆으로 이동했다.

마력 소비는 없다. 딱히 지친 느낌도 없다.

골렘으로 몇 번인가 시험한 다음에, 이번에는 소환 마법 「박쥐 소환」으로 불러낸 작은 박쥐를 「유닛 배치」로 전이시켜봤는데 문제없이 전이시킬 수 있었다. 생물이라도 골렘이랑 다를 바 없는 느낌이다.

"자기자신도 전이할 수 있나— 되네."

귀환전이와 달리, 마력의 흐름이 느껴지지 않고, 공간을 뒤트는 독특한 느낌도 안 난다.

드라이어드가 쓰는 「요정의 고리」나 비밀기지의 전이 거울 같은 것은 귀환전이와 같은 느낌이었으니, 유닛 배치는 공간 마법과 다른 방식으로 전이를 하는 모양이군.

"그리고, 조금 시간 지연이 있나?"

익숙하지 않은 탓인지, 전이가 되기까지 미약한 지연이 있다. 지금은 근거리라면 축지나 섬구가 더 쓸만하겠어. 장애물이 많은 장소라면 잘 쓰려나?

"맵 선택에서 이동도 가능하네—."

나는 같은 맵 안으로 이동해봤다.

"문제없고. 다른 맵도 갈 수 있나?"

맵으로 전환해서 체크했다.

"흠…… 이동할 수 있는 장소는 한정되는 모양이네."

이동 가능한 장소를 체크했다.

근처라면 지금 있는 맵 전역, 왕도 저택, 각지에 있는 전이 포인트 대부분, 미궁도시의 저택이나 양육원, 탐색자 학교, 담쟁이 저택, 세리빌라 미궁 안에 있는 별장이나 온천, 대사막의 대부분, 보르에난 숲의 나무집, 「용의 계곡」 전역이란 느낌이다. 남쪽 바다의 낙원 섬은 들어있지 않았다.

자기 영역으로 판정되는 룰을 대충 알겠다.

원천을 지배하는 맵 전역과 내가 소유한 건조물이 대상인 것 같다.

전이 포인트 중에서 석제 구조물 따위로 건물을 만들지 않은 왕성의 정자나 미궁 안의 세세한 장소 등이 모두 대상이 되지 않은 걸 보니 틀림없을 거야.

왕도로 이동해서 시험해봤는데, 왕도 저택과 에치고야 상회의 건물 말고는 이동할 수 없는 걸 보니 같은 맵이라도 지배영역이 아닌 곳은 대상이 안 되는 모양이다.

눈으로 보이는 범위에서 전이하는 건 지배영역 바깥의 맵이라도 문제없었다.

"장거리 이동은 괜찮을까?"

나는 왕도 저택에서 대사막의 서쪽으로 「유닛 배치」로 이동해봤다.

한순간에 시야가 밤의 모래 언덕으로 변했다.

"음. 경과 시간은 없고 마력 소비도 없다— 지나치게 편리한데?"

지치지도 않았다. 장거리 이동에 관해서는 이 유니크 스킬만으로도 충분하고 남는다.

자기 영역이라는 조건이 있긴 하지만, 「석제 구조물」이나 「집 제작」으로 적당한 건조물을 만들면 OK다. 이 세계에는 소유자가 없는 빈 땅이 얼마든지 있다. 실질적으로 한 번 갔던 장소라면 거의 무제한으로 이동할 수 있을 것 같다.

"문제는—."

정말로 대가가 없는가, 인데.

같은 유니크 스킬 「메뉴」에는 아무 리스크도 없지만, 아리사 같은 전생자의 유니크 스킬은 지나치게 쓰면 「영혼의 그릇」에 상처가 나서 최종적으로 마왕에 이른다는 위험성이 있다.

미궁 하층에 숨어 사는 전생자 유이카나 무쿠로 말로는, 패시브 스킬보다 액티브 스킬, 액티브 스킬보다도 일격필살 계통이나 한계돌파 계통의 유니크 스킬이 위험하다고 했다.

패시브 스킬이라고 할 수 있는 「메뉴」랑 달리, 「유닛 배치」는 틀림없이 액티브 스킬이다.

너무 낙관하지 않는 편이 좋겠지.

만에 하나, 마왕 사토가 탄생하면 그야말로 세상의 파멸이다.

조금이라도 이변을 느낀 시점에서 검증을 끝내야겠어.

"마지막으로, 또 하나 실험을 하고 돌아가자."

나는 고개를 흔들어 졸음을 떨쳐내고, 대사막 서쪽 끝에서 가장 먼 장소에 있는 「용의 계곡」으로 유닛 배치를 해봤다.

시야가 새벽의 황야로 바뀌었다.

"여기는 오랜만— 우오오오오오오오오오오!"

중얼거리는 도중에, 내 몸으로 방대한 마력이 흘러들었다.

이건 뭐지?

시야가 무지개색으로 물든다.

위험해, 이대로는 몸이 안쪽에서 부서지—.

"—주인님! 주인님 일어나 봐!"

블랙아웃된 시야가 갑자기 돌아왔다.

눈물을 뚝뚝 흘리는 아리사가 보인다.

"아리사, 왜 그래?"

목소리가 갈라져 있었다.

아직 머리가 개운하질 않군.

"여기는?"

"비밀기지! 주인님이 아침이 되어도 돌아오질 않기에 찾으러 왔더니 쓰러져 있었어! 흔들어도 일어나질 않으니까 죽은 줄 알았잖아!"

내 몸에 매달리는 아리사의 등을 쓰다듬었다.

그러고 있으니, 점점 의식이 명료해졌다.

유닛 배치 실험으로 「용의 계곡」에 전이했더니, 막대한 마력이 흘러 들어와서 위험하다고 생각한 참에 기억이 끊어져 있었다.

의식을 잃기 직전에 유닛 배치로 이곳까지 이동한 모양이다.

여기를 고른 건 만에 하나의 경우에 피해가 적은 장소이며, 동료들이 와줄 가능성이 있는 장소였기 때문이라고 생각한다.

"미안. 전이 계통 유니크 스킬을 쓸 수 있게 돼서 실험을 했었거든."

나에게 어떤 스킬인지 들은 아리사가, 눈물 지으면서 하늘을 찌를 것 같은 기세로 화를 냈다.

"사용 회수 제한을 알 수 없는 액티브 유니크 스킬을 마구 써 대다니 무슨 생각이야!"

"미안. 반성하고 있어."

지나치게 편리한 스킬이라 조금 들떠 있었던 것은 사실이니 순순히 사과했다.

아리사를 달래면서, AR표시로 뜬 로그에 눈길을 주었다.

로그를 보니, 「용의 계곡」에서 누군가에게 공격을 받은 흔적은 없다.

어째선지 「마신의 찌꺼기」를 쓰러뜨린 다음에 얻은 공백 스킬이 유효화되었다는 로그가 있었다.

마력이 흘러 들어와서 괴로워할 때 혼란에 빠진 의식에 반응한 메뉴가 깜빡깜빡 열렸다 닫혔다 했으니까, 그때 조작을 잘못해서 유효화 되어버린 게 틀림없다.

메뉴의 스킬 일람 최하부에 공백 스킬이 늘어 있기에, 곧장 기능을 OFF로 전환했다.

"에잇, 정~말로 주의해야 돼! 무슨 실험을 할 때는 나한테서 『혼각화환』을 빌려가."

"그래, 그럴게."

유닛 배치는 남용 안 한다고 아리사와 약속하고, 둘이서 왕도 저택으로 돌아왔다.

나는 왕도 저택의 사실에서 예복으로 갈아입으면서, 「용의 계곡」에서 일어난 일에 대해 고찰했다.

유닛 배치로 「용의 계곡」에 전이하자마자 막대한 마력이 흘러 들어왔다.

죽음의 위험을 느끼는 일이었지만, 로그를 읽어보니 공격을 받은 흔적이 없었다.

유닛 배치는 마력을 소비하지도 않으니까, 그걸 너무 쓴 것이 원인일 가능성은 낮을 거야.

그렇다면 그건 공격이 아니라, 「용의 계곡」의 원천에서 유입되는 막대한 마력을 미처 제어하지 못했기 때문일 가능성이 높군.

그러나 내가 이 세계에 왔던 당초에, 「용의 계곡」 원천을 지배한 직후에는 보통이었다.

1년 가까이 방치해서 막대한 마력이 쌓여 있던 탓에 그런 꼴을 당했을지도 모르지만, 그걸 확인하러 갈 의향은 없다. 미리 마음을 먹고 있으면 제어할 수 있을지도 모르지만, 몸이 안쪽에서 찢어지는 것 같은 감각을 또 한 번 맛볼 생각은 없으니까.

어지간히 필요하지 않은 한, 「용의 계곡」에 가는 건 관둬야겠군.

◆

""""새해의 축언을 올립니다.""""

새해용으로 준비한 예복으로 갈아입고 거실로 가자, 정렬한 메이드들이 나란히 인사를 했다.

이게 이 나라의 신년 인사인가 보다.

"여러분도 좋은 해가 찾아오기를 기원하겠습니다."

뭐라고 대답해야 하나 모르고 있는데, 리자가 대신 대답해줬다. 나도 그녀의 대답을 흉내 내서 메이드들을 격려했다.

"리자 씨, 이런 데 있었네! 주인님, 아침 식사는 조금만 더 기다려."

허둥지둥 뛰어들어온 아리사가 리자를 데리고 나갔다.

멀리서 떠들썩한 목소리가 들린다.

잠시 기다리자, 옷을 다 갈아입은 동료들이 방에 들어왔다.

"짜자잔~!"

"짠짜라짠~?"

"나폴나폴한 드레스인 거예요!"

"후리소데[#1]."

아리사, 타마, 포치 셋이 후리소데로 포즈를 취하고, 정월 방송에서 자주 듣는 악곡을 미아가 손에 든 애용하는 류트로 연주했다.

"그래, 다들 귀여워."

후리소데의 무늬는 아리사가 장미, 미아가 백합, 포치랑 타마는 벚꽃에 숨은 듯 발바닥 마크가 섞여 있었다. 바탕색은 각자의 퍼스널 컬러를 따르나 보군.

"주인님, 이상하지 않나요?"

"전혀 이상하지 않아. 잘 어울려."

루루는 백조 무늬를 고른 모양이다. 미운 오리 새끼에서 연상한 걸까?

#1 후리소데 기모노의 일종. 여성용 기모노 3중에서 가장 격식을 갖춘 것. 소매의 품 길이가 아주 길다.

"제가 이런 화려한 차림을 해도 되는 걸까요?"

모란 무늬 후리소데를 입은 리자는 조금 주저하는 태도였다.

"물론이지. 늘 입는 늠름한 복장도 어울리지만, 이런 화사한 옷도 어울리니까, 팍팍 입으면 돼."

조금 창피해하지만, 싫지는 않은 모양이다.

"마스터, 칭찬해 달라고 탄원합니다."

병아리 무늬 후리소데의 나나가 머리 장식을 딸랑 흔들었다.

"정말 예쁘다. 좋은 집 아가씨 같아."

동료들의 후리소데 차림을 한 차례 칭찬하고 난 다음, 아침 식사를 하러 식당으로 이동했다.

"오우, 어메이징~?"

"만찬! 인 거예요!"

식당에 늘어놓은 오세치 요리[#2]를 보고 동료들이 신이 났다.

엘프의 마을이나 오유고크 공작령의 먹보 귀족 로이드 후작과 호엔 백작에게 제공 받은 레시피를 기본으로, 루루가 재현한 오세치 요리들이다.

나는 바빠서 거의 돕질 못했으니, 어떤 맛이 됐을지 기대가 된다.

"머리꼬리 달린 잉어까지 있다니 잘 아는걸!"

"그건 호엔 백작님의 레시피에 쓰여 있었어. 복을 부르는 거래."

손뼉을 치며 기뻐하는 아리사에게, 루루도 웃으며 대답했다.

"이쪽은 큰 새우의 회로군요."

#2 오세치 요리 일본의 명절요리. 국물이 없고 보존성이 높은 음식을 찬합에 담아 먹는다.

"그건 크기가 커서요. 조금 작은 건 구워봤어요."

닭새우의 3배 정도 되는 신선한 새우였으니, 평범하게 굽는 것이 아까웠던 거겠지.

평소처럼 아리사의「잘 먹겠습니다」신호로 오세치 요리에 도전했다.

"냥냥냥냥~?"

"두껍게 썬 로스트 비프 대통령도 근사한 거예요."

타마랑 포치는 안정적으로 고기를 노리는구나.

나는 입을 적시려고, 흰 된장의 떡국을 입으로 옮겼다.

"맛있네."

정성스레 낸 육수가 떡의 맛을 돋보이게 만들어준다.

적절한 부드러움으로 찐 토란의 걸쭉한 맛이나, 씹을 때마다 사르르 무너지는 무나 당근도 맛이 스며들어서 무척 맛있다.

한 개만 들어 있는 둥근 떡은, 국물에 녹지 않도록 며칠 정도 전에 찧어놓은 것을 사용한 모양이다.

"사토. 표고버섯, 쇠귀나물, 검은 콩, 맛있어."

미아가 내 입에 요리를 집어넣는다.

올챙이 같은 형태를 한 쇠귀나물은 정월 말고는 본 적이 없다. 조금 단단한 독특한 식감이란 말이지.

"맛있어."

미아에게 감상을 말한 뒤에, 루루에게 물었다.

"쇠귀나물이 용케 있었네."

"그건 네아 씨한테 받은 거예요."

요리사 엘프 네아 씨라면, 이런 보기 드문 야채를 얻을 수 있어도 신기할 것 없다.

"마스터, 달콤한 밤과자도 맛있다고 고합니다."

"정말이네. 고구마도 안 쓰고서 전부 밤으로 만들었구나."

"네, 레시피에 그렇게 쓰여 있어서요. ―혹시, 고구마로 만드는 편이 맛있는 건가요?"

"아니, 지방에 따라 다르니까 괜찮지 않을까?"

요리 만화에서 읽었을 뿐이라 자세히는 모르니까 그런 느낌으로 얼버무렸다.

"이 생선포는 조리하기 전이지만, 씹는 맛이 좋네요. 맛은 조리 후가 맛있으니 고민스럽습니다."

물에 불리기 전의 대구포는 장난이 아니게 딱딱할 텐데, 리자의 강인한 치아나 턱 앞에서는 무릎을 꿇는 모양이군.

"다시마 말이나 머리꼬리 달린 잉어를 먹으면 정월이다 하는 생각이 들어."

아리사는 여러 가지 요리를 먹을 수 있어서 만족하고 있었다.

나도 모든 종류를 제패하려고 순서대로 요리를 먹고, 마지막으로 격전구인 햄과 로스트 비프 전선으로 돌격했다. 초토화된 초원처럼 텅 빈 접시에 젓가락이 멈췄지만, 금방 메이드들이 보충을 해줬으니 모든 종류 제패의 야망을 달성할 수 있었다.

오세치 요리에 들어 있는 햄이나 로스트 비프는 어째선지 좋아한단 말이지.

"맛있었어~?"
"대만족, 인 거예요!"
동료들이 만족스런 한숨을 흘렸다.
"네, 근사하고 정성이 들어간 요리들이었습니다. 고맙습니다, 루루."
"감사~?"
"고마워인 거예요!"
리자가 루루에게 인사를 하자 아인 소녀들을 선두로 다들 차례차례 고맙다고 했다.
"나도 인사를 해야지. 루루, 맛있는 식사 고마워."
"에헤헤, 기뻐해 주셔서 다행이에요."
루루가 창피한 기색으로 웃었다.
"하지만, 너무 맛있어서 무심코 과식할 뻔했어."
아리사가 기모노의 허리띠 위로 배를 톡톡 두드렸다.
"어라? 리자 씨는 별로 안 먹었어?"
아리사가 리자의 슬림한 배를 보고 물었다.
"아뇨, 잔뜩 먹었습니다."
"그렇지? 잔뜩 먹었을 텐데……. 어째서, 그렇게 배 주변이 슬림한 거야?"
"기합입니다."
리자가 말한 다음, 아리사의 의문스런 표정을 보고 말을 덧붙였다.
"배에 힘을 주어 위의 내용물을 압축하는 겁니다."

"지? 진짜로?"

"네, 노력하면 아리사도 할 수 있습니다."

"진짜라니……. 초인 콘테스트가 있으면 온갖 곳에서 초청하려고 할 거야."

아리사가 기겁한 표정으로 말했다.

"포치랑 타마는 못 해?"

행복해 보이는 표정으로 볼록 튀어나온 배를 쓰다듬는 타마와 포치에게 물었다.

"뉴~?"

"할 수 있지만, 안 하는 거예요. 햄~복~한 배부른 게 사라지는 건 아까운 거예요."

포치의 주장에 「우이우이」하며 타마가 고개를 끄덕였다. 참으로 포치와 타마답다.

"주인님, 오늘은 몇 시 정도에 나갈 거야?"

아리사가 이쪽을 돌아보며 물었다.

"왕성에서 시행하는 『대알현 의식』은 낮부터니까, 조금 이따가 무노 남작 저택으로 가자."

연시의 인사를 한 다음에, 남작 일행과 함께 「대알현 의식」에 가면 되겠지. 이 「대알현 의식」은 영주들이나 왕도 주변의 귀족가 당주들이 한 자리에 모인다고 했다. 우리들의 승작이나 서작도 이 의식 중간에 한다.

"오케이, 그러면, 일단 다들 옷 갈아입자."

"후리소데로 가는 거 아냐?"

“우~응. 후리소데도 좋지만, 『대알현 의식』에서 너무 눈에 띠면 바보 귀족들이 시비를 걸 것 같으니까 보통 드레스로 할래.”

그것도 그렇네.

이 「대알현 의식」이 끝나고 왕성에 있는 광장 하나에서 성인식이 열리는데, 새롭게 성인이 되는 귀족이나 평민들이 참가한다.

일본에서도 성인식이라고 하면 눈에 띄고 싶은 청년이 자기주장을 화려하게 하는 자리니까, 성인 연령이 한창 사춘기 15세인 시가 왕국에서는 그것이 더욱 심하다고 한다.

에치고야 상회에서도 화려한 장식이나 장신구가 말도 안 되게 팔렸다고 했다. 후리소데 같은 보기 드문 차림으로 갔다간 아리사 말처럼 시비를 걸 거야.

“기다렸지.”

그런 생각을 하고 있는데 다들 옷을 갈아입고 돌아왔다.

내추럴한 느낌이지만, 옅게 화장도 한 모양이다.

“자, 루루! 미소녀 파워로 주인님을 흐물흐물하게 녹이는 거야!”

“자, 잠깐, 아리사! 밀지 마—.”

—오옷.

유리 세공의 예술품 같은 섬세한 아름다움이다.

그렇지만 차가운 인상은 아니다. 물오른 과실 같다는 표현이 어울리는 촉촉한 미모다.

아까 본 후리소데 모습도 귀여웠지만, 아리사가 전력으로 해준 화장과 요정 비단의 하얀 드레스가 아우러져서 루루의 미모가 한 랭크 올라가 있었다.

유행하는 드레스 중에서도 청초하고 얌전한 것을 견본으로 만든 것인데, 오늘은 루루의 성인식 날이기도 하니까 조금 더 어른스러운 것도 좋았을 것 같군.

"잠깐 주인님. 넋이 나간 것도 좋지만, 루루가 불안해하니까 얼른 칭찬해줘."

"아아, 미안. —예뻐, 루루. 지금까지 본 어떤 모델이나 아이돌보다도 예뻐."

꼬시는 말 같은 느낌이 되지 않도록, 무난한 감상에 그쳤다.

"고맙습니다! 주인님이 칭찬해주셔서 기뻐요."

루루가 태양처럼 반짝이는 미소를 지으며 대답했다.

오늘 성인식이 기억에 남는 좋은 날이 되면 좋겠네.

◆

""""새해의 축언을 올립니다.""""

"다들 좋은 해가 찾아오길 기원할게."

새해 인사를 위해서 무노 남작의 왕도 저택을 방문하자 피나와 에리나를 비롯한 남작 가문의 사용인들이 시가 왕국풍의 새해 인사로 맞이해주기에, 나도 이제 막 배운 관용구로 답했다.

"에리나 씨랑 모두 새로운 에이프런 드레스네?"

"넵! 아, 하지만, 새로운 건 앞치마 부분뿐입다."

"에리나 씨! 그건 말하지 않아도 괜찮아요."

에리나의 실언에 신입 아가씨가 작은 소리로 주의를 주었다.

“사작님, 남작님이 기다리고 계십니다—.”

“아아, 미안. 금방 갈게.”

나는 에리나 일행과 헤어져서, 시녀의 선도로 남작들이 기다리는 응접실로 이동했다.

“새해복많~?”

“올해잘부, 인 거예요.”

무노 남작의 모습을 발견한 타마와 포치가, 아리사에게 이제 막 배운 줄임말 인사를 해버렸다.

“그건 용사의 나라에서 하는 새해 인사구나.”

남작이 그렇게 말하고 두 사람 머리를 쓰다듬으며 「새해 복 많이 받으렴」 하고 말을 이었다.

과연 용사 연구의 제1인자로군.

“새해복많, 이라고 하는 거니? 올해도 잘 부탁한다.”

“새해 복 많이 받으세요. 이쪽이야 말로 올해도 잘 부탁드립니다.”

무노 남작 너머에 앉아 있던 니나 로틀 집정관이 일어서서 그 자리를 우리에게 양보하고, 자신은 남작과 나란히 앉았다.

“아가씨들이 평소보다 훨씬 잘 꾸몄구나.”

“우리는 작위 수여를 받는 데다가, 루루는 성인식도 있으니까 기합을 넣어봤어.”

니나 여사의 질문에 아리사가 포즈를 취하며 대답했다.

“카리나는~?”

“지금, 안쪽 방에서 옷을 입고 있단다.”

고개를 갸웃거리는 타마의 질문에 남작이 대답했다.
레이더에 비치는 카리나 양의 광점이 다가온다. 옷을 다 입은 모양이다.
열려 있던 문에서 드레스업한 카리나 양이 들어왔다.
마유라는 표현이 잘 어울리는 그녀의 가슴팍에는 철벽의 방어를 자랑하는「지성을 지닌 마법 도구」인 라카가 파란 빛을 띠며 자리잡고 있었다.
"새해의 축언을 올립니다."
붉은 색 드레스가 그녀의 세로 롤 금발에 잘 어울린다.
저 드레스는 왕도의 기술자가 만든 새로운 것이겠지. 드레스에 쓴 천은 내가 제공한 라라기산 붉은 비단이다.
그녀의 몸을 장식하는 장식품이나 보석류도 낯이 익었다. 애용해주는 모양이라 기쁘군.
"뷰~티풀~?"
"아주아주 예쁜 거예요!"
타마와 포치가 카리나 양 주위를 뛰어다니며 기뻐했다.
뺨을 붉힌 카리나 양이 뭔가를 기대하는 눈동자로 나를 보았다.
"새로운 드레스도 잘 어울립니다.『대알현 의식』에서 신사들의 시선을 독점할 것 같군요."
나는 그렇게 말하며, 그녀의 머리칼에 묻은 실오라기를 집어주었다.
"그, 그그그— 그렇지 않답니다!"
무난한 인사치레를 했다고 생각했는데, 카리나 양이 새빨개져서 방을 뛰쳐나갔다.

거리가 가까워서 카리나 양이 부끄러움을 느낀 모양이다.

"카리나~?"

"기다려, 인 거예요!"

카리나 양을 걱정한 타마와 포치가 따라갔다.

"너무 가까워."

"정말 그래! 꼬실 거면 아리사부터 해!"

미아와 아리사가 항의했다.

"카리나 양을 꼬신다면 대환영이다."

"그래. 사토 군이라면 안심하고서 카리나를 맡길 수 있지."

아니, 그럴 예정은 없어요.

나는 두 사람의 말을 애매한 웃음으로 흘리고, 화제를 「대알현 의식」으로 바꾸었다.

"알현식에는 카리나 님이나 니나 씨도 가시는 건가요?"

"그래, 기본적으로 귀족가 당주의 정실과 장남 같은 자식이 참가하지. 나는 내일부터 시작되는 왕국회의에 대비해서 쉬고 싶었는데, 명예자작의 작위를 가졌으니 참가하라고 하더라."

이것도 관직을 가진 자의 괴로운 점이지. 니나 여사가 말을 이었다.

"왕국회의에 참가하고 싶으면, 집정관 보좌로 데리고 가줄까?"

"아뇨, 사양할게요."

"그러니? 네가 자작까지 승작하면 강제 참가니까 이틈에 경험을 해두는 것도 공부가 될 거라 생각한다만."

상급 귀족의 경우 나라의 중요한 직위에 오르지 않아도 왕국 회의의 투표권이 발생하니까, 영지의 운영을 유리하게 만들기 위해 참가하는 것이 보통이라고 한다.

"그런 걱정은 필요 없어요. 이번 승작으로 끝이겠죠."

"그럴까아. 너라면 2, 3년 있으면 자작까지 승작할 것 같은데."

니나 여사는 자신이 있어 보였지만, 영세 귀족으로 승작하는 건 어지간한 일이 없으면 있을 수 없다.

준남작이나 남작으로 승작하는 거라면 모를까, 어디 굴러다니던 말 뼈다귀인지도 모를 내가 상급 귀족으로 분류되는 자작으로 승작하는 일은 아무리 그래도 없겠지.

"그러고 보니 오리온 님은 왕도에 오지 않은 건가요?"

왕도에서 성인식을 한다고 했던 오리온 군의 모습이 안 보이기에, 무노 남작에게 물어봤다.

"오리온은 공도에서 성인식을 하게 됐어."

"공도에서 출발하는 비공정이 공력기관 고장으로 출발이 이틀 정도 연기가 되었다고 들었을 때는『운이 나쁜 아이구나』생각했었는데, 어제 그 사건이 일어났을 때는 정반대 감상을 품었다."

어제 대사건이 있었던 탓에, 왕도로 오고 있던 비공정이 공도로 돌아가버린 모양이다.

"오리온 공은 강운을 타고 태어났을지도 모르겠다."

니나 여사가 말을 이었다.

이제 슬슬 시간이 됐다고 시녀가 부르러 왔기에, 다 함께 엔트랜스로 갔다.

"가자, 주인님!"

아리사가 내 팔을 끌었다.

"아~ 이제 곧 『주인님』도 끝이구나~."

"어째서~?"

"그치만, 작위를 받으면 노예가 아니게 되잖아? 『주인 나리』 같은 식으로 바꿔서 불러야 되지 않아?"

아리사의 말을 듣고, 아인 소녀들이 쇼크를 받은 표정을 지었다.

"콰~광~?"

"무, 무슨 일이 있어도, 안 되는 거예요?"

타마와 포치가 도움을 청하는 것처럼 주위를 둘러보았다.

"니나 씨, 그런 건 어떤 걸까요?"

"응? 호칭 말이니? 마음대로 하면 된다고 생각하지만, 『주인 나리』라고 부르는 건 그만 두는 게 좋다. 그 집의 사용인으로 착각할 테니까."

그러고 보니 자택의 메이드들이 나를 「주인 나리」라고 불렀지.

"그러면, 뭐라고 부르는 게 보통이야?"

"사토라면 『사작님』이나 『펜드래건 님』 아니냐?"

"에에, 어쩐지 남 같잖아."

분명히 좀 서먹한 인상을 받는다.

"그러면, 『주인님』이라고 계속 부르면 되지 않겠니?"

"어? 괜찮아?"

"그래. 해방 노예가 주인을 『주인님』이라고 계속 부르는 건 흔히 있는 일이야. 본래 노예였다는 것을 숨길 생각이 없다면 그대로도 상관없다."

니나 여사의 말을 들은 아인 소녀들의 표정이 밝아졌다.

"해냈다~?"

"포치는 그게 좋은 거예요!"

"주인님, 앞으로도 『주인님』이라고 불러도 될까요?"

"그렇게 부르고 싶으면 상관없어."

진지한 표정의 리자에게 허락했다.

"아리사랑 루루는 어떻게 할 건가요?"

"물론, 『주인님』 그대로가 좋아. 이제 곧 시집 가서 『여보』나 『달링』이라고 부를 예정이니까."

달링은 관두자.

행성의 운명을 걸고 술래잡기를 하게 될 것 같으니까.

"저도 모두와 같은 호칭이 좋아요."

마지막으로 루루가 말했다.

아무래도 내 호칭은 그대로인 모양이다.

화기애애하게 몇 대의 마차에 나눠 타고, 무노 남작 일행과 함께 왕성으로 출발했다.

◆

"꽤 구불거리면서 가네."

"돌바닥이 괜찮은 장소를 골라서 달리고 있으니까 그래."

걸어가는 편이 빠를 것 같은 속도지만, 성에 가는데 걸어가는 건 안 좋으니까 참으며 마차로 이동한다.

창문에서 흙 마법사가 벽이나 도로를 수복하고, 골렘들이 잔해를 운반하는 게 보였다.

"둥실둥실~?"

"저건 마법인 거예요."

타마와 포치가 부유하는 바위를 보고 눈빛을 반짝거렸다.

바위 바로 앞에 긴 지팡이를 든 마법사가 있는 것을 보니, 술리 마법인「이력의 팔(매직 암)」같은 걸로 잔해 철거의 보조를 하는 모양이다.

그 밖에도 신관으로 보이는 사람들이 정화 마법을 거는 모습을 보았다.

물론 마법사나 신관들만 있는 게 아니라, 병사나 인부가 작업하는 장소도 있다.

"새해 첫날인데, 다들 성실하네~."

아리사가 감탄한 기색으로 중얼거렸다.

인명구조나 대략적인 잔해 철거는 어젯밤에 끝냈지만, 왕도가 본래 상태로 복구되려면 조금 더 걸릴 것 같다.

"굉장한 행렬이군요."

루루가 말한 것처럼, 왕성의 정문에 도착한 우리들 앞에는 마차의 행렬이 생겨 있었다.

무노 남작과 함께 행렬 뒤에 서서 얼마 지나지 않아, 우리들의 마차가 줄에서 벗어나 앞으로 나아갔다.

"영주님과 그 가신이니까 특별 취급인 걸까?"

아리사가 고개를 갸웃거렸다.

나도 의문스런 생각이 들어서 맵으로 조사해봤더니, 줄에 서 있는 건 성인식에 참가하는 하급 귀족이나 부유층 같은 명사들이었다.

정오부터 시작되는 「대알현 의식」에 참가하는 자는, 성문 두 개 정도 지난 곳에 있는 마차로 들어갈 수 있는 엔트랜스에서 하차하는 모양이다.

도착한 엔트랜스에서는 휘황찬란한 드레스와 장식품으로 꾸민 귀부인들이나, 무수한 훈장을 가슴에 단 신사들이 환담을 나누면서 번쩍거리는 공간을 만들어냈다.

"무노 남작 각하시군요. 대합실로 안내하겠습니다."

하차하자 몇 명의 시녀를 데리고 온 베테랑 늙은 시녀가 나타나서, 무노 남작이 이끄는 우리들을 대합실이란 이름의 초호화로운 커다란 방으로 안내해 주었다. 50명 정도가 편히 쉴 수 있을 법한 넓이다.

맵을 보니 같은 대합실이 50개 정도 있으며, 아직 30퍼센트도 채워지지 않았다.

"영주는 보통 가족이나 가신들을 이끌고 다니니까."

니나 여사의 설명을 들으면서, 왕성의 메이드들이 가져다 준 상큼한 과실수로 목을 축였다.

잠시 방에서 잡담을 하면서 기다리자, 아까 그 시녀가 나타났다.

"작위를 수여 받는 여러분을 식장으로 안내하겠습니다."

계급이 낮은 자부터 입장하는 규칙인가 보다.

"펜드래건 사작님은 무노 남작 각하와 함께 입장해 주십시오."

나도 동료들과 함께 가려고 했는데, 그렇게 말하며 말렸다.

영세 준남작으로 승작할 예정이니까 따로 가는 걸지도 모르겠네.

더욱이 30분 정도 기다린 다음, 우리는 식장으로 안내를 받았다.

—오옷.

광대한 알현실에는 그곳을 꽉 채울 정도로 수많은 귀족들이 자리에 앉아 있었다.

리자 일행이 앉은 곳은 식장의 구석 쪽이었지만, 눈썰미 좋게 나를 발견한 포치가 커다랗게 손을 흔들어서 옆에 있던 리자에게 혼나고 있었다.

나는 모두에게 작게 손을 흔들고 나아갔다.

한 세대 한정의 명예 귀족들 줄이 끝나자 다음은 영세 귀족의 가족들이 늘어서고, 그 앞에 귀족가 당주들이 늘어섰다. 가족을 동반하는 것은 상급 귀족들뿐인가 보다.

가족석의 가장 앞에 무노 남작가의 장소가 있고, 니나 여사와 카리나 양과는 그곳에서 헤어졌다.

니나 여사가 가족석에 있는 건 카리나 양이 혼자는 싫다고 니나 여사에게 호소했기 때문이다.

나도 본래는 명예 귀족들 줄에 서 있어야 하지만, 무노 남작과 함께 영주들이나 공작이 늘어선 가장 앞줄에 섰다. 놀랍게도, 귀족들 중에서는 우리가 마지막이다.

가장 앞줄 끝에는 미스릴 탐색자인 「붉은 귀공자」 제릴 모사드 준남작이 있었다.

아무래도, 여기는 영세 귀족으로 승작할 예정인 사람이 서는 장소인 모양이다.

나는 그에게 가볍게 눈인사를 하고서, 인도 담당인 문관이 안내해준 자리에 앉았다. 남작의 옆자리다.

어쩐지 제릴 씨가 놀란 표정으로 나를 보았지만, 딱히 뭔가 얘기할 틈도 없이 궁정 악단이 장엄한 곡을 연주하기 시작했다.

왕족이 입장하고, 마지막으로 재상과 시가8검 필두인 쥬레바그 씨를 데리고 등장한 국왕이 옥좌에 앉자 「대알현 의식」이 시작됐다.

높은 사람 이야기가 긴 것은 이세계에서도 마찬가지인지, 새해 인사로 시작된 국왕의 이야기는 끝도 없이 10분 이상 이어졌다. 개인적으로는 용사 나나시를 절찬하는 국왕의 칭찬의 말이 조금 쑥스러웠다.

"—그러면, 승작 및 수작 의식을 집행한다."

시작한지 1시간 정도 지나, 우리들의 승작 의식이 시작됐다.

"레온 무노, 어전으로."

긴장한 표정으로, 무노 남작이 국왕 앞에 나아가 한쪽 무릎을 꿇었다.

중간에 몇 번 넘어질 뻔한 것은 애교다.

“레온이여. 황폐해진 영지를 부흥시키고 진정한 영주가 된 그대를 자랑스레 생각한다. 마족들이 꾸민 수많은 음모를 타파하고, 열세임에도 불구하고 마족이 이끄는 마물의 대군단을 토벌한 무훈, 새로운 산업을 일으켜 내정에 힘을 다하는 모습은 승작에 걸맞다.”

국왕이 자애가 가득한 목소리로 칭찬했다.

그 말에 감동했는지, 무노 남작이 눈물을 뚝뚝 흘렸다.

“영주, 레온 무노를 백작으로 승작한다.”

“삼가 받들겠습니다.”

시가 국어로 대화를 나눈 다음에, 사파이어 같은 걸로 만든 왕홀을 든 국왕이 영창했다.

컨버트 피레지
“■ ■ 승작.”

들어본 적이 없는 발동어다.

국왕의 영창이 끝나자, 무노 남작과 국왕 주위에 파란 빛의 고리가 나타나고 바깥쪽이 이어지더니, 무한 기호 같은 형태를 만들었다.

잠시 빛의 고리가 주위를 비추었다.

이윽고 빛의 고리가 증발하는 것처럼 하늘과 땅으로 사라지자, 무노 남작의 칭호와 계급이 「백작」으로 변했다.

의식이 종료되고, 무노 백작이 국왕에게 인사를 하고서 자리로 돌아왔다.

그런 규칙이 있는 건지 박수나 환성 따위는 일어나지 않았다. 그 대신은 아니겠지만, 악단이 분위기를 띄우는 장엄한 곡을 연주해 주었다.

이어서 고 렛세우 백작의 적자가 「습작」 의식을 거쳐 새로운 렛세우 백작이 됐다.

렛세우 백작의 의식이 거행되는 사이, 엿듣기 스킬이 「걸맞지 않아」라거나 「강등이 아니었나?」라는 불만의 목소리를 포착했다.

아무래도 마족의 습격으로 영도를 잃고서 영지군의 태반을 잃은 자는 영주에 걸맞지 않다고 생각하는 귀족이 많은 모양이다. 젊은 렛세우 백작의 길은 험난하겠군.

"사토 펜드래건 사작, 어전으로."

내 이름을 부르자, 상급 귀족들 사이에서 술렁거림이 일었다.

난 분명히 작위 순서로 부를 거라 생각했는데, 준남작위를 가진 제릴 씨보다도 먼저 불려버리고 말았다.

나는 조금 불길한 예감을 느끼며 국왕 앞에 무릎을 꿇었다.

"사토 펜드래건 사작, 무노령에서 세운 다수의 공적, 오유고크 공작령 및 미궁도시 세리빌라, 그리고 왕도에서도 다수의 마족 토벌을 한 공적, 세리빌라 미궁에서는 수하를 이끌어 『계층의 주인』을 토벌했고, 더욱이 어제 왕도를 습격한 강대한 마물의 토벌에서 시가8검과 나란히 무위를 보였다. 그 밖에도 설탕항로를 이용하는 나라들에서, 항로를 공격하는 해적을 토벌했다는 감사장도 와 있다."

국왕이 내 공적을 읽어 내리자, 술렁거림이 하급 귀족한테까지 퍼졌다.

"그 공적은 진상된 남작위로는 부족하다 할 수 있으리라."

그렇지 않습니다.

"따라서, 사토 펜드래건 사작을 자작으로 승작한다."

"진짜냐……."

무노 백작이나 렛세우 백작 때처럼 의사 확인도 없이, 국왕의 영창이 시작된다.

"■ ■ 승작."

국왕의 영창과 함께 빛의 입자가 둥실둥실 내려왔다.

아까 백작들하고는 이펙트가 다르군.

〉칭호 「시가 왕국 자작」을 얻었다.

〉계급 「귀족(자작)」을 얻었다.

한 세대 한정의 명예 사작과 상급 귀족으로 분류되는 영세 귀족의 자작은, 마을 이장과 국회의원 정도로 다르다.

이 관례를 깬 4계급 특진은 귀족들에게도 뜻밖이었는지, 상급과 하급을 가리지 않고 모든 귀족들 사이에서 술렁거림이 흘러 넘쳤다. 개중에는 작은 소리로 욕설을 하는 문벌 귀족도 있는 모양이다.

마음은 알겠지만, 불만은 국왕에게 말해주면 좋겠는걸.

그건 그렇고, 명예 남작이나 준남작을 내정하고 있었을 텐데 어쩌다 이렇게 됐지? 너무 뜻밖이잖아.

내가 내심 난처해하는 사이에, 제릴 씨가 준남작에서 남작으로 승작하고, 이어서 몇 명의 귀족이 영세 준남작이나 영세 사작의 신분을 잇는 습작 의식이 거행됐다.

다음은 한 세대 한정인 명예 귀족들의 승작이나 수작이다.

오랜 세월 일한 상급 문관이 명예 남작위로 승작하고, 마찬가지로 로맨스 그레이인 상급 무관이 명예 준남작으로 승작했다.

이어서 미스릴 탐색자들 가운데, 명예 사작이었던 자들이 명예 준남작으로 승작했다.

“무노 백작령, 펜드래건 가문 노예, 리자.”

시가8검 필두인 쥬레바그 씨를 이긴 탓인지, 명예 사작 서작은 리자가 처음인가 보다.

기사복을 정장으로 고른 리자가, 긴장한 기색으로 국왕 앞에 걸어갔다.

“펜드래건 가문의 노예 리자를 노예의 신분에서 해방하고, 키슈레시가르자의 가문명을 내려 명예 여준남작에 서작한다.”

—명예 여준남작(바로네테스)?

“■ ■ 서작.”

국왕의 영창이 끝나고, 리자의 이름이 「리자 키슈레시가르자」로 변했다.

키슈레시가르자는 리자의 씨족 이름이다. 그리고 리자 옆에 AR표시로 나타난 스테이터스에서 「사토의 노예」라는 칭호와 계급 「노예」가 사라지고, 「펜드래건 가문, 가신」, 「시가 왕국 여준남작」의 칭호와 계급 「귀족(여준남작)」이 새롭게 늘었다.

“리자 키슈레시가르자 명예 여준남작이여, 그 무쌍의 창술로 백성을 지키라.”

"예."

국왕의 말에 리자가 경의를 표하며 응답했다.

돌아선 리자와 눈이 마주쳤기에, 나는 자랑스런 마음으로 「축하한다」 하고 입모양으로 말했다.

제대로 전해졌는지, 리자가 기쁜 기색으로 눈웃음을 지었다.

이어서, 나나, 루루, 아리사, 타마, 포치 순서로 「명예 사작」의 작위를 받았다.

다만, 아리사와 루루의 계급은 「노예」 그대로다. 사전에 니나 여사를 통해 재상에게 진정을 해서, 특례로 인정을 받은 것이다.

왕도에서 휴양을 마치고 나면, 아리사와 루루를 「노예」 신분에 묶어두는 「강제(기아스)」를 풀기 위한 행동을 개시할 예정이다.

그리고 미아는 엘프의 규칙으로 타국의 귀족이 되면 안 된다고 하여 「수작」을 사퇴했다.

물론 엘프라는 이유 하나만으로 국빈 취급을 받을 수 있는 데다가, 본인도 별로 신경 쓰지 않았다. 지금도 동료들과 함께 당연한 표정으로 앉아 있으니까.

작위 승격이나 수여가 끝나고, 강등이나 폐작되는 귀족이 발표됐다.

주로 마왕 신봉 집단 「자유의 빛」과 연관돼 있던 귀족들이지만, 아무래도 하루아침에 범인이 발견되는 것이 아니라 붉은 밧줄 사건 이전에 내가 용사 나나시로서 적발에 협력했던 사건에 관련된 자들이다.

그리고, 가장 죄가 무거운 귀족은 반역죄를 적용하여 일족이 한꺼번에 처분된다고 했다.

10세 미만의 아이들은 처형이 아니라 후지산 산맥 자락에 있는 수도원으로 보낸다고 했다. 이세계의 형벌은 여전히 혜비하군.

어제 추기경 사건 관련으로는 파리온 신전과 파리온 신국의 관계자, 그리고 붉은 밧줄 사건을 조사하는 가운데 몇 번 이름이 나온 맥크레 가문이 조사 대상이 되어 있다고, 주위의 귀족들이 나누는 잡담으로 알았다.

그런 묵직한 분위기를 떨치기 위해서인지, 훈장 수여식이 집행됐다.

이때 오유고크 공작령에 머무를 때 용사 하야토와 함께 흑룡 헤일롱을 르모크 왕국에서 쫓아낸 공적으로, 시가 왕국 퇴룡 훈장이라는 것을 받았다. 완전히 잊고 있었는데, 그러고 보니 나라에서도 훈장이나 포상금이 나올 거라고 했었지.

이어서 관청의 신설이나 고관의 인사가 발표됐다.

재상이 대신을 겸하는「관광성」이라는 부서가 생긴다고 했다.

아무리 생각해도「외무성」이랑 업무가 겹치는 데다가, 재상 직속의 스파이 조직이 위장하기 위해 만들었다는 생각밖에 안 드는 수상한 곳이다. 명칭에는 끌리지만, 되도록 다가가지 말아야겠군.

시가8검의 결원 3명의 보충은, 이번 달 안으로 결정한다는 발표가 있었다.

어쩐지 재상의 시선이 나를 향한 것 같지만, 분명히 기분 탓이 틀림없다. 옆에 앉은 시가8검 후보 제릴 씨를 본 거겠지. 분명 그게 틀림없어.

◆

“꽤 길었네.”

“그래, 조금 지쳤는걸.”

의식이 끝나고, 우리는 다른 영주들과 살롱으로 간 무노 백작과 헤어져 동료들과 함께 루루의 성인식장으로 이동했다.

무노 백작 일행과 헤어질 때, 자작으로 승작했으니 내일부터 왕국회의에 출석하라고 니나 여사가 못을 박았다.

“그건 그렇고 주인님이 자작이 되다니 깜짝 놀랐어! 미리 말을 해주면 좋았을 텐데.”

“나도 여기서 갑자기 알았어.”

서프라이즈를 할 셈이었을 지도 모르지만, 하다못해 사전에 좀 알려줬으면 했다.

혹시 미리 타진하면 내가 거절할 걸 아는 누군가의 책략 아니었을까?

뭐, 지나간 일은 됐어.

이제 와서 사퇴할 수도 없는 거니까.

왕도를 한 눈에 볼 수 있는 회랑을 걸어가자, 왕도 상공에 국왕의 모습이 투영되는 게 보였다.

『친애하는 국민들이여—.』

하늘에서 국왕의 목소리가 내려왔다. 내용은 신년 축사 같았다.

회랑 앞뒤를 걷고 있던 귀족이 발길을 멈추고 그 자리에서 신하의 예를 취하며 고개를 숙이기에, 우리도 그 자리의 분위기를 읽어서 똑같이 했다.

주변에서 귀족들이 나누는 말을 들어 보니, 국왕을 하늘에 투영하고 있는 건 도시 핵의 힘이 아니라 「코호의 방」이라는 왕성의 마법 설비에 따른 것이었다. 일본어로 추정되는 「코호」라는 게 홍보가 아닐까 싶군.

축사가 끝나자, 어제 사건의 화제로 옮겨서 용사 나나시와 시가 왕국을 수호하는 후지산 산맥의 천룡이 활약하여 마족의 군세가 격퇴되었다는 것을 말하고, 마지막으로 「관과 민이 일치단결하여 왕도의 부흥에 힘을 다해주길 바란다」라는 말로 마무리를 지었다.

"—새롭게 성인이 되는 분은 이쪽에 줄을 서주세요. 초대장을 가진 분, 귀족가의 적자인 분은 이쪽으로 오십시오."

성인식장으로 오자, 몇 명의 담당자가 큰 소리를 내면서 성인이 되는 수많은 사람들의 줄을 정리하고 있었다.

"저는 어디에 서면 되는 걸까요?"

"루루의 경우는 와타리 사작가의 당주니까, 『귀족가 적자』 쪽에 서면 괜찮을 거야."

귀족가 당주가 성인이 되는 패턴은 대단히 희귀하니까 안내하는 사람들도 일부러 언급하지 않는 거겠지. 애당초 신사록에

등록했다면 초대장이 올 테니까.

루루의 경우는 초대장이 발송된 다음에 신규 귀족가가 생겨버렸으니, 빠진 게 틀림없다.

"펜드래건 경, 승작을 축하드리어요."

"감사합니다, 레이텔 님. 새해의 축언을 올립니다."

"펜드래건 경에게도 좋은 해가 찾아오기를 기원하겠어요."

루루를 배웅한 직후에, 미궁도시 세리빌라의 태수부인인 레이텔 아시넨 후작부인과 만났다.

"레이텔 님은 게릿츠 공의 성인식 때문에 오셨나요?"

태수부인의 삼남 이름을 말하며 물었다.

"그래, 맞아요. 하지만, 왕도에 도착하자마자 그 소동이 있었잖아요? 듀케리 가문처럼 미궁도시에서 약식 성인식을 시키는 게 좋았지 않았을까 후회했답니다."

"힘드셨겠군요."

"우후후. 당신도 왕도에 있었으면서, 남일처럼 말하는군요."

태수부인이 웃었다.

그녀의 남편인 태수는 미궁도시의 성인식을 집행하기 위해 왕도에 오지 않은 모양이다.

"성인식이 끝나면 미궁도시에 돌아가시는 건가요?"

"아뇨, 경매까지 있을 거예요."

"뭔가 낙찰 받고 싶은 것이 있으신 건가요?"

"네, 포프테마를 위해서 엘릭서를 낙찰 받고 싶어요."

태수부인의 입에서 그리운 이름이 나왔다.

이어요 말투의 녹색 귀족이었던 포프테마 전 백작은, 녹색 상급 마족에게 조종당해 미궁도시에서 여러 가지 문제 행동을 일으킨 인물이지만, 태수부인의 심복으로 미궁도시 세리빌라 방첩의 요체를 담당했던 중요 인물이기도 하다.

지금은 마족 루더만 소동 때 잃은 반신을 보충하기 위해서, 미궁도시에 있는 생명 유지 마법 장치에 이어진 채 연명하고 있을 것이다.

내가 가진 상급 마법약으로도 부위 결손을 수복할 수 있지만, 내장의 절반을 잃은 상태인 포프테마를 부활시키기에는 조금 불안하다. 까딱하면 노령으로 쇠약해진 포프테마가 죽게 될 수도 있으니까.

내가 만든 렛서 엘릭서라면 문제없이 치료할 수 있을 것 같지만, 출처를 추궁하면 곤란하기에 제공하는 걸 조금 망설이고 있었다.

"봐라, 뭐가 『뒷모습으로 추측해보니 절세의 미녀가 틀림없어』냐. 엄청난 호박이잖아!"

"뭐, 착각은 누구든지 할 수 있지— 응? 노예잖아! 어째서 이런 곳에 노예가?"

"어, 저기, 그건—."

"이유 같은 건 아무래도 좋잖아. 위병에게 넘겨서, 이 녀석 주인을 무릎 꿇리자."

엿듣기 스킬이 껄렁한 목소리에 뒤섞여서 루루의 목소리를 포착했다.

상황이 안 좋아, 루루가 위기다.

"실례, 잠시 실례하겠습니다."

나는 태수부인에게 고하고, 인파 너머에 있는 루루 곁으로 서둘렀다.

"—이런 녀석을 감싸는 거냐!"

인파를 빠져나가자, 이미 루루 앞에 몇 명의 소년이 있었다.

"착각하지 마라. 무지한 너희들을 구해준 거다."

"그래그래! 게릿츠 님 말이 맞아!"

태수 3남인 게릿츠 군, 그 친구인 토케 남작가의 루람 군, 말 안 하고 있는 소년들 나머지 두 명은 이름은 잊었지만 얼굴은 기억이 난다. 그들도 게릿츠 군 그룹이었을 거다.

"기다려 바리. 그는 아시넨 후작가의 게릿츠 공이다. 일을 벌이는 건 영리하지 못해."

"칫, 가자."

친구에게 귓속말을 들은 폭언 소년이 혀를 차면서 가려고 했다.

"기다려, 그녀에 대한 사과를 잊었다."

"그래그래. 마족처럼 날아가고 싶어?!"

통통한 겉모습으로는 상상 못할 재빠른 움직임으로, 게릿츠 군과 루람 군이 폭언 소년들 앞에 돌아가서 막아섰다. 미궁도시의 탐색자 학교에서 훈련한 성과가 나온 모양이다.

"마족을 던져? —설마, 소문으로 들은 메이드왕인가!"

폭언 소년이 놀란 소리를 질렀다.

아무래도, 루루의 별명이나 에피소드는 생각보다 유명한 모양이다.

"위험해, 위험하다고. 그녀가 그 메이드왕이라면, 그 주인은 『상처를 모른다』잖아. 갑옷도 안 입고 중급 마족한테 칼질을 하는 전투광이야."

전투광이라니 실례잖아. 이상한 소문 내지 마라 좀.

"미, 미안하다. 방금 저지른 무례를 사과하지."

"부디, 이 일은 『상처 모르는』 주인 나리께는 알려지지 않게……."

폭언 소년과 그 친구들이 루루에게 고개를 숙였다.

"저, 저기, 그게—."

"사과를 받아들인다면 『용서한다』고 말하면 돼. 사과가 마음에 안 든다면, 결투를 할 수도 있지."

게릿츠 군의 친구 한 명이 루루에게 조언했다.

"노예가 결투?"

폭언 소년의 의문스런 말에, 방금 루루에게 조언한 소년이 대답했다.

"너는 정보가 늦군. 그녀는 아까 국왕 폐하께 작위를 수여 받았어. 지금은 와타리 사작가의 당주야."

"결투라뇨! —요, 용서할게요. 그러니까 고개를 들어주세요."

루루가 용서하자, 폭언 소년들이 도망쳤다.

"게릿츠 공, 그리고 여러분도, 루루의 궁지를 구해주셔서 감사합니다."

나는 게릿츠 군 일행에게 인사를 하고, 대알현 의식에 출석하기 위해 풀어둔 인식 저해의 머리 장식을 루루에게 달아줬다.

"신경 쓰지 마라— 아니지. 신경 쓰지 마세요. 펜드래건 자작에게는 언제나 신세를 지고 있다."

말을 고친 것치고는 완전히 존댓말이 못 된 말투로 게릿츠 군이 대답했다.

"그러고 보니 미티아 님이나 메리안 공은 오지 않으신 모양이군요."

"메리안은 부군의 방침으로 미궁도시에서 성인식을 치른다고 해. 전하는 메리안을 따라서 남았어."

듀케리 준남작 영애인 메리안이나 로리로리한 모습의 노로크 왕국의 미티아 왕녀는 미궁도시에서 성인식을 치르는 모양이다.

그런 이야기를 하고 있는데 성인식이 시작되는 시간이 됐기에, 나는 모두가 기다리는 보호자석으로 돌아갔다.

성인식 자체는 일본하고 별로 다르지 않고, 국왕이나 대신들에게 기나긴 축사를 들은 다음에 부모의 지위가 가장 높은 귀족 자제 — 이번에는 게릿츠 군이었다 — 가 답사를 했다.

이윽고 국가 제창으로 성인식이 끝나고, 루루가 돌아왔다.

"에헤헤, 어쩐지 조금 어른이 된 기분이 들어요."

루루가 웃으며 말했다.

"근처의 영애들이랑 즐겁게 얘기를 하던데, 무슨 이야기했어?"

"주인님이 만들어주신 드레스나 액세서리 얘기야. 다들 칭찬해줬어!"

아리사의 질문에, 루루가 빛이 반짝거릴 정도의 미소를 지으며 대답했다.

루루의 미모에 뒤떨어지지 않는 물품을 의식했으니, 영애들의 반응이 조금 기쁘다.

이번에는 루루의 미모가 돋보이는 물품을 목표로 정진해야겠어.

"—펜드래건 경."

인파를 가르고 나타난 것은 시가8검의 헤르미나 양이었다.

그녀 뒤에서, 시가8검 헤임 씨가 나를 보고 가볍게 손을 흔들었다.

"잠깐, 같이 가줄 수 있어?"

어이쿠, 정월이 시작되자마자 어디로 데리고 갈 생각인지—.

◆

"펜드래건 경!"

"오랜만입니다, 고우엔 님."

시가8검 두 사람의 안내를 받아 간 장소는, 비스탈 공작 저택 습격 사건으로 벽령에 가는 것이 확정된 고우엔 씨가 유폐된 이궁이었다.

"고맙다, 펜드래건 경. 네 덕분에 나는 주군 살해를 하지 않을 수 있었어."

고우엔 씨가 내민 손을 단단히 쥐었다.

"저도 감사드려요. 당신 덕분에, 남편과 다시 한 번 지낼 수 있게 됐습니다."

고우엔 씨 뒤에서 나타난 선이 가는 자그마한 여성이 덧없는 미소를 지으며 말했다.

아직 아슬아슬하게 20대라 그런지, 고우엔 씨의 딸이라고 해도 믿을 수 있겠어.

"쉐린, 메리라, 너희들도."

"네, 어머님. 아버님을 구해주셔서 고맙습니다."

"오빠야, 고마워."

어머니의 재촉을 받고서, 고우엔 씨 뒤에 숨어 있던 초등학생쯤 되는 여자 아이 둘이 새빨간 얼굴로 나에게 꾸벅 고개를 숙였다. 고우엔 씨의 딸들은 내성적인가 보다.

"덕분에, 벽령으로 가기 전까지 가족과 지낼 수 있다."

고우엔 씨의 말에 언니인 쉐린 양이 반응했다.

"아버님, 저희들도 아버님이랑 같이 가고 싶어요."

딸의 호소를 고우엔 씨가 씁쓸한 표정으로 거절했다.

"안 된다, 쉐린. 벽령은 가혹한 장소야. 이글이글 타오르는 태양에, 불쾌한 습기, 더욱이 독벌레나 역병이 기다린다. 그런 장소에 어린 너희들이나 리쉐라를 데리고 갈 수는 없어. 이해해 다오, 쉐린."

벽령의 주거 환경 개선은 계획하고 있지만, 그걸 이 자리에서 말할 수는 없다. 내심 안타까움을 느끼면서, 나는 부녀의 대화를 지켜보았다.

"—그러면, 강해지겠어요! 아버님이나 어머님을 지탱할 수 있을 정도로."

쉐린 양은 겉모습은 어머니를 닮았지만, 내면의 열기는 아버지를 닮은 모양이다.

우리는 잠시 고우엔 씨 가족과 교류한 다음, 이궁의 감독관 지시로 물러가게 됐다.

◆

"이것이 왕조님의 이야기에서 묘사됐던 오스에치 요리구나."

"흠, 처음 먹는 것인데, 맛있군."

고우엔 씨 일가와 면회한 다음, 나는 헤르미나 양과 헤임 씨를 자택으로 초청하여 함께 오세치 요리를 먹었다.

"**헤엠** 대선생님, 이 로스트 비프도 맛있는 거예요."

"햄이랑 닭새우도 맛냥~?"

포치랑 타마가 헤임 씨 좌우에서 접대하고 있다.

"이 시가주, 부드럽고 맛있네."

"네, 『왕벚』의 백년산입니다."

내 대답을 들은 헤르미나 양이 쿨럭 기침을 했다.

"잠깐, 그런 거 가볍게 내놓지 마. 한 잔에 금화 수십 닢이나 할 법한 명주잖아."

"이게 가장, 오세치 요리에 잘 맞으니까요."

맛있는 건 정의다.

"사토 공! 왔다네!"

"우우움, 키리크의 딸과 헤임 공도 와 있었나!"

안내를 맡은 메이드보다 빠르게 방에 들어온 것은 오유고크 공작령의 먹보 귀족 로이드 후작과 호엔 백작 두 사람이다.

"어서 오세요. 금방 준비할 테니 이쪽 자리에 앉으시죠."

두 사람은 오세치 요리 비장의 레시피를 제공해줬으니, 특별석으로 안내했다.

"펜드래건 경, 자작으로 승작한 것을 축복하네."

로이드 후작과 호엔 백작보다 조금 늦게, 시멘 자작이 나타났다.

두 사람의 스톱퍼 역할만 하는 게 아니라, 내 승작을 축하하러 와준 모양이다.

"이건 토르마가 보낸 거야. 이건 내가 주는 걸세."

시멘 자작이 그의 동생이자 내 친구인 토르마 씨에게 받아왔다는 공도에서 유행하는 소설 몇 권과, 두루마리 공방의 창고에서 발견했다는 낡은 두루마리를 나에게 건네주었다.

낡은 두루마리는 미궁산 물건인데, 꽤 상했지만 문제없이 쓸 수 있을 것 같다.

마침 좋은 기회라, 좀처럼 타이밍이 맞지 않아 부탁 못했던 두루마리— 기존의 것 6종류와 오리지널 4종을 발주했다.

"루루 공, 이 요리는?"

"그건 가지의 된장소스 구이예요."

"방금 먹은 생선살 달걀말이도 좋았지만, 이 가지 된장소스 구이라는 것도 참 맛있군."

"그렇지, 그래! 오우미 소의 생강양념 조림과 고래 조림이라는 것도 좋아."

루루에게 요리 설명을 들으면서, 먹보 귀족 두 사람이 감탄을

금치 못했다

다행히, 두 사람이 「고래」가 어떤 생물인지 질문하지는 않았다.

나는 시멘 자작과 헤르미나 양을 상대하면서, 설날의 떠들썩한 밤을 즐겼다.

히카루

“사토입니다. 어린 시절의 추억은, 스스로도 생각지 못하는 틈에 사실에서 표류하는 일이 있습니다. 오랜만에 소꿉친구랑 만나면 추억 이야기가 어긋나는 경우가 있어서 깜짝 놀란단 말이죠.”

“어제랑 달리 마차가 적네.”

“응, 동의.”

왕성에 가는 마차 창으로 바깥을 바라보고 있던 아리사와 미아가 감상을 중얼거렸다.

오늘은 시스티나 왕녀에게 왕성으로 초대를 받았다. 요전처럼 아침 일찍 도착한 소환수로 초대를 하기에 조금 어수선했다.

“오늘은 왕국회의에 참가하는 귀족들 정도 말고는, 이 길을 쓰지 않으니까.”

어제 「대알현 의식」에서 자작이 되어 버렸으니, 나도 왕국회의에 출석할 필요가 있었다.

나는 아리사와 미아를 시스티나 왕녀의 방에 바래다준 다음, 금방 왕국회의 의사당으로 이동할 예정이다.

왕국회의는 오늘부터 1월 5일까지 열린다.

—PYWEEEE!

멀리서 맹금류 같은 울음소리가 들렸다.

"음? 독수리?"

"왕성에서 기르는 걸까?"

"왕벚도 있으니까, 멋대로 살고 있는 걸지도 모르지."

그런 대화를 나누는데, 말이 격렬하게 울면서 마차가 흔들렸다.

"우왓."

"우움."

비명을 지르는 아리사와 미아를 끌어안은 사이에, 마차가 옆으로 넘어지고 노견의 경사를 미끄러져 떨어졌다.

마법적인 염동력인 「이력의 손」으로 두 사람의 몸을 지탱했으니 두 사람이 다치진 않았다. 물론 나도.

"아리사, 미아, 괜찮니?"

"으, 응."

볼을 찰싹찰싹 두드리자 아리사의 눈이 초점을 되찾았다.

미아는 눈이 돌아가고 있고, 「뀨우」라는 귀여운 소리를 내면서 쓰러져 있었다.

"무, 무슨 일이야?"

"말이 날뛰어서 마차가 넘어진 모양이야."

내가 끌어안고 있던 두 사람을 내려주고, 바로 위에 있는 문을 밀어 열고 밖으로 나왔다.

경사를 미끄러진 마차는 우리들 말고도 몇 대 더 있고, 넘어진 마차나 길가에 처박힌 마차는 더 많은 모양이다.

"대체 무슨—."

수상한 광점이 안 보이는 레이더를 닫고서, 맵을 열려고 메뉴를 조작했다.

그때 화악, 나무들 위를 그 녀석이 날아서 지나갔다.

—PYWEEEE!

나무들 너머, 수많은 마차가 넘어진 상공을 선회하는 모습이 보였다.

독수리의 상반신에 사자의 하반신.

천공의 패자이자 하늘의 환수— 그리폰.

내가 몇 갠가 읽은 책에는「그 모습을 본 자는『도망친다』말고 다른 선택지를 고를 수 없다」고 적혀 있었다.

—PYWEEEE!

지상을 내려다보며 그리폰이 울었다.

"그리폰이면『그루우』잖아!"

울음소리를 들은 아리사가 외쳤다.

그리폰을 짝꿍으로 삼는 소설에서 연상한 거겠지.

"—응? 저건……."

"있지, 저기! 그리폰 등에 누가 탄 거 아냐?"

내가 발견한 것을 아리사도 동시에 발견했다.

그리폰의 등에 매달린 것은, 긴 검은 머리칼에 하얀 장의를 입은 여성이었다.

망원 스킬을 써서 자세히 확인했다.

"—저 바보."

그게 누구인지 안 순간에, 무심코 험한 소리가 나와 버렸다.

"주인님?"

"아리사, 미아가 깨어나면 쓰러진 마차들 좀 부탁할게."

"어, 자, 잠깐."

당황하는 아리사를 남기고, 나는 왕성의 정자로 귀환전이하여 그 뒤에 숨어 용사 나나시의 모습으로 변해 그리폰 곁으로 비상했다.

"그리 군! 얌전히 있어봐!"

그리폰에게 다가가자, 그 등에 매달린 여성의 외침 소리를 엿듣기 스킬이 포착했다.

"미토!"

여성의 이름을 부르는 나에게, 그리폰이 한 번 피이 울더니 바람의 칼날을 뿜어냈다.

나는 섬구로 피하면서, 주먹에 만든 마력 갑옷으로 바람의 칼날을 부수었다.

"얌전히 있어!"

나는 그리폰의 등에 올라타서, 기승 스킬이나 조련 스킬의 도움을 빌어 폭주를 진정시켰다.

"너, 너는— 용사 나나시."

가까이서 본 얼굴은 역시 내가 아는 소꿉친구의 얼굴이다.

본래 세계에서 시골의 신사를 이었을 그녀가, 몇 백 년 전에 사가 제국에서 용사 소환됐다는 것이 너무 신기하다. 세계 사이에서 시간의 흐름이 크게 다른 건가?

"히카루, 나다."

나는 가면과 그 안에 쓴 변장 마스크를 벗고서, 미토에게 맨 얼굴을 보였다.

"—이, 이치로 오빠!!!"

내 맨 얼굴을 본 미토가 눈을 크게 뜨고서 내 본명을 불렀다.

역시, 그녀의 정체는 내 소꿉친구인 히카루가 틀림없는 모양이다.

◆

"이치로 오빠, 이치로 오빠, 이치로 오빠, 이치로 오빠—."

히카루가 굉장한 기세로 안겨 들었다.

내 이름에 담긴 거센 감정을, 가녀린 몸과 함께 끌어안아줬다.

어린애처럼 우는 히카루의 머리칼을 상냥하게 쓰다듬고, 진정할 때까지 마음껏 울게 해주기로 했다. 나로서는 1년 전이지만, 이 녀석에게는 긴 세월이 지났을 테니까.

"드디어 만났어!"

눈물에 젖은 눈동자로, 히카루가 내 품속에서 올려다보았다.

내 기억에 있는 그녀보다 나이를 좀 먹었지만, 이세계에 오기 전의 나보다는 젊은 느낌이다.

그녀의 본명은 타카츠키 미츠코. 그녀의 히카루란 호칭은 별명이다. 미츠코라는 이름이 세련되지 않다면서 어렸을 때 자기가 붙였다.

"제신님 말이 맞았어."

그렇게 말한 히카루가 다시 한 번 내 품에 얼굴을 묻었다.

"—제신? 히카루네 집 신사에 모시는 신 말야?"

"응, 아마노미즈하나히메. 역할을 마치고 파리온 님에게 송환을 받는 도중에, 제신님이 본래 세계로 돌아가도 이치로 오빠는 만날 수 없다고 가르쳐줬어."

그래서 송환을 캔슬하고, 제신의 조언에 따라 마술적인 콜드 슬립으로 현대까지 잠들어 있었다고 한다.

"아마노미즈하나히메라—."

—그 이름은 싫단다. 바깥 나라에서 온 이 몸의 힘을 두려워한 천신 놈들이, 이 몸을 용신(龍神)이 아닌 수신(水神)으로 가라앉히고자 붙인 이름이니라.

내 뇌리에 어린 날의 기억이 되살아났다.

어렸을 때 히카루가 제신을 자기 몸에 내리는 식으로 그렇게 말했었지.

그때는 히카루의 박진감 넘치는 연기력을 즐기고 있었는데, 이번 이야기를 들어버리니 정말로 신이 빙의 했었던 게 아닌가 싶어지네.

"응. 제일 사랑하는 사람과 사별한 일화가 있는 신이니까, 이치로 오빠랑 헤어지게 된 나를 동정해준 걸지도 몰라."

—그거 알아, 이치로 군?"

히카루의 목소리에 누군가의 목소리가 섞였다.

『이 신사의 제신 아마노미즈하나히메는 말야. 옛날에 한 명의 인간 젊은이와 결혼을 했었어. 하지만 상대는 인간이니까 먼저 죽어버리는 거야. 그는 죽을 때 미즈하나히메랑 약속했어. 「언젠가 다시 태어나 당신 곁으로 돌아오겠습니다」라고. 로맨틱하다고 생각하지 않아?』

어른스런 상대였던 기억이 있으니, 히카루의 어머니나 이모 같은 사람이었을 거다.

『환생이라는 거 진짜 있을까?』 어린 시절의 내가 묻자, 그녀는 수긍하고서 『신과 사람은 수명이 다르니까 다시 태어나기만 해서는 또 헤어지게 돼』라고 쓸쓸하게 말했다.

『좋아하는 사람을 신으로 만들면 되지 않아?』

『자기 마음대로 신격을 내릴 수 있을 정도로 신도 만능은 아냐.』

그런 대화를 한 기억이 있다.

"이치로 오빠?"

히카루가 내 얼굴을 들여다보았다.

추억에 잠겨 있었나 보네.

"히카루, 장소를 바꾸자."

왕성의 한 구석에서 비룡 기사(와이번 라이더)가 발진하는 것이 보이기에, 그리폰과 함께 마물의 영역에 만든 비밀기지로 이동했다.

남용하지 않는다고 아리사랑 약속했지만, 그리폰과 함께라면 각인판을 둔 장소에 들어가지 못하니까 귀환전이가 아니라 유닛 배치를 사용했다.

"전이— 마법 아니지? 공간 마법의 독특한 느낌이 없었으니까 이치로 오빠의 유니크 스킬?"

"아아, 그래."

"역시, 이치로 오빠는 굉장하네. 나는 여러 애들이랑 친해지는 **힘**밖에 없었는데.

히카루가 말하며 웃었다.

"그렇지, 이치로 오빠. 회사 사람들은 괜찮았어?"

이동한 다음, 다시 한 번 서로 재회를 축하한 다음에 히카루가 그런 얘기를 꺼냈다.

"회사?"

―무슨 얘기지?

"갑자기 용사 소환을 당해버려서, 데스마치 중이던 FFL을 내팽개쳐버렸잖아? 계속 신경 쓰였어."

"네가 어떻게 개발중이던 FFL을 알아?"

그건 실종된 후배 씨 대신에 이세계로 오기 전에 마무리 지은 게임 타이틀이다.

"어떻게, 이긴. 그 게임의 메인 프로그래머였으니까, 잖아?"

히카루가 고개를 갸웃거렸다.

"아니, 그건 후배 씨가―."

"응, 그러니까, 나."

히카루가 자기를 가리켰다.

내 인식이 분명하다면, 후배 씨는 히카루가 아니다. 순정 만화를 좋아하는 남자다.

"메타보 씨가 붙였잖아. 타카츠키를 코우하이라고 읽어서, 그

거 아니라고 지적했더니 괜히 오기를 부려서 『네 별명은 후배 씨다!』[#3]라고 말해서 정착돼버린 거. 뭐, 나도 메타보 씨라는 별명을 붙여줬으니까 비긴 셈이지."

아니, 메타보 씨는 영업직 여자애가 명명을 했을 텐데. 「여자애가 처음으로 별명을 붙여줬다」라면서 기뻐하고, 주변에 「나는 메타보 씨라고 불러주게나」하며 말했었다.

나는 그것을 히카루에게 말했다.

"어, 그 에피소드는 영업직이 아니라 나야. 메타보 씨가 어쩐지 기뻐하면서 말했던 거 기억하는데."

히카루가 당혹한 표정으로 말했다.

"기억 안 나? 이치로 오빠한테 연수를 받았잖아."

히카루가 울 것 같은 표정으로 호소했다.

"쓸데없는 네스트는 하지 말라거나, 로컬 변수를 재활용하지 말라거나, 잔뜩잔뜩 가르쳐 줬잖아."

"그러고 보니—."

내 뇌리에, 회사에서 철야로 일하는 히카루의 모습이 떠올랐다.

"—아니, 그럴 리 없어."

후배 씨랑 히카루는 다른 사람이다. 히카루의 기세에 밀려 거짓된 기억을 날조할 참이었어.

만약을 위해 로그에 시선을 주었는데, 정신 마법의 공격을 받은 흔적은 없다.

#3 후배 씨 타카츠키(高坏)는 코우하이라고도 발음할 수 있다. 그리고 후배(後輩) 또한 코우하이로 발음된다.

"이치로 오빠."

불안해 보이는 표정으로 히카루가 나를 보았다.

서로의 기억이 어긋나고 있지만, 그녀는 내가 아는 히카루가 틀림없다.

그러면, 어째서—.

내 뇌리에 메네아 왕녀의 르모크 왕국에서 소환된 일본인 두 명의 얼굴이 스쳤다.

그렇지. 그들은 오오야마토토요아키츠시마 제국이나 남일본 연방이라는 패럴렐 월드의 일본에서 소환됐다.

그렇다면, 눈앞에 있는 히카루 또한, 나랑 다른 일본에 있던 히카루일지도 모른다.

"……히카루, 잘 들어."

용사로서 소환되어, 마왕과 격전을 거쳐 시가 왕국을 일으키고, 스즈키 이치로와 재회하기 위해 오랜 시간을 기다렸다는 그녀에게 말하기는 괴롭지만, 여기서 안이하게 얼버무리면 안 된다고 생각한다.

"왜 그래?"

"나는…… 너의 이치로가 아냐."

"어? 무슨 말이야?"

"아마도, 나는 네가 있던 곳과 다른 일본— 패럴렐 월드의 일본에 있던 스즈키 이치로인 것 같아."

이어서, 내 기억과 그녀가 이야기하는 정보의 오차에 대해 설명했다.

"그, 그런…… 그런 게 어딨어!"

주저앉은 히카루가, 어린애처럼 울음을 터뜨렸다.

나는 마땅히 해줄 말이 없어서, 그저 히카루를 끌어안고 그 등을 상냥하게 쓰다듬어주는 수밖에 없었다.

이윽고 울음을 그치고 잠든 히카루를 안아 들어 객실 침대에 눕혔다.

어른이 된 히카루의 옆모습에 다른 누군가의 모습이 플래시백했다.

그와 동시에, 아까 아마노미즈하나히메의 이야기를 했을 때 기억이 되살아났다.

『환생이라는 거 진짜 있을까?』

『있어.』

그렇게 말한 그녀의 표정은 기억이 안 난다.

『하지만, 그냥 다시 태어나는 걸로는 안 돼. 신과 사람은 수명이 달라. 또 헤어지게 되어 버리지.』

『좋아하는 사람을 신으로 만들어 버리면 되지 않아?』

『마음대로 신격을 내릴 수 있을 정도로 신도 만능이 아냐.』

그렇게 말하는 그녀는 쓸쓸한 기색으로, **옅은 녹색의 머리칼**을 쓸어 올린 것이 기억난다.

『한 사람의 영혼만으로는 부족해. 잔뜩, 잔뜩 모아서 합쳐야지…….』

그녀가 마지막에 중얼거린, 그 말이 조금 무서웠던 것을 기억하고 있었다.

◆

"—이치로 오빠!"

히카루가 내 이름을 외치며 벌떡 일어났다.

울다 지친 히카루를, 왕도 저택의 객실에 눕혀두고 있었다.

그리폰은 비밀기지에서 해방했으니 지금은 자기 둥지로 돌아갔겠지. 아리사랑 미아는 예정대로 시스티나 왕녀의 방을 방문했고, 나는 몸이 안 좋다는 이유로 왕국회의 첫날을 꾀병으로 쉬었다.

"정신 들었니?"

"이치로 오빠!"

내 목소리를 들은 히카루가 퍼뜩 돌아보더니, 다음 순간에 그 얼굴이 슬프게 일그러졌다.

"—그렇구나, 꿈이 아니었네."

"히카루, 내 얘기를 들어봐."

그녀의 자는 모습을 지켜보는 사이에 깨달은 것이 있다.

"뭔데?"

"제신은 너의 스즈키 이치로를 만날 수 있다고 했어?"

"응. 『네가 사랑하는 이치로와 재회하고 싶다면, 그 세계에 남아라』라고 했어."

역시 그랬군.

"그건 본래 세계로 돌아가도, 히카루의 세계에 있어야 할 스즈키 이치로를 만날 수 없다는 거잖아?"

"으, 응, 아마."

"다시 말해서, 히카루의 세계에 있던 스즈키 이치로도 이 세계에 와 있다는 거 아닐까?"

시간 순서가 이상하지만, 패럴렐 월드의 시간 경과가 일치하지 않는 건 SF소설에서도 자주 본 적이 있다.

"그런, 걸까?"

매달리는 눈빛의 히카루에게 나는 힘차게 고개를 끄덕였다.

"포기하지 않아도, 되는구나."

아직 눈동자는 촉촉하지만, 드디어 히카루의 얼굴에 미소가 돌아왔다.

"갈 곳이 없으면 내 집에 살도록 해."

"괜찮아?"

"물론이지. 패럴렐 월드의 존재라고 해도, 나에게 소중한 소꿉친구인 것은 틀림없으니까."

"이치로 오빠— 아, 이렇게 부르면 안 되는 걸까?"

"괜찮아. 히카루 마음대로 불러. 지금은 사토란 이름을 쓰고 있으니까, 남들 앞에서는 그쪽으로 부탁해. 히카루는 미토라고 부르는 편이 좋니?"

"아니, 히카루가 좋아. 이쪽으로 오고 나서 야마토나 미토라고 불렸으니까, 일본에 있을 때 이름을 불러 주면 좋으려나? 미츠코도 좋지만…… 히카루가 좋아."

"그럼, 히카루라고 부를게."

"응―."

어쩐지 좀 근질거리는 분위기가 두 사람 사이에 흘렀지만, 히카루는 아리사와 마찬가지로 자폭 체질이니까 이런 분위기는 오래 안 간다.

"―그런데, 어째서 그렇게 젊은 거야!"

이제 와서, 그걸 신경 쓰냐.

◆

"―뭐랄까 굉장하네."

나는 이쪽 세계에 와서 귀족이 된 부분까지의 전말을 간단히 얘기했다.

이야기가 성가셔질 것 같아서, 유성우나 신 살해에 대한 이야기는 안 했다.

"그러면, 용사 소환을 당한 게 아냐?"

"그래. 이번 대의 용사 이야기를 들어보면, 르모크 왕국에서 소환된 일반인일 가능성이 높다고 해."

"후~응. 르모크 왕국이라아. 거기 핑크 머리칼의 젊은 임금님이 완전 테니×유우의 시가 군 같았단 말이지~."

테니×유우는 일본에 있을 무렵 후배 씨가 빠져 있었던, 파란 머리칼의 마왕과 핑크 머리칼의 용사가 테니스로 싸우는 수수께끼 순정 만화다. 히카루도 같은 만화에 빠져 있었나 보군.

분명히, 등장 인물이―.

"히카루. 혹시, 야마토 시가라는 건 테니×유우의 주인공에서 딴 거야?"

"헤헤~. 언제나 게임에서 쓰던 이름이니까 반사적으로 나와 버렸어."

나도 언제나 게임에서 쓰는 「사토」였으니까 남 말은 못하겠군.

"하지만, 풀네임으로 말할 때는 시가 야마토로 부탁해. 그거, 중요하니까."

시가 야마토라고 붙였는데, 감정으로는 야마토 시가가 되어 있어서 불만이었다고 히카루가 말했다. 부녀자로서는 앞뒤의 순서가 중요한 모양이군.

"그래서, 히카루는 이쪽에서 어떤 느낌이었어?"

"하얀 방에서 파리온 신에게 힘을 받았는데 말야. 죽이는 건 싫으니까 누구든지 친해질 수 있는 『우애(友愛)(모두 사이좋게)』라는 걸 골랐더니, 그것만으로 영혼의 그릇이 꽉 차 버렸어."

히카루의 특수능력— 유니크 스킬란에 「우애」란 것이 있었다.

다투는 걸 싫어하는 이 녀석다운 선택이다.

"그 탓에 소환된 다음에 높은 사람들이 꽝 용사 취급을 해서 성검이나 성도구를 빼앗아간 데다가, 용량무한의 인벤토리를 이용해서 최전선 운송 담당을 시켰어."

듣자니, 당시 사가 제국에는 히카루 말고도 용사가 3명 더 있었다고 한다.

"그래서 나를 운송하던 비공정이 황금 폐하의 기습으로 격추를 당해서, 오크 제국의 포로가 되어 버렸어. —괜찮아, 안심해! 내 순결은 이치로 오빠를 위해 지켰으니까."

"그런 걱정 안 한다."

—아니, 내가 아니잖아. 뭐, 여기에 히카루 세계의 이치로 군이 있어도 같은 말을 할 것 같네.

물론, 히카루가 성적인 폭행으로 상처받지 않은 건 기쁘지만.

히카루가 말하는 황금 폐하라는 건, 내가 공도 지하에서 싸운 마왕「황금의 저왕」을 말하는 거겠지.

포로가 된 히카루는 유니크 스킬「우애」로 오크들을 자신의 편으로 만들어, 마왕하고도 우정을 쌓았다고 한다.

그러나 그것도 오래 못 가고, 전쟁으로 유니크 스킬을 지나치게 쓴 마왕이「신의 조각」에 침식당해 버려서, 당시의 2대 제국—프루 제국과 사가 제국을 상대로 대전쟁을 일으켜 버리고, 사태가 급변했다고 한다.

"전쟁이라……."

"응, 지독한 싸움이었어."

다수의 마왕과 복수의 용사가 치고받는 처참한 전쟁이었다고 한다.

그 싸움에서 히카루 말고 다른 용사들이 목숨을 잃고, 당시 최강을 자랑하던 프루 제국이 멸망해서, 전세계가 흐트러질 대로 흐트러졌다고 히카루가 말했다.

그 다음, 오크 제국의 포로에서 해방된 히카루가「용의 계곡」에서 천룡이란 파트너와 클라우솔라스를 비롯한 성스러운 무구를 받아 대마왕 토벌의 위업을 이룩했다고 했다.

물론 히카루 본인은 마왕 「황금의 저왕」이나 오크들을 쓰러뜨린 걸 후회하고 있는지, 별로 자랑스러운 기색은 아니었다.

"마왕 토벌 뒤에 제신에게 신탁을 받은 거야?"

"응, 그래. 이치로 오빠 곁으로 돌아가고 싶어서 금방 귀환을 골랐는데, 일본으로 돌아가는 도중에 우리 제신님이 신탁을 내려줬어— 본래 세계로 돌아가도 이치로 오빠는 만날 수 없다고."

히카루는 거기서 말을 끊고, 내 눈동자를 보았다.

"아마노미즈하나히메를 만난 거야?"

"만난 건 아냐. 목소리만…… 아니지, 말이 되기 전 같은 그런 이미지의 덩어리를 받았어."

그 이미지를 믿고서, 지금의 공도에 귀환했다고 한다.

히카루가 당시의 종자나 동료들과 함께 시가 왕국을 건국한 것은 그 다음이라고 했다.

"왕 하는 거 엄청 힘들었어~."

그래도 어떻게 제후를 한데 모아, 지금의 시가 왕국의 원형을 만들었다고 한다.

시가 왕국이 현재의 공도에서 왕도로 천거한 것을 계기로 2대 임금님으로 대를 넘기고, 미토로서 사회 개선의 나라 유람이나 미궁의 보물 상자에서 젊어지는 약을 남획하거나 하면서 보냈다고 한다.

그리고 또 다시 신탁을 받아, 후지산 산맥의 자락에 있는 시설에 마법적인 콜드 슬립 장치를 설치하고서 잠들었다고 한다.

나나의 자매들이나 「존 군」이란 녀석이 잠에서 깨운 것은, 상당히 최근인가 보다.

문득 시야에 보라색 가발이 눈에 들어왔다.

—그렇지. 히카루한테 사과하는 걸 까먹었다.

나는 용사 나나시의 정체로 그녀의 얼굴을 본뜬 변장 마스크를 만든 것이나, 국왕이 나를 왕조 야마토로 오해하는 것을 그대로 둔 것을 사과하고 살짝 제안해봤다.

“자손들이 어떤지 보고 싶으면, 이 가발을 쓰고 가면 왕조 야마토의 전생체로 만날 수 있을 거야.”

“순결은 지켰다고 했잖아! 2대 임금님은 내 양자야. 프루 제국 최후의 황제의 서자인데, 노력가에 착한 아이였어. 『시가 가문의 이름에 부끄럽지 않도록』이라는 게 샤로릭 군의 입버릇이었지—.”

제3왕자와 같은 이름—이 아니라 반대구나. 제3왕자가 2대 국왕의 이름을 받은 거겠지.

“—하지만, 그렇구나. 샤로릭 군의 자손을 만나는 것도 좋을 것 같아.”

히카루가 쓸쓸한 기색으로 말했다.

나는 스토리지 안에서 미사용의 보라색 가발과 나나시 의상 세트를 꺼내 히카루에게 증정했다.

“어이쿠, 이것도 돌려줄게.”

나는 스토리지에서 성검 클라우솔라스를 꺼내, 마력을 완전히 뽑아낸 다음에 히카루에게 건넸다.

“괜찮아? 성검이 없으면 마왕이나 상급 마족을 상대하는 거

힘들잖아?"

"상관없어. 성검은 또 있으니까."

무엇보다도, 신검이라는 비장의 카드도 있다.

"그럼, 받아둘게."

히카루는 「어서 와」 하고 성검 클라우솔라스에 가볍게 마력을 주입하면서, 검신을 상냥하게 쓰다듬었다.

자루에 있는 보주가 반짝, 파란 빛을 냈다. 그건 마치 히카루에게 「다녀왔어」라고 대답하는 것처럼 보였다.

◆

"다녀왔어~. 주인님의 아리사입니— 또, 새로운 여자!"

왕도 저택의 거실에서 히카루와 차를 마시고 있는데, 왕성에서 돌아온 아리사가 나를 바람둥이처럼 말했다.

"바람."

"아니야."

아리사 뒤에서 들어온 미아의 눈초리가 날카로워졌다.

"**어서오세**~?"

"어서 오세요인 거예— 모르는 사람인 거예요!"

"뉴!"

이번에는 타마랑 포치다.

"이치로 오빠—가 아니지, 미안. 사토는 이세계에 와서 유녀(로리)취(콤)향으로 전향했어?"

"아니, 이 애들은 내가 지켜주는 가족 같은 애들이야."

히카루는 나랑 자기 세계의 이치로를 혼동하는 기색이 있다.

"연상의 여동생? 상당히 찐한 걸로 쳐들어왔네."

아리사는 히카루가 말한 이치로란 이름에는 반응하지 않았다.

내 무수히 많은 가명 중 하나라고 해석한 거겠지.

"이 애는 히카루. 내 소꿉친구— 비슷한 느낌이야."

"비슷한?"

"그래. 정확하게는 『평행세계의 나』의 소꿉친구 같다."

"헤에, 그렇구나. 나는 아리사, 잘 부탁해!"

소꿉친구라고 들은 순간부터, 아리사가 묘하게 환영 무드로 바뀌었다.

"우웅?"

"걱정 없어. 소꿉친구라는 건 말야—."

아리사가 미아의 귓가에 「소꿉친구는 패배 플래그의 정석」이라는 실례되는 말을 속삭이는 걸, 엿듣기 스킬이 포착했다.

"마스터, 귀환을 보고합니다."

"주인님, 그리폰 토벌에 참가하지 못해 죄송합니다."

나나랑 리자가 거실로 들어왔다.

아무래도 아리사가 왕성에서 돌아오는 길에 모두 합류해서 온 모양이다.

"우왓, 금발 거유에 늠름한 미녀. 연상을 좋아하는 사토다운 초이스네."

"젊어진 얘기는 벌써 했잖아? 둘 다 나보다 연하야."

그녀의 이치로 군도 연상 취향인 모양이군.

주방 쪽 입구에서, 루루가 얼굴을 내밀었다.

"주인님, 점심에 먹을 국에 떡은 몇 개인가요?"

"우왓, 뭐야? 이 초절정 미소녀는?!"

히카루가 루루의 미모에 놀랐다.

"저, 저기……."

"그녀는 히카루라고 하는데, 나나 아리사랑 같은 심미안을 가졌으니까 비꼬는 게 아니야."

표정이 흐려지는 루루에게 재빨리 커버하는 설명을 했다.

"그, 그랬었군요. 처음 뵙겠습니다, 루루예요."

"이쪽이야말로 처음 뵙겠습니다."

동료들이 다 모였으니, 서로 자기소개를 시켰다.

리자랑 아리사에게는 나중에 히카루가 왕조 야마토라는 것과 내 본명을 가르쳐줄 생각이다.

"그러면, 히카루는 좋아하는 사람이 왕도에 나타나길 기다릴 거야?"

"응. 그때까지 여기 살아도 된다고 사토가— 물론, 폐가 된다면 나갈게."

"폐가 될 리 없어. 그리고 우리는 월말에 미궁도시로 돌아가니까, 이 저택에 누가 살고 있는 편이 메이드들의 고용도 확보할 수 있잖아."

무엇보다, 저택의 방이 잔뜩 남아 있다.

꼬르르륵. 포치와 타마의 뱃속 시계가 울리기에, 자기소개 다음에 잡담을 중단하고 다 함께 점심을 먹기로 했다.

오늘은 다들 한 식구니까, 준비를 마친 다음에 메이드들의 시중을 사양하고 그녀들도 사용인용 식당에서 식사를 하도록 지시했다.

"우왓, 오세치 요리!"

히카루가 호화찬란한 오세치 요리를 보고 놀란 소리를 냈다.

"맛있다아아아아아아아아아!"

다시마 말이를 한 입 먹은 히카루가 요리 만화의 식도락가처럼 외쳤다.

"이거 뭐야? 굉장해. 입 안에서 감칠맛이 폭발하는데. 이 말린 멸치나 생선살 달걀말이도 최고야!"

차례차례 요리를 먹으면서, 히카루가 뚝뚝 눈물을 흘렸다.

"다시 한 번 오세치 요리를 먹을 수 있을 줄은, 몰랐어. 고마워, 루루."

"그, 그건…… 저 같은 건……."

입이 마르도록 칭찬하는 히카루에게 루루가 황송해했다.

"이것도 먹어~?"

"고래 조림도 맛있는 거예요."

타마가 오우미 소의 로스트 비프, 포치가 조림을 권했다.

"정말이다! 엄청 맛있어. 고래는 처음 먹어보는 건데, 이쪽 세계에도 고래— 푸웁."

조림을 먹던 히카루가 갑자기 뿜었다.

"대, 대괴어 토부케제라?"

그러고 보니 용사는 고성능 감정 스킬이 기본 장착이었지.
"전에 공도 상공에 나타나기에 사냥했지."
"어? 아니, 여기에 고기가 있으니까, 그런 거겠지만…… 대괴어거든? 공포의 상징, 파멸의 사자, 마법도 브레스도 가리지 않고 먹어 치워버리는 하늘을 나는 요새— 그 대괴어 토부케제라를 사냥했어?"
나는 눈을 크게 뜨는 히카루에게 고개를 끄덕였다.
"……그러고 보니, 이치— 사토가 그 용사—."
말하는 도중에 히카루가 「말하면 안되나?」라는 표정으로 나를 보았다.
"괜찮아. 그건 다들 아니까."
"그렇구나— 사토가 그 용사 나나시였지. 용신님의 조력도 없이 『마신의 찌꺼기』를 셋이나 쓰러뜨려버렸으니까. 그야 대괴어 정도는 쓰러뜨리겠네."
히카루가 납득한 표정을 지었다.
"그런 거예요! 주인님은 최강인 거예요!"
"포치는 사토를 아주 좋아하는구나."
"네 인 거예요!"
나를 자랑하는 포치의 머리를 히카루가 쓰다듬었다.
"—어, 어어? 레벨 50이 넘네?"
"에헴, 인 거예요."
히카루가 놀란 소리를 냈다.
"나를 포함해서 다들, 레벨 50이 넘었어."

"응, 열심히 했어."

"사토! 엘프인 미아라면 모를까, 귀 종족 둘은 몇 살부터 싸우게 한 거야?"

히카루가 「누나 화 났다아」 하는 포즈로 힐문했다.

"열 살 정도?"

"어? 지금, 열한 살이니까— 1년 전부터?"

"정확하게는 1년 좀 안 되지?"

"어, 어떤 파워 레벨링을 한 거야?"

"초기 말고는 이 애들이 직접 싸웠어."

"마, 말도 안 돼……."

내가 자리를 정돈하거나, 장비나 물자를 준비하거나, 과잉된 적 전력을 줄여두거나 하긴 했지만.

"정말이야. 이 치트 지팡이를 보시라요."

"에메랄드—가 아니네. 세계수의 결정 가지(에메랄드 브랜치)로 만든 지팡이? 프루 제국의 대현자가 가지고 있던 거랑 비슷해."

"포치, 은닉 장비인 검을 보여줘."

"네, 인 거예요."

"신이 내린 성검—이 아니네. 나는 검은 클라우솔라스밖에 못 쓰지만, 이 마검의 굉장함은 알 수 있어."

"그거, 성검이야."

"성검? 지금은 인조 성검이 이 수준이야?"

히카루가 놀란 소리를 냈다.

"그럴 리 없잖아. 이건 치트 주인님이 만든 검이야."

아리사가 조금 재면서 정정했다.

"그러고 보니 히카루도 성검 쥴라혼을 만들었었지."

"어? 아니야. 나는 소재를 준비하거나 술리 마법으로 가공을 도운 것뿐이지. 메인으로 작업한 건 마검 제련사인 레프 씨야."

오랜 세월이 지나면서 「왕조가 도왔다」가 「왕조가 만들었다」로 변화해서 전해진 거겠지.

마찬가지로 왕조 야마토가 발명했다는 전설이 있는 「간장」이나 「된장」도, 요리 음치인 히카루가 아니라 히카루의 파티에서 요리를 담당했던 연금술사가 연구한 성과라고 했다.

그런 뜻밖의 일화를 섞으면서, 용사 이야기나 마법의 화제로 히카루와 동료들이 친해질 수 있었다.

◆

"왕성도 한순간이네."

나와 히카루는 용사 나나시의 모습으로 변신하여 왕성의 전이 포인트로 찾아왔다.

히카루와 함께, 창문에서 국왕 집무실에 실례했다. 언제나 오는 게 밤이었다 보니, 낮에는 뭔가 이상한 느낌이다.

"안녕? 폐하."

내가 나나시 어조로 국왕에게 말하자, 히카루가 입을 손으로 막고 필사적으로 웃음을 참았다.

미리 정체가 들키지 않기 위해 어조를 바꾸는 것에 대해 말을 해뒀지만, 이 나나시 말투는 뭔가 그녀의 스위치를 눌러버린 모양이다.

"이거, 왕조— 용사 나나시 님 아니십니까."

"잘 오셨습니다, 용사 나나시 님. 오늘은 두 분이신지요?"

히카루의 존재를 깨달은 재상은 조금 놀란 모양이지만, 내 대역이라고 생각했는지 딱히 누군지 추궁하지 않았다.

"응— 분명히 샤로릭 군이랑 닮은 면이 있어."

"못난 아들을 아시는 건가?"

히카루가 중얼거리는 걸 제3왕자라고 착각한 국왕이 물었다.

"아들? 아니야. 하지만, 지금도 아이들 이름에 쓸 정도로 사랑받는 거구나."

"자, 잠깐 설마!"

히카루가 말하는 「샤로릭 군」이 누구인지 깨달은 재상이 소리를 냈다.

"너는 릿 군이랑 닮았어. —역시 두크스 가문 아이네. 릿 군이 내 말을 지켜서 결혼했구나."

히카루가 재상— 전 두크스 공작을 보고 그리운 기색으로 눈웃음을 지었다.

"—이거, 벗어도 돼?"

가면을 가리킨 히카루에게 상관없다고 말했다.

"미안해. 샤로릭 군이나 릿 군의 자손한테, 모습을 속이고 싶지 않았어."

히카루가 말하고서, 용사 나나시의 가면과 보라색 가발을 벗었다.

"역시, 왕조님! 초대 릿텐솔 님은 왕조님과의 약정을 이루기 위해, 최고의 미희 요우미나를 처로 맞이했다고 전해지고 있습니다!"

"아하하, 역시 요메가 밀어붙였네. 행복한 가정을 이룬 게 눈에 선해."

재상의 보고에 히카루가 당시의 아는 사람을 떠올리고, 웃는 얼굴의 눈꼬리에 눈물이 맺혔다.

"와, 왕조님?"

"응, 맞아. 사람들을 위해 시가 왕국을 어엿하게 번영시켜줘서 고마워."

히카루의 말에, 국왕과 재상이 감격의 눈물을 흘렸다.

"오랜 잠에서 귀환하신 것, 경축드립니다."

국왕과 재상이 고개를 숙였다.

어쩐지 따돌림 받는 기분을 느끼며, 그들의 교류를 지켜보았다.

"그, 그러면, 나나시 님은 왕조님이 아니었던 건가요?"

"맞~아. 언제나 말했잖아?『나는 왕조가 아니야』라고."

국왕과 재상이 뭔가 실망한 표정을 지었다.

"어쩐지 속인 것 같아서, 미안?"

일단 사과해야겠군.

"사과는 필요 없습니다. 나나시 님이 없었다면, 시가 왕국은 부활한『황금의 저왕』이나『구두의 고왕』에게 멸망했을 겁니다."

"그뿐이 아닙니다. 엊그제 마족의 대군단이나『마신의 찌꺼기』는, 후지산 산맥의 천룡이 조력했다고 하나, 나나시 님의 존재 없이 물리칠 수 없었습니다."

국왕과 재상이 말했다.

왕조가 아니라는 걸 알아도, 그들의 태도는 변함이 없는 느낌이다.

"저왕이라니, 황금 폐하? 그, 그리고 구두라니, 그 사신을 쓰러뜨렸어?"

히카루가 놀라기에 수긍했다.

그러고 보니 어제 이야기의 흐름에서 「부활한 마왕을 쓰러뜨렸다」라고 말은 했지만, 구체적으로 어느 마왕을 쓰러뜨렸는지는 말을 안 했군.

"역시 이치— 용사 나나시네."

히카루가 이치로라고 말하다가 억지로 궤도 수정했다.

"왕조님의 종자가 아닌 건가요?"

"아니야. 약혼자의 형제— 소꿉친구 오빠 같은 느낌?"

"왕조님의 약혼자! 그러한 분이! 시가 왕국 전체가 나서서 축하해야겠습니다!"

국왕의 반응 포인트가 좀 어긋났다.

"아하하~ 고마워. 왕도에서 재회할 수 있다는 신탁을 받았으니까, **언젠가** 재회하면 소개하러 또 올게."

히카루가 가벼운 어조로 말했다.

"—앗. 발견하기 전에도 놀러 와도 될까?"

"물론이옵니다. 왕조님 앞에서 닫히는 문은, 시가 왕국에는 없사옵니다."

국왕의 말에, 히카루의 웃음이 짙어졌다.

"애당초 왕조님께서 돌아오신 이상, 저는 왕좌를 물러나 왕조님께 돌려드리고자 합니다."

"어, 잠깐! 기다려! 있지, 기다려, 그건 안 돼!"

갑자기 왕위를 양보한다고 말하는 국왕에게 히카루가 낭패한 기색이었다.

"그렇지만, 진정한 왕이 돌아오셨으니—."

"그러니까, 안 돼! 왕위는 벌써 몇 백 년 전에 양도했으니까! 언제까지나 은거한 사람을 의지하면 안 돼! 미래는 너희들 앞에서 기다리는 거야!"

히카루가 억지로 흐름을 바꿔 국왕의 말을 얼버무렸다.

"그러면, 하다못해 미츠쿠니 공작의 작위와 저택만이라도 받아 주십시오."

과연, 미토 미츠쿠니였다는 거군. 히카루는 역사극도 좋아했으니, 미토 미츠쿠니 공에서 연상해 붙인 이름이 틀림없어.

"미츠쿠니 저택은 성 앞의 일등지잖아? 살고 있는 누군가를 쫓아낼 수는 없어."

나중에 들었는데, 미츠쿠니 공작가라는 건 히카루가 2대로 왕위를 양도했을 때 창설된 가문으로, 히카루가 미토코몬[#4]처럼 세상을 좋게 하는 여행을 다닌 걸로 유명하다고 한다.

#4 미토코몬 본명은 도쿠가와 미츠쿠니. 일본의 암행어사 박문수 같은 존재. 그러나 암행어사와 마찬가지로 이야기가 과장된 면이 많다.

"아니요. 제4대 국왕 프라가 폐하가 은퇴한 뒤에 사신 것을 마지막으로, 왕가가 맡고 있어 아무도 살지 않습니다."

미츠쿠니 공작위를 이은 것도 프라가 왕이 마지막이었다고 한다.

당시에 무슨 일이 있었는지, 그 이후에는 아무도 잇지 않았다고 한다.

"물론, 사용인들이 언제든지 쓸 수 있는 상태를 유지하고 있습니다. 건물만이 아니라, 장식품도 『고정화』로 당시 그대로의 모습을 유지하고 있으니, 분명 왕조님의 마음에 위로가 되기에 충분할 겁니다."

당시의 상태를 남겨두고 있다는 게 히카루의 심금을 울렸는지, 순순히 미츠쿠니 공작가의 저택과 작위를 받았다.

재방문을 약속한 히카루를 데리고 국왕의 집무실을 떠난 우리는, 그녀의 소원으로 왕성의 눈앞에 있는 미츠쿠니 공작가의 저택에 들르기로 했다.

문지기나 저택의 관리인에게, 국왕 친필의 서신과 미츠쿠니 공작의 작위를 나타내는 도시 핵 단말을 보여서 저택 안으로 들어갔다.

"……아아, 여기는 그 시절 그대로야."

히카루가 감개 깊은 듯 넓은 살롱을 둘러보았다.

"일하다 지친 샤로릭 군 일행이 자주 놀러 왔었어. 저 소파는 모두가 좋아했어. 서로 투덜거리거나, 나라를 좋게 하는 의논을 하거나, 바보처럼 소동을 피우기도 했어~."

넓은 저택 여기저기에 추억이 가득한 모양이다.

나는 히카루의 추억을 방해하지 않도록, 그리고 그녀가 고독을 느끼지 않도록, 적절한 거리에서 함께 행동했다.

"오늘은 이치로 오빠네 집에 묵어도 돼? 여기는 좀 추억이 너무 많아."

"그럼, 좋고말고."

나는 히카루를 데리고 왕도 저택으로 공간 마법 「귀환전이」를 써서 귀환했다.

그리고, 울적했던 히카루의 미녀 모드도, 저녁 식사가 끝날 무렵에는 떠들썩한 동료들의 웃는 얼굴에 이끌려 평소의 그녀로 돌아와 주었다.

역시, 웃는 표정이 제일이야.

기원의 반지

"사토입니다. 소원이 이루어지는 반지를 TRPG의 장편 시나리오에 내놓은 일이 있습니다. 너무나 큰 소원을 말하면 앙갚음이 있는 설정이었는데, 획득한 다음에 두뇌전이 벌어진 기억이 있네요."

"—진척 보고는 이상입니다."

히카루나 동료들을 재운 다음, 나는 쿠로의 모습으로 에치고야 상회를 찾아왔다.

지배인 비서를 하고 있는 은발 미녀 티파리자에게 진척 보고를 다 들은 다음, 금발 미녀 에르테리나 지배인에게 몇 가지 제안을 들었다.

"아리사 상담관에게서 유급 휴가의 신설이나 연속 근무 금지 등의 제안을 받았습니다."

그녀에게 설명을 들은 내용을「허가한다」라고 짧게 말했다.

기본적으로 블랙인「시가 왕국의 노동환경」을 개선하기 위해, 아리사가 제안서를 정리해 주었다. 시가 왕국은 임금이 싼 데다가 보합제[#5]가 기본이라서, 경영자가 휴식을 강제하지 않으면

#5 보합제 매출에서 필요 경비를 제하고 나머지를 직원 기여도에 따라 나눠주는 임금제도. 현재는 어선 등에서 쓰인다.

쉬지 않는 노동자가 많다고 했다.

"쿠로 님, 재상 각하께서 왕도의 부흥에 대한 협력을 의뢰했습니다."

"—협력?"

"네, 협력이라고 해야 할지. 에치고야 상회에 부흥 자재를 발주했습니다."

지배인 옆에서 티파리자가 내민 서류를 한 번 보았다.

시가보다 50퍼센트 올라간 가격이라서 벌이는 좋지만, 기한이 나름대로 빠듯하다.

"좋다, 받아둬라."

"쿠로 님, 노파심입니다만—."

지배인이 현재 왕도 주변에서는 건축 자재의 매점이 발생하고 있으니, 시가보다 50퍼센트 비싸더라도 발주한 수를 확보하는 게 어려울 것 같다고 충고해 주었다.

"문제없다. 건축 자재는 오유고크 공작령, 무노 백작령, 크하노우 백작령쯤에서 구해온다."

"그렇게 되면 운반비용이……."

"지배인, 내 전이를 잊었는가?"

운반을 내가 하면 문제없다.

그리고, 현지에서 구입하면 시가의 30퍼센트 전후로 확보할 수 있을 거야.

현지의 상인에게 건축 자재 확보만 시키면 수고도 없을 거고.

지배인의 이야기는 그걸로 끝이라서, 여기에 온 본론으로 들어갔다.

빈곤층의 구제책으로 농촌의 개척이나 새로운 광산을 개발하고 싶다는 생각을 전하고, 두 사람의 의견을 듣고 싶다고 고했다.

"왕도나 분기 도시 케르톤에서는 렛세우 백작령의 난민이 문제가 되어가고 있으니, 개척이나 개발의 허가를 받는 것은 가능하다고 생각합니다만, 어느 쪽이든 방대한 자금이 필요한 데다가, 초기 자금이 회수될 때까지는 긴 세월이 필요할 염려가 있습니다."

"재산은 도외시해도 된다."

어느 쪽이든 내 마법으로 거의 코스트 제로로 준비할 수 있다.

아니, 광산에는 배수 시설이나 승강기 같은 걸 설치할 필요가 있군.

"장소는 이 근처와 이 산을 예정하고 있다. 난민이나 빈곤층의 인원수를 고려해서, 적절한 개척 마을의 수나 규모를 산출해 다오."

"알겠습니다. 사흘 정도 시간을 받을 수 있을까요?"

사흘 만에 할 수 있구나―. 나는 듬직한 티파리자에게 수긍했다.

"그러고 보니, 전에 시정의 사람들에게 지혜를 모집한다고 했었는데, 뭔가 쓸만한 것은 있었나?"

에치고야 상회에서는 아리사의 발안으로 편리한 상품이나, 장사 소재의 아이디어를 널리 공모하고 있다.

"지금은, 금방 상품으로 만들 수 있을만한 것은 없습니다."

"그렇군. 처음에는 많은 지혜를 모으는 것이 중요하다고 했었지. 느긋하게 계속해라."

"알겠습니다. 그러고 보니—."

제품화는 할 수 없지만 재미있는 물품이 있다고 몇 가지 물건을 보여주었다.

"이건— 착화 기구인가."

도시락 상자 정도 사이즈였지만, 그것은 틀림없이 라이터였다.

"마법 도구가 아니라 부싯돌의 일종인 것 같습니다."

"이건 채용하지 않았나?"

"네. 한 대의 제조에 은화 1닢 가까이 든다고 합니다. 미궁도시와 가까운 왕도에서는 대단히 싼 점화용 마법 도구가 대동화 1닢으로 팔리고 있으니 승부가 못 됩니다."

과연, 코스트 문제로군.

점화용 마법 도구는 안전장치나 사용성을 생각하지 않으면, 간단히 만들 수 있으니까.

"그러나, 발상은 좋군."

"저도 그렇게 생각합니다. 이것이 개발자의 세부 사항입니다."

어디서 본 이름이 실려 있었다.

르모크 왕국에서 소환된 아오이 소년이다.

오오야마토토요아키츠시마 제국— 다른 세계의 일본 출신인 그라면, 라이터의 구조 정도는 알고 있어도 신기할 것 없다.

"조금 젊긴 합니다만, 에치고야 상회의 연구 부문에 참가를 권유해도 괜찮을까요?"

"상관없다. 조금 흥미가 있다. 고용하면 한 번, 아오이란 녀석을 만나보지."

나는 라이터를 만지작거리며 지배인에게 고했다.

그가 뭔가 만들고 싶다고 생각한다면 그것에 협력해주고 싶고, 전파탑이나 열차를 만들려다가 금기를 건드리지 않도록 주의를 해야 하니까.

◆

"경매 일로 쿠로 님께 말씀 드리고 싶은 것이—."

의논이 끝난 참에, 지배인이 그런 말을 꺼냈다.

경매는 「계층의 주인」의 전리품이 출품되니까, 나도 사토로서 참가할 예정이다.

지배인은 「연시의 상업 길드에서 들은 비공식 정보입니다만」이라고 먼저 말한 다음, 소리를 죽여 말을 이었다.

"—『기원의 반지』가 출품된다고 합니다."

"기원의 반지? 신성 마법 『기원(위시)』이 담긴 반지 말인가?"

"자세한 것은 불명입니다만, 파리온 신전에 비장되어 있던 물품이라고 합니다."

파리온 신전이라…….

내 뇌리에 「마신의 찌꺼기」를 소환한 파리온 신국의 호즈나스 추기경의 모습이 스쳤다.

"출품 이유는 말했나?"

"낙찰되면 전액을 왕도의 부흥 사업에 기부한다고 합니다."

추기경 일로 왕국과 파리온 신전 사이에서 뭔가 거래가 있었을지도 모르겠다.

아니지, 거래였다면 금전보다도 「기원의 반지」 자체를 헌상할 거야—.

"그 반지는 누구든지 쓸 수 있나?"

가능하다면, 낙찰 받아서 아리사랑 루루의 「강제」를 해제하는 데 쓰고 싶다.

"파리온 신전의 신기라고 하니, 파리온 신전에서 세례를 받은 신자라면 누구든지 쓸 수 있을 거라 생각합니다."

안 되나— 아니지. 히카루는 파리온 신의 용사니까, 세례 정도는 받았을 거야.

만약 아니어도, 에치고야 상회의 간부 아가씨들 중에 파리온 신전에서 세례를 받은 자가 있을 테니까 그 아가씨한테 부탁하면 된다.

좋아—.

"—낙찰 받는다."

아리사와 루루를 위해서.

쓸데없이 넘치는 재력을 구사해서라도 낙찰 받겠어.

"알겠습니다."

내 선언을 들은 지배인이 지체 없이 고개를 끄덕여 주었다.

"비스탈 공작이나 오유고크 공작을 비롯한 대귀족들이나, 왕도 제일의 호상인 고오쿠츠 상회에서도 입찰을 할 겁니다. 그들 경합 상대를 견제하기 위해 몇 가지 상품을 우선적으로 쓰고 싶습니다만, 괜찮을까요?"

"상관없다만, 견제가 되는 건가?"

"경매는 참가 전에 현금 보유액을 신고할 필요가 있습니다. 따라서 외상 지불을 거부하고, 현금 지불만으로 거래를 한정하여 경매 전에 대귀족들이나 호상들의 현금을 토해내도록 하는 겁니다."

과연, 전쟁(경매) 전에 상대의 전력(재력)을 깎아낸다는 거구나.

"할 거라면 철저하게 해라—."

나는 대귀족들이 돈을 빌릴 법한 상대한테도 상품을 팔아 빌리지 못하도록 하는 전법을 제안했다.

"알겠습니다. 『룬 광주』나 『마법 방패의 팔찌』 등을 보충해주실 수 있을까요? 그 밖에도 몇 가지 마법약을 제작해주시면 좋겠습니다만……."

"보충이라면 맡겨둬라. 필요한 마법약의 목록과 함께, 필요한 수를 산출해라."

"지배인. 호상은 그렇다 치고, 대귀족들에게 현금 자산을 내도록 하려면, 공급이 적다지만 기성품으로는 약하지 않을까요?"

티파리자의 지적에 지배인도 어려운 표정으로 고개를 끄덕였다.

"그러면, 대귀족용으로 특제 마검이나 마법 도구를 준비하지."

"괜찮으실까요?"

"상관없다. 지배인이 가장 좋다고 생각하는 방식으로 해라. 비공정이나 공력기관은 국왕과 약정한 바 있어 줄 수 없으니 용서해라."

설탕 항로에서 인양하거나 대사막에서 지배한 도시 핵의 방에서 발견한 비상 목마나 비상 신발 같은 것도 꽤 많으니까, 그것도 몇 개 넘겨둬야겠군.

"쿠로 님. 그 특제 마검에 견본은 있을까요? 아니면 『영걸의 검』에 특수한 능력을 부여하는 것인가요?"

그녀가 말하는 「영걸의 검」은 시가 왕국의 마물 퇴치 전력 강화를 위해서 내가 에치고야 상회 경유로 나라에 납품하는 미스릴 도금 주조 마검을 말하는 것이다.

"그 주조 마검과는 다른 것이다. 몇 개 견본을 넘겨두지."

타마랑 포치용 마검이나 성검을 만드는 과정에서, 기능 확인으로 시험 삼아 만든 통짜 마법금속제 주조 마검을 몇 종류 넘겨줬다. 두 사람에게 장비시킨 은닉 장비하고는 거리가 멀지만, 주조 마검과 비교가 안 되는 고성능을 자랑한다. 떡밥으로는 충분하겠지.

"쿠로 님, 안주인께서 지갑의 끈을 쥐고 있는 집안도 있습니다. 『하늘의 눈물방울』이나 큼직한 진주 등, 여성이 좋아할 법한 물건도 갖추는 것이 좋을 겁니다."

"그렇군. 이슈라리에에서 최고급의 『하늘의 눈물방울』을 입수해오지. 그 밖에도, 이러한 보석이 있는데 쓸 수 있겠나?"

나는 흙 마법 「석제 구조물」로 만든 보석 세공을 보여줬다.

"이, 이것은 쥬얼 세공사의 보석 세공?"

"쥬얼 세공사라는 것은 그 보석 마법사?"

박물관에 장식된 쥬얼 씨의 보석 세공을 보고 같은 걸 만들 수 없나 시험해본 물품이니까, 지배인의 견식은 옳다.

"하지만, 분명히 굉장해요. 마치, 태양을 가둬둔 것 같은 금강석……."

다이아몬드 중앙에 빛 광석을 박아 넣은 거니까 분명히 그런 느낌이다.

브릴리언트 컷을 흉내 내 봤는데, 나는 도통 지식이 없어서 아리사 선생님과 머리를 맞대고 시행착오를 한 끝에 만들어냈다. 듣자니 라운드 브릴리언트 컷이라는 대표적인 커팅 방법이라고 했다.

그렇지—.

"광산 개발이나 농촌 개척의 허가를 얻으면, 출자하고 싶은 자를 공모해라."

"마감을 경매 개최일 전날로 하여, 현금 출자로 한정하는 거군요?"

내 생각을 정확하게 읽어낸 지배인이 벙긋이 웃었다.

"바로 그거다. 철저하게 뜯어내라— 다만."

"서민의 생활에 지장이 없도록, 금화만으로 지불을 받는 형태면 될까요?"

내 말을 미리 읽어낸 티파리자에게 수긍했다.

듬직한 두 사람에게 뒷일을 맡기고, 나는 왕도 저택으로 귀환했다.

막간: 파문

“—『기원의 반지』?”

“뭐야? 괴도 샤루루룬 씩이나 되는 자가 모르는 거냐?”

분수 앞 광장에서, 대머리 남자와 마을 처녀풍 미녀가 서로의 얼굴도 안 쳐다보며 작은 소리로 대화하고 있었다.

“피핀! 이런 데서 그 이름을 부르지 마.”

“아무도 안 듣는다니까.”

목소리는 물소리에 가려지고, 두 사람은 복화술의 요령으로 입을 움직이지 않고 이야기하고 있으니 주위 사람들이 눈치 챈 기색은 없었다.

“그래서? 그 반지가 어쨌는데?”

“파리온 신전의 안쪽에 소중하게 보관돼 있던 비보가 이번 옥션에 출품된다는군.”

샤루루룬의 뇌리에, 연말의 대소동에 파리온 신전이 연관되었다는 소문이 스쳤다.

그 건에 연관되어 비보를 내놓게 되었다면 납득이 된다.

“그래서? 네가 하는 말이니까 손을 잡자는 얘기는 아니겠지?”

“흐흥. 그러자고 한다면?”

샤루루룬은 희미하게 눈썹을 찌푸렸다.

"신출귀몰의 피핀이? 있을 수 없어."

"그렇게 높은 평가를 해주는 건 감사의 극치로군."

피핀이 익살스럽게 말했다.

"파리온 신전의 다중 결계벽 안쪽에 있는 동안에는 손댈 수가 없겠지만, 경매장으로 운반할 때나 출품시에는 간단히 훔칠 수 있잖아?"

"물론이지. 『신출귀몰』이란 별명은 멋이 아니니까."

샤루루룬이 피핀의 표정을 훔쳐 보았다.

그것을 깨달은 피핀이 씨익 입가를 올렸다.

"반지는 용마저 막아낸다는『봉룡갑』에 들어있단 말이지."

"용케 그만큼 조사를 했네……."

"이 몸의 매력이지."

"아 그래. 그래서 그 갑인지 하는 상자가 뭐가 어쨌는데?"

자세한 이야기를 할 생각이 없는 피핀을 추궁하는 낭비를 피하고, 그 다음을 재촉했다.

"봉룡갑은 정확한 순서를 모르는 자는 결코 열 수 없어. 억지로 파괴하면, 안의 반지도 차원 너머로 사라져 버리지."

"나한테 그 상자를 여는 힘은 없는데?"

샤루루룬이 먼저 못을 박았다.

자물쇠 열기나 마법 자물쇠를 여는 술법에는 자신이 있지만, 용을 봉한다는 거창한 비보를 열 수 있을 거라고는 그녀도 생각지 않았다.

"알고 있어. 『용의 눈동자』라는 게 있거든. 그걸 쓰면 봉룡갑의 순서를 읽어낼 수 있지."

"분명히, 어느 왕국의 비보였지? 거기까지 가지러 가라고?"

샤루루룬이 싫은 기색으로 말하자, 피핀이 장난꾸러기 같은 눈동자가 되었다.

"그럴 필요는 없어. 『용의 눈동자』는 지금, 이 나라에 있거든."

"성이야?"

피핀을 잘 아는 샤루루룬은 금방 그 장소를 짐작해냈다.

"흐흥, 과연 나의 라이벌이군."

"신출귀몰이 안 통하는 장소라고 하면 거기 정도밖에 없잖아?"

"안 통하는 게 아니지. 금방 들키는 것뿐이야."

피핀이 큰소리쳤다.

"그걸 내가 가져와 달라는 거야?"

확인하는 샤루루룬에게 피핀이 작게 고개를 끄덕였다.

"나를 시종마냥 심부름 보내는 거니까, 그에 걸맞은 보수가 있는 거겠지?"

"물론. 엘릭서든 쥬얼 세공사의 마법 보석이든 뭐든지 가져다 주지."

"어느 쪽도 필요 없어. 내 일을 도와주면 돼. 조금 위험한 장소에서 사람을 한 명 회수하기만 하면 되는 간단한 일. 너라면 간단하지?"

"그럼, 물론이지. 마왕 신봉자의 거점이든 미궁이든 다녀오지."

뒷사회의 제스처로 계약 성립의 의사를 나눈다.

"그건 그렇고, 자세히도 아네. 전부터 알고 있었어?"

"그래, 10년 전에 우연히 알았지. 그 이후로 신전 밖으로 나오는 걸 기다리고 있었어."

"흐~응. 그래."

샤루루룬은 피핀의 말에서 과거의 인연 같은 것을 느꼈지만, 딱히 추궁하지 않고 흘렸다.

"그러면, 『용의 눈동자』는 맡긴다. 경매 개최일까지 부탁해."

피핀이 말하더니, 샤루루룬 앞에서 홀연히 사라졌다.

"부탁해, 라. 녀석답지 않네."

샤루루룬은 그렇게 중얼거리고 미녀의 마스크를 벗더니, 수수한 맨 얼굴로 인파에 뒤섞였다.

◆

괴도들이 암약을 시작한 그 무렵, 귀족들이나 상인들도 준동을 시작했다.

어느 공작가에서는—.

"『기원의 반지』라…… 성가신 물건이군."

"성가신 물건, 이옵니까?"

당주가 중얼거린 말을 대기하고 있던 심복이 포착했다.

"그래, 적대 세력에게 넘어가면 좋지 않은 일에 쓰이는 것을 두려워해야 하고, 입수했다고 해도 쓸 길이 없다."

"그러하옵니까? 불치병이나, 저주나, 불행한 사고에 따른 낙명을 회피할 수 있는 뛰어난 물품이라고, 신의 어리석은 머리로 생각합니다만."

"흥, 병이나 저주 따위 만능약이나 엘릭서를 확보해두면 충분하다. 낙명 또한 신전에 빚을 만들어두면 대처할 수 있다. 신에게 소원하면 바람을 이루어주는 반지는, 사람의 몸에게는 과분한 것이지."

당주는 그렇게 말하고 탄식했다.

"그러면, 낙찰을 위해 움직이지 않으시는 겁니까?"

"—그럴 수도 없다. 서쪽의 우물(愚物)이나 어줍잖은 자의 손에 넘어갈 위험을 방치할 수 없지. 폐하가 흥미를 보여주신다면 좋겠다만……."

다시 한 번, 커다랗게 탄식한 다음, 당주는 그렇게 말하며 심복에게 낙찰을 위해 움직이도록 명했다.

그리고, 다른 공작가에서는—.

"『기원의 반지』라고! 무슨 일이 있어도 낙찰 받아라!"

"그렇지만, 왕도 저택의 비축 화폐는 이미 지난번 출정으로 사용해버렸습니다. 영지에서 가져올 수도 없는 상황이니 어찌할 도리가 없는 터라……."

입에 거품을 물 기세의 공작에게 측근이 공작가의 현실을 호소했다.

"으그극, 이대로는 동쪽의 늙은 해충에게 낙찰되어버린다."

으르렁대는 공작은 「그것만큼은 무슨 일이 있어도 막아야 한다」하고 쥐어짜내듯 중얼거렸다.

나쁜 꾀를 꾸미기 시작한 공작의 등을 측근이 조용히 지켜보았다.

"반드시 낙찰 받는다! 내 상회야말로 왕도 제일이라는 것을 세상에 알리는 거다!"

말라붙은 나무처럼 깡마른 늙은 상인이 중후한 책상을 텅 두드렸다.

여기는 왕도에서도 수위를 다투는 역사가 오래된 상회다.

"그, 그렇지만 할아버님. 그 정도 물품이라면 문벌 귀족 여러분— 아니, 국왕 폐하께 낙찰되는 것 아닐까요?"

"흥, 네 녀석 눈은 옹이구멍이냐! 복수의 대형 비공정을 새로 건조한 데다가 이번에는 마족 습격도 있었다. 왕국의 보물전에 남은 금화 따위 빤하지. 문제는 영주들과 태수들 정도다만—."

늙은 상인이 씨익 웃었다.

"영주들은 문제없다. 오유고크 공작은 마왕 부활에 대괴어 토부케제라의 습격. 비스탈 공작에 이르러서는 친자식에게 몰려서 내란. 해적이나 마물의 피해에 쫓기는 가니카 후작이나 지나치게 견실한 에르엣 후작이 손을 대는 일은 없다. 그밖에 백작들이 손을 댈 가능성은 있지만, 자기 영지라면 모를까 왕도 저택의 자산은 얼마 되지 않을 게야."

늙은 상인의 말에 손자가 퍼뜩 정신을 차린 표정으로 수긍했다.

"문벌 귀족 대부분은 현금을 그다지 가지고 있지 않다. 그러나 태수들, 특히 미궁도시의 아시넨 후작이나 무역도시의 호이넨 백작은 방심할 수 없지. 아시넨 후작이 좋아할 법한 미술품이나 호이넨 백작부인이 흥미를 가질만한 보석 장식품을 준비해서 세력을 깎아내야겠군."

"알겠습니다. 보석 장식품의 준비는 저에게 맡겨주세요. 미술품은 숙부가 적임이겠죠."

"오냐. 외상이 아니라 현금 결제를 받는 것도 잊지 말거라."

"―네, 알겠습니다."

마지막에 어려운 일을 떠맡게 된 손자의 대답이 한순간 늦어졌다.

고위 귀족일수록 외상― 신용으로 사는 방식을 고르기에, 현금을 회수할 수 있는 것은 다음 월말 이후가 되는 일이 많기 때문이다.

"크크크, 이걸로 내 상회의 이름은 왕도의 정점에서 빛날 게다. 이제, 그 옹고집이나 족제비 따위와 비교되는 일 따위 없지."

회장실에서 늙은 상인의 웃음소리가 울렸다.

물론, 모든 상회가 흥미를 보인 건 아니었다.

"『기원의 반지』? 그런 것은 귀족이나 앞날이 안 보이는 상회에 맡겨라."

숨을 헐떡이면서 알리러 온 손자를, 회장이 차가운 눈으로 내려다보았다.

"그런 것보다도 엘릭서나『영걸의 검』을 얻는 편이 훨씬 도움이 된다."

"경매에 『영걸의 검』이 출품되는 건가요?"

에치고야 상회가 왕궁에 납품하는 「영걸의 검」이라 불리는 마검은, 기사들이나 군벌의 귀족에게 절대적인 인기를 자랑한다. 그러나 수요를 공급이 전혀 따라잡지 못해서, 입수한 귀족도 결코 내놓지 않기 때문에 뒤에서는 하늘 높은 줄 모르는 가격으로 구하는 자가 많다.

"경매에도 내놓는 모양이다만, 현금 결제로 한정하여 한 자루 금화 350닢으로 몇 자루든 판다고 하더군."

"350?!"

일반적인 미스릴 합금제 검이 금화 120닢 전후, 미궁산 마검이라도 200닢에서 300닢 정도가 시세라는 걸 생각하면 대단히 비싸다.

"적어도 400, 이야기만 잘 되면 500 정도로도 팔 수 있다."

"그, 그렇지만 에치고야 상회가 직접 귀족들에게 매각하면—."

"그럴 셈이라면, 처음부터 우리들 같은 상회에 말해주지는 않지. 용사 나리가 관여하는 곳인지라, 그 상회는 상인들 사이의 인의가 두텁다. 우리들을 제친다고 해도, 남들에게 손가락질 당하는 짓은 안 할 게야."

회장의 말에 납득이 안 되는지, 손자가 불만스런 표정으로 입을 다물었다.

"아직, 반지에 미련이 남느냐?"

표정을 꾸미지도 못하는 손자에게 회장이 내심 탄식했다.

"반지를 입수했다고 해도, 그 다음에 어쩔 테냐? 결국은 누군가에게 팔 뿐이니, 반지로 하나의 은혜를 파는 것보다는 마검으로 수많은 군벌이나 상급 귀족에게 은혜를 파는 편이 훨씬 이득이 된다."

회장이 타이르자 손자가 그제야 깨달은 표정을 지었다.

"상회를 잇고 싶다면, 앞날의 앞날을 읽어라. 당장의 이익에 놀아나서는 후계자가 될 수 없다."

"……네, 정진하겠습니다."

진지한 표정으로 고개를 숙이는 손자에게, 회장이 만족스레 고개를 끄덕였다.

"셰셰셰, 유쾌한 반지의 소문이 돌고 있는 모양입니다."

족제비 수인의 상회에서는 회장과 심복이 「기원의 반지」 이야기를 하고 있었다.

"무엇이든 소원을 이루어주는 반지라. 참으로 흥미롭습니다."

"그렇지만, 상회의 이익을 노린다면 마검이나 호신구입니다. 소문으로는 경매에 『영걸의 검』이 출품된다고 하더군요."

이국의 상회인 그들은 정규 루트로 「영걸의 검」을 얻을 수가 없다.

입수한 기사나 귀족들이 결코 내놓지 않는 이상, 이번 경매에서 얻는 것이 유일한 수단이다.

"셰셰셰. 알고 있습니다. 반지는 경매 마지막에 출품될 것이니, 욕심을 부렸다가 상회의 이익을 놓치는 것은 어리석은 일이죠."

돈은 유효하게 써야 합니다. 중얼거리는 회장이 눈을 가늘게 떴다.

◆

"폐하는 무슨 생각을 하시는 거냐!"

왕성의 방 하나에서, 호화로운 의상을 입은 제1왕자가 거칠게 외쳤다.

방 안에 있던 사용인들은 왕자의 분노가 두려워 숨을 죽이고 있었다.

"『기원의 반지』 같은 위험한 물품을 방치하다니, 왕국이 위험에 처하는 것과 같은 뜻이라는 걸 왜 모르는 것인지!"

"저, 전하. 폐하께는 폐하의 생각이—."

덧없는 미모의 정실부인이 조심조심 왕자를 달랬다.

왕위계승권 제1위인 제1왕자라도, 공공연하게 국왕을 비판하는 것은 너무나 불경한 짓이다. 이 방에 있는 사용인들은 모두 옛날부터 섬기는 충의가 두터운 자들이지만, 만에 하나라도 바깥에 흘러나가면 다른 왕위계승자들에게 발목을 잡히는 일도 있을 수 있다.

"그러한 것은 알고 있다. 그러나, 지금의 폐하는—."

—왕조 야마토라고 자칭하는 사기꾼에게 속고 있다.

제1왕자는 그렇게 생각했지만, 왕조 야마토의 부활은 국왕과 일부 왕족이나 중신들만 공유하는 비사이기에, 이 자리에서 언급을 피했다.

"……언데드도 아니고, 사람이 몇 백 년이나 잠들 수 있겠나."

"전하?"

작게 중얼거리는 제1왕자에게, 정실부인이 걱정스레 물었다.

"아무것도 아니야. 폐하께서 움직이지 않으신다면, 내가 움직이지. 왕위를 바라고 못난 짓을 생각하는 바보들이 준동하지 않는다고 단정할 수 없으니."

제1왕자는 그렇게 말한 다음, 자기 파벌의 귀족들을 뇌리에 떠올렸다.

조용히 생각에 잠긴 왕자의 방해가 되지 않도록, 정실부인은 최소한의 사용인을 남기고 방을 나섰다.

지존의 지위에 가까운 사람들도, 여러모로 고생이 많은 모양이다.

우정과 결의

"사토입니다. 인터넷이 발달한 탓인지, 재해 뉴스 속보에 친척이나 친구가 사는 장소가 나왔을 때 전화로 안부를 확인하는 일이 줄어든 것 같아요. SNS가 확실한 경우가 많단 말이죠."

저택에 히카루를 들인 다음날인 1월 3일.

나는 왕국회의 이틀째에 참가하고 있었다.

"새롭게 건조하고 있는 소형 비공정을 각 영주들에게 대여한다. 또한, 현재 두 척 있는 대형 비공정을 이용한 물자 운송을 네 척으로 늘리고, 새로운 한 척을 세류 백작령과 왕도를 잇는 북방 항로, 또 한 척은 모든 영지를 잇는 순환 항로에 취항시킨다."

의장을 맡은 재상의 목소리가 발표하자, 의사당에 모인 귀족들에게서 환성이 올랐다.

의사당에는 국왕이나 영주들, 나를 포함한 상급 귀족들, 그리고 대신들을 비롯한 고급 관료들의 자리가 있었다.

나는 무노 백작의 측근 취급으로, 니나 여사와 함께 영주석 뒤에 대기하는 느낌이다.

"북방 항로의 배는 3개월 뒤, 순환 항로의 배는 반년 뒤에 취항 예정이다. 이 새로운 두 항로를 통해 우리나라의 사람이나 물자의 교류가, 보다 활발해질 것이다."

이어서 이 비공정을 건조하기 위한 신형 공력기관이, 용사 나나시가 제공한 것이라는 사실이 발표됐다.

소형 비공정의 절반과 북방 항로에 쓰이는 대형 비공정은 왕립 조선소에서 건조되며, 소형 비공정 나머지 절반의 건조와 순환 항로에 쓰이는 대형 비공정의 수선은 에치고야 상회의 조선소에서 하고 있다.

순환 항로에 할당되는 대형 비공정은 우리가 미궁도시에서 왕도에 올 때 탔던 왕도 근교에 불시착한 녀석이다.

"소형 비공정은 건조되는 대로, 아까 정해진 우선순위에 따라 대여한다."

현재 취항해 있는 동방 항로는 오유고크 공작령과 가니카 후작령의 영도와 왕도를 잇고, 서방 항로는 비스탈 공작령과 에르엣 후작령의 영도, 또한 미궁도시 세리빌라를 잇고 있었다.

그리고 북방 항로로서 새롭게 미궁이 출현한 세류 백작령과 왕도를 잇는 직행편이 늘어나게 된다.

따라서 상기한 두 공작과 두 후작, 또한 세류 백작 다섯 명을 뺀 영주들부터 순서대로 소형 비공정이 대여된다. 그 순서는 왕국에 대한 공헌도 순서라고 한다.

"내 영지는 마지막인가……."

밉살맞은 중얼거림을 엿듣기 스킬이 포착했다. 저건 렛세우 백작령의 젊은 소년 영주다.

아무래도 중급 마족의 기습으로 영도와 전 영주를 잃고, 영민의 30퍼센트와 중신의 대다수를 잃은 게 크다. 덤으로 마족이 모은 마물 군단의 제거도 절반밖에 안 됐고, 난민화된 영민들이 왕도나 근처 영지의 문제가 되고 있으니 어쩔 수 없다고 생각한다.

전 렛세우 백작이 시시한 이유로 티파리자와 넬을 범죄노예로 추락시킨 경위가 있는 탓인지, 좀처럼 렛세우 백작을 도와줄 생각이 안 든단 말이지.

"이어서, 미궁에서 산출되는 마핵의 영지별 할당량을 전달한다."

자원의 할당이라면 많이 다툴 것 같은데, 미리미리 사전 공작이 끝난 모양인지 재상이 할당을 발표해도 불평이나 이견은 안 나왔다.

—아니, 이견을 내는 자가 있었다.

"제 영지에 대한 공급이 1년간 정지라는 것은, 너무나도 무도한 일이 아닙니까! 이래서는 영지 부흥도 어렵습니다!"

외친 것은 아까 그 소년 영주다.

렛세우 백작이 필사적인 형상으로 국왕이나 재상에게 항의했다.

부흥에 마핵을 어떻게 쓸 건지는 모르지만, 그의 영지에 공급되어야 했던 마핵을 비스탈 공작령으로 파견하는 기사단이나, 급속하게 부흥하고 있는 무노 백작령으로 돌린다는 것이 불만인 모양이다.

그러고 보니 습작 전에 렛세우 백작이 왕국회의 사전 공작에 실패하여, 다른 영주나 문벌 귀족에게 협력을 얻기는커녕 반감을 샀다고 전에 니나 여사가 말했었지.

분명히, 이 일에서도 사전 공작 시점에서 따돌림 당한 거겠지.

노회한 어른들이 구슬려서 렛세우 백작이 착석하자, 이어지는 의제로 이야기가 바뀌었다.

에치고야 상회에 자재 발주를 했던 왕도 부흥에 대해서나 비스탈 공작령의 반란 진압 따위가 논의되고, 마지막으로 세류 백작에게서 세류 시의 미궁이 언제쯤 본격적으로 개발되는지에 대한 이야기와, 개발에 출자할 귀족을 모집하는 이야기 등이 나왔다.

연말 안에 귀족들 사이에서 절충이나 사전 공작이 끝난 모양이라, 모두 사실 확인 정도로 이야기가 진행되어 회의 시간에 비해서는 의제가 많다.

짧은 점심 식사를 끼고서 회의가 이어지고, 이제 슬슬 열석하는 귀인들 사이에 피로가 나타나기 시작한 참에 끝이 보였다.

"—이상으로 오늘의 왕국회의를 종료한다. 오늘의 의제에 이의가 있는 자는 일어서도록 하라."

정형화된 폐막의 말을 의장인 재상이 선언했다.

여기서 이의를 제기하는 자는, 지난 30년간 **없었다고** 한다.

과거형인 것은 영주들이 앉아 있는 자리에서 일어선 소년 영주의 모습이 보였기 때문이다.

"공자, 지금은 착석해 주세요."

"놔라. 네놈은 영민들을 도탄에 빠뜨려 괴로움을 강요하라는 거냐?"

작은 소리로 착석을 권하는 영주의 측근을 거칠게 떨쳐내고, 재상 쪽을 노려보았다.

“렛세우 백작인가. 뭔가 이의가 있다면 말하도록 하라.”

위압감을 담은 재상의 낮은 목소리에, 렛세우 백작이 어깨를 떨었다.

“그, 그러면, 말씀 드리겠습니다. 제, 제 영토에 대한 마핵 공급을 재고해 주십시오!”

렛세우 백작이 결사적인 표정으로 호소를 했지만, 목소리가 떨리고 있어서 그다지 박력이 없다.

“그것은 오전의 회의에서 합의에 이르렀을 텐데—.”

재상이 렛세우 백작에게 차근차근 설명하듯 말했다.

렛세우 백작은 그래도 불복하는지, 시선을 내리고 입을 다물었다.

참고로 문제의 중심이 된 마핵은, 광산이나 이동 거점에 설치된 마력로의 연료나 마법약, 마법 도구의 제작에 필수가 되는 소재긴 하지만, 사람들의 생활에 불가결한 거라고 하기는 어렵다.

도시 안에서 필요한 마력은 도시 핵이 원천에서 퍼 올린다.

보르에하르트 자치령의 미스릴 용광로처럼 마력을 물 쓰듯 소비하는 마법 장치라도 있는 게 아닌 이상, 도시 안에서 대량의 마핵은 필요 없을 텐데…….

그리고 분배 공급되는 것은 미궁도시에서 나오는 분량 뿐이고, 자기 영지의 마물에서 얻은 분량은 각각 영주의 재량에 맡겨져 있다.

부족하다면 영지 안의 마물을 사냥하면 된다.

물론 그것도 충분한 영지군이 있다면, 이지만.

"—귀공의 영지에 필요한 것은 치안의 회복 아닌가? 귀공의 영지에 공급될 예정이었던 마핵을, 비스탈 공작령으로 추가 파견되는 왕국 기사단의 이동 거점 마력로에 제공하고, 그 대신 왕국 기사단의 전력으로 귀공의 영지에 만연하는 마물을 사냥하여 가도의 안전을 확보한다. 그 안에 귀공도 동의하지 않았나?"

"그, 그것은……."

그렇군. 재상의 꿍꿍이를 조금 읽어냈다.

재상은 렛세우 백작령을 통과하는 중앙 가도의 안전 확보를 최우선으로 하고 싶은 거겠지.

게다가, 비용은 렛세우 백작이 대고.

위치적으로 렛세우 백작령의 가도가 안전하지 못하면, 비스탈 공작령에 파견되는 반란 진압 부대의 보급선 확보가 어렵다. 지형의 기복이 격렬한 에르엣 후작령을 지나는 서방 가도를 의지하게 되어 버린다.

그리고 중앙 가도의 안전이 확보되지 못하면, 왕국 북방의 영지들과 왕도 사이의 유통에 지장이 생겨버리니까.

군사적, 경제적인 관점에서만 본 거지만 아마 틀림없을 거다.

그리고, 아무래도 그걸 렛세우 백작만 눈치 못 챈 모양이다.

"흥, 영민을 위한 부흥이라고 하면서도, 영지 안에 있는 광산을 재가동시키고 싶은 것뿐이 아닌가?"

젯츠 백작령의 영주가 다 들으란 듯 말했다.

렛세우 백작이 으그극 신음하는 것을 보니 정곡을 찔렀나 보군.

"젯츠 아재도 어른스럽질 못하구만."

옆 자리에서 니나 여사가 기가 막힌다는 기색으로 중얼거렸다.

니나 여사 말에 따르면, 젯츠 백작령은 렛세우 백작령 옆이라 여러모로 민폐가 되고 있다고 한다.

이어서, 니나 여사는 렛세우 백작의 노림수를 가르쳐 주었다.

"뭐, 저 애송이의 노림수는 젯츠 아재가 말한 게 맞을 거야. 얼추 백작가나 휘하 귀족들의 이익을 우선해서, 영지 안의 귀족을 장악하고 싶은 거겠지."

그리고 젯츠 백작의 말을 모른척한 재상이 달래는 것처럼 렛세우 백작에게 말했다.

"몇 번이고 말하지만, 기사단이 가도 주변의 마물을 섬멸하는 것으로, 마핵 공급보다도 커다란 부흥 효과를 기대할 수 있을 터. 영민의 안전을 확보하지도 않고서, 광산이나 요새의 마력로에 마력을 공급해서 뭐가 된다는 것인가?"

마치 비단 끈으로 목을 점점 조르는 것처럼 상냥하시네.

"그러면 내 영지로 오게 될 마핵을 융통해주도록 하지—."

그 목소리에 렛세우 백작이 기대가 가득한 얼굴을 들었지만, 발언자를 확인하고 다시 표정이 흐려졌다.

왜냐하면, 그 상대가 비스탈 공작이었으니까.

"—대신 기사단은 렛세우 백작령을 지나쳐서, 내 영토의 반란분자 진압을 우선해줘야겠다."

"그, 그래서는……."

"귀공이 바란 마핵 공급을 해준다는 것인데 무엇이 불만인가!"

비스탈 공작의 노성에 렛세우 백작이 몸을 떨었다.

거기에 가세하는 것처럼 비스탈 공작의 가신이나 문벌 귀족들이 꼬투리를 잡아 야유를 날렸다.

"기다리시게, 비스탈 공작—."

흥분한 비스탈 공작 일행을 진정시키고자 재상이 끼어들었다.

아무래도, 왕국회의는 연장되는 모양이다.

이거야 원.

◆

"—응?"

왕성에서 무노 백작 일행과 헤어져 왕도 저택으로 돌아가고자 메인 스트리트를 마차로 이동하고 있는데, 성에 가느라 범위를 좁혀둔 레이더에 파란 광점이 비쳤다.

동료들 중 누군가인가 싶었는데 아닌 모양이다.

마차의 창에서 몸을 내밀자, 길 너머에 햇살 같은 머리칼이 보였다.

그것은 미궁도시에 있어야 할—.

"제나 씨!"

나는 마차에서 내리며 손을 흔들었다.

멀리서 나를 발견한 제나 씨가 말의 고삐를 옆에 있는 동료에게 떠넘기고 달려왔다.

"사, 사토 씨! 무, 무사해서 다행이에요."

제나 씨가 달려오는 기세 그대로 나한테 안겨 들었다.

"다행이야. 정말 다행이야."

떨리는 손으로 나를 끌어안고 울면서 그 말을 반복했다.

아마 왕도에 「마신의 찌꺼기」나 마족의 군단이 나타난 일을 안 제나 씨가 우리들의 몸을 걱정해서 와준 거겠지.

"고맙습니다, 제나 씨. 우리 애들은 아무도 안 다쳤으니까 안심하세요."

"다행이다……."

내가 알려주자, 제나 씨가 또 한 번 중얼거리고 눈물이 글썽이는 표정에 미소를 지었다.

"어이, 거기 아가씨!"

굵직한 목소리가 등 뒤에서 들렸다.

"역시, 아르페 준남작의 조카딸이군."

"키, 키고리 각하!"

굵직한 목소리에 응답한 것은 제나 분대의 미인 대검사 이오나 양이었다.

돌아보자, 세류 백작의 호위를 맡았던 키고리 경과 베르톤 자작이 마차에서 고개를 내밀고 있었다.

"펜드래건 경? 그리고 마법병 제나가 아닌가?"

베르톤 자작의 의문스런 시선을 깨닫고, 끌어안은 상태였던 제나 씨가 황급히 떨어졌다.

"미궁도시에서 임무를 맡고 있을 너희들이 어째서 왕도에 있는 거지?"

"그, 그건—."

베르톤 자작이 묻자, 제나 씨가 머뭇거렸다.

아무래도, 나를 걱정해서 허가도 안 받고 뛰쳐나온 모양이다.

"그녀는 요전 왕도의 이변 소식을 듣고서, 주군인 세류 백작 각하의 안부를 확인하기 위해 말을 달려 왔다고 합니다."

나는 사기 스킬의 도움을 빌어서 무난한 변명을 대변했다.

"죄송해요. 임무 도중에 불러 세워버려서."

제나 씨를 돌아보면서 말하여, 여기서 발길을 멈춘 것은 내 탓이라는 인상을 베르톤 자작 일행에게 어필했다.

"그랬었던가. 안심하라. 백작 각하는 무사하시다. 필두 가신으로서, 그대들의 충의를 기쁘게 생각한다."

베르톤 자작이 말하고 제나 씨 일행을 격려했다.

아무래도 사기 스킬이 승리한 모양이다.

"얼른 백작 각하와 만나게 해주고 싶지만, 당분간 왕성에서 못 나오신다. 왕도 저택에 있는 건 고지식한 트류 공이야. 갑갑한 것이 싫다면, 밤까지 적당히 시간을 보낸 뒤에 오라."

베르톤 자작은 나랑 제나 씨를 본 다음, 그렇게 말하고 마차를 출발시켰다.

조금 입가가 올라가 있었으니, 제나 씨 일행에게 잠깐 쉬는 시간을 준 거겠지.

나는 제나 씨를 데리고 왕도 저택으로 돌아갔다.

"여러분, 지치셨죠. 금방 데운 물과 휴식할 수 있는 방을 준비할게요."

마중 나온 메이드들에게 객실의 준비를 지시하고, 제나 씨 일행의 말은 마부에게 맡겨 보살펴달라고 했다.

“큰 길은 피해가 컸던 모양인데, 이 근처는 피해가 없었구나.”

“네, 운이 좋았던 모양입니다.”

이오나 양에게 대답하면서, 응접실로 네 사람을 안내했다.

“혹시 마왕이 나오거나 했어?”

“아뇨, 마족의 군세나 다수의 마물 정도입니다.”

“—마족의 군세?!”

릴리오의 농담 같은 말에 순순히 대답했더니, 옆에 앉아서 차가운 과실수를 마시고 있던 제나 씨가 뛰어 오르며 놀랐다.

“아아, 걱정 마세요. 용사 나나시 님과 그 종자들이 모두 쓰러뜨려버렸습니다. 저희들은 전혀 나설 차례가 없었어요.”

“다행이야…….”

제나 분대 사람들 말로는, 왕도의 이변을 안 것은 우연이었다고 한다.

탐색자 길드에서 보고를 받은 길드장이 「왕도가 마족의 습격을 받았다고?!」라고 외치는 것을 들었다고 한다.

그 직후에, 일식으로 하늘이 어두워진 것도 있어서 불안해진 제나 씨가 왕도에 간다며 길드를 뛰쳐나갔다고 했다.

“이야~ 갑자기 마법을 써서 달려가려고 하는 제나를 말리는 거 힘들었다니까.”

“아, 아이참 릴리오! 그건 비밀로 해달라고 그렇게 말했는데!”

분명히 바람 마법 「질풍 걸음(윈드 워크)」은 말보다 빨리 달릴 수 있지만,

근육 피로가 격렬하니까 마라톤 같은 거리를 달리는 건 적합하지 않다.

"『왕도의 이변을 조사한다』라는 명목으로 기사 헨스에게 허가를 받아서 곧장 출발했습니다만……."

"가도는 붐비지, 정익 고개의 관문에서 발이 묶이지, 도시의 문은 폐쇄되지, 사흘이나 걸려 버렸어."

이오나 양과 루우 씨가 힘들었던 길을 설명했다.

그런 고생을 해가면서 와주다니, 제나 씨에겐 감사의 말밖에 없군.

"주인님 냄새가 나는 거예요!"

떠들썩한 소리가 나고 포치가 정원이 보이는 창문에서 뛰어 들어왔다.

금방 손님이 있는 걸 깨달은 포치가 「아차」 하는 표정을 지었지만, 금방 함께 있는 멤버를 깨닫고 웃었다.

"제나인 거예요!"

"오랜만~?"

포치 옆에서 타마도 고개를 내밀었다.

"사토가 돌아왔나요?"

어째선지, 금발 세로 롤이 트레이드 마크인 카리나 양이 마유를 출렁 흔들면서 타마와 포치 사이로 얼굴을 내밀었다.

"엑, 왕도에서도 아가씨랑 같이 사는 거야?"

"위험해, 제나. 이대로는 뒤처질 거야."

릴리오가 나에게 물어보는 등 뒤에서, 루우 씨가 제나 씨에게 이상한 말을 지껄여댔다.

"저는 니나에게 사토가 몸이 안 좋다고 듣고서, 병문안을 왔을 뿐이랍니다."

"그랬었군요. 일부러 찾아와 주셔서 고맙습니다, 카리나 님."

니나 여사는 왕국회의를 쉰 이유가 꾀병이라는 것을 알고 있을 테니까, 나랑 카리나 양의 접점을 늘리기 위해 진짜로 아프다고 말한 게 틀림없다.

"소년, 어디 아파?"

"괘, 괜찮은 건가요?!"

"아뇨아뇨, 어제 조금 안 좋았던 것뿐이에요."

나를 「소년」이라고 부른 릴리오가, 이오나 양에게 「사작님이라고 부르세요」하며 혼나고 있었다.

똑똑 노크를 하고 들어온 메이드장이, 창 너머로 카리나 양을 보고 난처한 표정을 지었다.

아마도 그녀의 방문을 전하기 위해 왔는데, 먼저 이 방에 와 있기 때문이겠지.

"크, 큰일입니다!"

메이드장 뒤에서, 다른 메이드가 방으로 뛰어 들어왔다.

"무슨 일인가요? 주인 나리와 손님 앞입니다."

"죄, 죄송합니다. 하, 하지만하지만, 큰일이에요!"

큰일이라고 반복하는 메이드에게, 아직 입을 안 댄 과실수를 마시게 하여 진정시켰다.

"왕녀 전하가 오셨습니다!"

"시스티나 전하니?"

르모크 왕국의 메네아 왕녀일지도 모른다고 생각하면서 메이드에게 물었다.

"저, 전하?!"

"왕녀라면 임금님의 딸이란 거지?"

"왕족이네."

제나 분대 사람들이 미묘하게 패닉에 빠졌다.

미궁도시의 탐색자 학교에서 노로크 왕국의 미티아 왕녀와 교류가 있었으니까 익숙해진 줄 알았는데, 그렇지도 않은가 보네.

"어머? 미안해요. 손님이 있으셨나요?"

평소처럼 시녀 두 사람을 데리고 나타난 것은 안경이 트레이드마크인 시가 왕국의 시스티나 제6왕녀다. 오늘은 주황색에 가까운 금발을 풍성한 볼륨으로 엮은 탓인지, 평소보다 부드러운 인상을 주었다.

내 집에는 응접실이 하나밖에 없으니, 제나 씨의 방문을 몰랐던 메이드가 이곳으로 안내해버린 모양이다.

"어제는 초대에 응하지 못해 실례했습니다."

"큰 탈이 없어서 다행이에요. 사토 님에게 무슨 일이 있다고 생각하면 걱정되어서 밤잠을 설치는걸요."

뭐 걱정되는 건 나 자신이 아니라, 내 주문 작성에 관한 지식이나 견해겠지만.

"다녀왔어~. 어쩐지 카오스네."

"응, 혼란."

외출했던 아리사와 미아까지 돌아왔다.

"조금 더 넓은 방으로 이동하는 건 어때?"

아리사의 제안에 따라, 우리는 지금까지 쓸 기회가 없었던 살롱으로 이동하게 됐다.

◆

"그러면, 주제넘지만 제가 순서대로 소개하겠습니다. 이쪽 귀부인은 시가 왕국의 시스티나 제6왕녀 전하십니다."

내가 소개하자, 왕녀가 롱드레스를 붙잡아 커티시 같은 숙녀의 예를 취했다.

제나 분대 사람들은 긴장으로 표정이 굳어져 있었다. 릴리오랑 루우 두 사람은 살롱에 들어오기 전에 도망치려고 했지만, 이오나 양에게 붙잡혀서 길동무가 되었다.

타마와 포치는 리자에게 포획되어, 입에 지퍼 상태로 방의 구석에서 대기하고 있었다.

동료들 중에서 여기 없는 건 왕성을 방문하고 있는 히카루뿐이다.

"머리 좋아 보인다."

"응, 저거 안경이라는 마법 도구지? 나, 알고 있어."

"릴리오, 굉장한데."

이런 대화를, 릴리오와 루우 씨가 작은 소리로 속삭였다.

카리나 양과 제나 씨 일행은 미궁도시에서 면식이 있으니, 그 다음부터는 왕녀에게 소개한다.

"그리고 이쪽이, 제 주가인 무노 백작가의 차녀 카리나님입니다."

내가 소개하자, 무노 백작이 승작한 것을 몰랐던 제나 분대 사람들이 「백작?」, 「남작 아니었어?」라고 속삭였다.

"이 분이 사토 님의 주가의……."

슬렌더한 왕녀가 카리나 양의 가슴에 시선을 떨구며 중얼거렸다.

아마, 카리나 양의 가슴을 장식하는 「지성을 지닌 마법 도구」인 라카를 보는 게 틀림없다.

"당신의 아버님은 사람을 보는 눈이 있는 것 같아요. 당신은 사토 님의 약혼자인가요?"

"아, 아니요! 아, 아니랍니다!"

왕녀의 질문에, 카리나 님이 새빨간 얼굴로 부정했다.

그건 좋은데, 얼굴 앞에서 팔을 붕붕 휘두르는 건 숙녀로서 안 좋으니까 그만 두세요.

"이쪽에 있는 여성들은 세류 백작령에서 미궁도시로 연수를 와 있는 제 소중한 친구 제나 마리엔텔 사작영애와, 그 동료인 이오나 씨, 루우 씨, 릴리오 씨입니다."

제나 분대 3명의 소개가, 제나 씨 덤처럼 되어 버렸다.

"처음 뵙겠어요, 마리엔텔 가문의 제나. 사토 님의 친구라면, 저의 친구나 마찬가지예요. 무슨 난처한 일이 있으면 말하러 오세요."

"네, 네. 과분한 영광입니다."

제나 씨가 오해를 부를 법한 왕녀의 말에 당황하면서도, 긴장해서 굳어진 표정으로 군대식 경례를 했다.

"그런데 티나 님은 그냥 병문안 온 거야?"

아리사가 편한 어조로 왕녀에게 물었다.

"자, 잠깐 아리사! 상대는 왕녀 전하야. 존댓말을—."

제나 씨가 황급히 아리사를 막으려고 했다.

"상관없어요. 제가 허가했습니다."

아리사의 입을 막은 제나 씨에게 왕녀가 평탄한 어조로 말했다.

왕녀와 함께 탐정 놀이를 했을 때 아리사는 대외적인 어조였으니까, 어제 방문했을 때 애칭을 부르는 것과 지금의 어조를 허가 받을 정도로 친해진 거겠지.

"에엣? ……그랬었나요. 미안, 아리사."

제나 씨가 아리사의 입에서 손을 뗐다.

"그녀는 저의 사저랍니다."

"……아리사가?"

왕녀의 말에 무심코 되물어 버렸다.

무슨 사저지?

"아리사와 미아 님은『지고의 주문 연구가』인 사토 님의 애제자잖아요? 저도 오늘부터 사토 님의 제자로 지원했답니다."

왕녀가 이상한 말을 했다.

"사토 씨가『지고의 주문 연구가』인가요?"

멍하니 나를 보는 제나 씨의 눈동자가「그런 얘기 못 들었어요」라고 호소하고 있었다.

괜찮아요. 나도 못 들었으니까. 칭호 리스트에도 없고.

"그런 별명은 처음 듣습니다."

"저희들이 붙였어요."

왕녀의 말에, 아리사와 미아가 가슴을 쭉 폈다.

"사토 씨는 마법을 쓸 수 있게 된 건가요?"

"아뇨, 한심하게도 아직 영창을 못합니다. 주문의 연구는 세류 시를 떠난 다음, 여행의 소일거리로 하고 있었어요."

이건 정말이니까 사기 스킬이 나설 차례는 없다.

"여행을 하면서도 향상심을 가지고 배우신 거군요!"

제나 씨가 호의적으로 해석해주었다.

"티나, 용건?"

내 무릎 위에 훌쩍 앉은 미아가, 이야기의 흐름을 본래대로 되돌렸다.

"그랬어요. 사토 님, 지연 술식에 흥미가 없나요? 왕립학원에서 전 궁정마술사장이 강의를 한다고 하기에, 참가를 권하러 왔어요."

"그거 흥미롭군요. 부디, 청강하고 싶습니다."

전에 왕립 연구소에서 이야기를 들었을 때부터, 지연 술식에 흥미가 있었단 말이지.

"강의는 언제인가요? 저는 왕국회의에 출석해야 하기 때문에, 일정이 겹치지 않으면 좋겠습니다만."

"그건 괜찮답니다. 왕국회의 종료의 다음날인걸요."

그건 잘 됐다. 문제없이 수강할 수 있겠어.

"그러면, 얼른 수속을 하러 가겠어요."

왕녀가 들떠서 살롱을 떠났다. 정말로 목적은 그것뿐이었나 보다.

"티나 님, 돌아가 버렸어."

"응, 자유."

현관까지 왕녀를 배웅하러 갔던 아리사와 미아가 그런 말을 나누면서 돌아왔다.

"우뉴~."

왕녀가 퇴실하여 긴장이 풀렸는지, 프리해진 내 무릎위로 타마가 미끄러져 들어와 봉제인형처럼 **흐느적** 기지개를 켰다.

포치도 리자의 구속에서 해방됐는지, 카리나 양 옆에 오도카니 앉았다.

"주인님, 가리나는 학교 이야기를 하러 온 거예요!"

"—학교?"

나는 카리나 양 쪽을 보았다.

"그, 맞아요. 어제, 메네아에게 왕립학원의 봄 휴가 기간에 특별 교실이 열리니까 참가해보지 않겠냐고 권유를 받았답니다."

시스티나 왕녀와 비슷한 용건이었군.

"카리나 님, 질문! 특별 교실은 어떤 내용이야?"

아리사가 묘하게 신이 나서 물었다.

"—어떤? 그러니까, 메네아는『학원의 수업을 외부의 사람에게 공개하는 수업체험 같은 것』이라고 했답니다."

"그러니까 한 번 듣고 끝인 수업이 아니라, 체험 입학 같은 느낌?"

"아, 그래요. 아마도."

쭉쭉 밀어붙이는 아리사의 기세에 카리나 양이 좀 밀리는 기색이다.

"좋았어~! 드디어 학원편이구나!"

아리사가 신이 나서 드높이 외쳤다.

아무래도 좋은데, 학원편이라기에는 딱히 본격적인 입학이 아니잖아.

"무투 대회, 미궁 탐색과 나란히 3대 에타라고 하는 학원편으로 돌입이구나!"

에타라는 건 이터널의 일본식 약자로 웹 소설의 경우는 다음화 갱신이 끊어지는 것을 가리키는 모양이다.

"우오오오오, 솟아오른다아!"

"아리사, 버릇이 나빠!"

의자 위에 올라서서 외치는 아리사를, 루루가 야단쳤다.

"어쩔 수 없는 것이야~."

"손님 앞인걸?"

"용서해 주셔유."

반성의 포즈를 하는 아리사를 루루가 잔소리로 야단쳤다.

"하지만, 메네아도 좋은 생각을 하는걸. 주인님에게 괜히 어필하는 나쁜 버릇만 없었으면, 좀 더 저택으로 부를 텐데."

"—메네아?"

아리사의 괜한 말에, 제나 씨가 반응해 버렸다.

"또, 새로운 여자 이름이야."

"조심해, 제나."

"두 사람, 그만 하세요."

릴리오와 루우 씨가 놀리는 것을 이오나 양이 타일렀다.

"메네아 님은 르모크 왕국의 왕녀님이십니다."

"또, 또 왕녀님인가요?!"

"제나 님, 진정해 주세요."

리자가 제나 씨에게 차가운 과실수를 건넸다.

"소년은 정말로 왕녀님이나 장군처럼, 천상에 아는 사람들 많구나."

"공도에서 조금 인연이 있어서요. 메네아 전하는 카리나 님을 언니처럼 따라주는 분입니다."

기가 막힌 기색으로 말하는 릴리오를 건너뛰고, 제나 씨에게 메네아 왕녀와 어떤 관계인지 알렸다.

메네아 왕녀가 스킨십이 많은 것은 말하지 않아도 되겠지.

"카리나 님, 구체적으로 어떤 수업이 있는 건가요?"

나는 이야기를 돌리기 위해, 카리나 양에게 물었다.

"여러 가지라고 했답니다. 유년 학사 입학 전의 아이들을 위한 춘기 교실이나, 왕립학원에 입학을 희망하는 학생들을 대상으로 하는 특별 교실이나, 춘기 원정 실습도 있다고 했답니다."

카리나 양이 내 질문에 대답하면서 자세한 사항이 적힌 종이 몇 장을 테이블 위에 늘어놓았다.

아리사가 내 옆에서 고개를 내밀고 들여다보았다.

"헤~ 여러 가지가 있네."

후자의 원정 실습에서 우수한 성적을 남기면, 입학시험이 면제되거나 반환할 필요 없는 장학금을 받을 수 있다고 한다.

그 밖에도 시스티나 왕녀가 수강을 권하러 올 법한 지식인이나 무인의 특별 강의 같은 것도 이래저래 개최되는 모양이다.

"포치는 참가하고 싶은 거예요!"

"타마도~?"

타마와 포치는 예상대로군.

"마스터, 유년 학사에는 유생체가 많다고 보고합니다."

미묘하게 콧김이 거친 나나가 말했다.

"흥미."

"응, 아까 티나 님이 말했던 지연 술식의 강의도 재밌을 것 같고, 그 밖에도 이것저것 재밌을 것 같으니까 참가할래."

"리자는 어쩔래?"

"저도 함께 가겠습니다."

리자는 강의에는 흥미가 없는 것 같지만, 타마나 포치를 걱정하여 동행을 결정했다.

"요리 수업 같은 건 없겠죠?"

"가정과 같은 소녀 학사라는 게 있으니까, 요리의 수업도 있지 않을까?"

자료를 훑어보면서, 루루의 질문에 대답했다.

타마와 포치는 가정교사의 수업도 있지만, 그쪽은 왕립학원의 강의와 다른 시간에 설정하면 문제없겠지.

"—시가8검의 지도?!"

"굉장하다! 역시 귀족님의 학교야!"

이오나 양이 읽어준 특별 교실의 비고란 내용을 듣고서, 루우 씨가 흥분한 소리를 질렀다.

지도하는 건 시가8검 제7위인 「잡초」 헤임 씨와 제8위인 「풀베기」 류오나 여사 두 명이다.

"한 번이라도 좋으니까 검의 지도를 받아보고 싶어요."

"분명히 굉장한 검사일 거야~."

이오나 양과 루우 씨가 이룰 수 없는 꿈처럼 말했다.

"예스~?"

"**헤엠** 대선생님은 굉장한 거예요!"

타마가 고개를 끄덕이고, 포치가 자기 일처럼 헤임 씨를 자랑했다.

"아는 사람처럼 말하네."

"알고 있어~?"

"타마랑 포치는 **헤엠** 대선생님한테 파파파팟 배운 거예요!"

루우 씨의 물음에 타마랑 포치가 수긍했다.

"에이 또~."

"아무리 그래도 그건 좀~."

전혀 안 믿는 릴리오와 루우 씨에게, 타마랑 포치가 정말이라고 항의했다.

"두 사람 말은 사실입니다. 성기사단의 주둔지로 초대를 받았을 때 헤임 공이 두 사람을 조금 가르쳐 주셨어요."

내가 보증하자 릴리오와 루우 씨뿐 아니라, 제나 씨나 이오나 양도 눈이 동그래졌다.

그렇게 믿을 수 없을 법한 일인가?

"다녀왔어~. 무슨 일 있어?"

"미, 미토 씨!"

복도에서 느긋한 소리로 끼어든 히카루를 본 제나 씨가 벌떡 일어나서 놀란 소리를 질렀다.

"아~ 존 군의 옛날 여친이랑 친구인 애들이다."

히카루의 발언을 들은 릴리오가 고개를 돌리더니, 「옛날 여친이라고 하지 마」 하고 중얼거렸다.

그러고 보니 제나 씨 일행은 미궁도시로 오는 도중에 두 번 정도 히카루랑 힘을 합쳐 싸웠다고 했었지.

"왜 그래? 릴리오."

릴리오가 히카루 뒤나 주위를 둘러보았다.

"그 녀석은 없어?"

"그 녀석? ―아아, 존 군 말야?"

히카루가 확인하자 릴리오가 고개를 홱 돌린 채 작게 고개를 끄덕였다.

"미안해, 존 군하고는 젯츠 백작령에서 헤어진 뒤부터 만나질 못했어."

"그렇구나……. 그러면, 그 거유 미녀들하고 같이 있으려나?"

릴리오가 나나를 보았다.

“제 자매들이라면, 보르에난 숲에서 수행중이라고 고합니다.”

“보르에난 숲이라니, 혹시—.”

“엘프의 마을이라고 보충합니다.”

“진짜로?!”

나나의 대답에 릴리오가 외쳤다.

“헤에, 그 배타적인 엘프들이 바깥의 아이들을 받아들이다니, 굉장하네.”

히카루가 존경의 눈으로 나를 보았다.

엘프 마을 사람들은 친근한 성격인데, 종족으로서 배타적인 스탠스를 취한단 말이지.

“사, 사토. 이 분은?”

내 뒤로 돌아간 카리나 양이 내 소매를 끌면서 물었다.

“미토라고 하는데, 술리 마법의 달인이에요. 이쪽은 제 주가인 무노 백작가의 차녀 카리나 님입니다.”

전반은 카리나 양에게, 후반은 히카루에게 설명했다.

“잘 부탁해~.”

“이, 이쪽이야말로, 잘 부탁드려요.”

히카루가 「가슴, 커다래. 이치로 오빠가 좋아하겠다」라고 중얼거렸지만, 그건 전력으로 모른 체했다.

“호, 혹시, 사토의 약혼자인가요?”

“사토 씨의 약혼자!”

오해가 가득한 카리나 양의 발언을 들은 제나 씨가 비명처럼 외쳤다.

“아뇨, 아닙니다.”

그런 사실은 없으니까, 나는 딱 잘라 부정했다.

“내가 제일 좋아하는 사람이 사토랑 아는 사이거든. 그 사람이 행방불명이라서. 그 사람을 발견할 때까지 저택을 써도 된다고, 사토가 말해줬어.”

“그랬었군요!”

제나 씨가 밝은 목소리로 말했다.

어째서 히카루가 여기 있는지 고민했던 모양이다.

카리나 양도 안도의 한숨을 흘렸다.

“그러고 보니 미토 씨랑 소년은 생김새가 비슷하네.”

“아아, 분명히 그렇네.”

“동향 분이셨군요.”

제나 분대 세 사람이 그런 말을 나누었다.

존 모라는 릴리오의 옛날 남친은 미토를 「유적에서 주웠다」고 말했다고 했다.

그 존 모도 제나 씨 일행도, 히카루가 유적에서 잠들어 있던 왕조 야마토 본인이라는 건 깨닫지 못한 것 같다.

“주인님, 저녁 식사는 뭘로 할까요? 제나 씨 일행은 긴 여행으로 지쳤을 테니까, 오세치 요리보다도 소화하기 좋은 요리를 준비할까요?”

메이드에게 귓속말을 들은 루루가 물었다.

“오스에치? 혹시, 왕조님 이야기에 나오는 오스에치 요리인가요?"

"전설의 요리사 첸이 망향의 상념에 눈물짓는 왕조님을 위해서 재현하려고 동분서주했다는?"

제나 씨와 카리나 양이 굉장한 기세로 루루에게 다가갔다.

"어, 저, 저기? 그게— 주인님, 도와주세요."

나는 요청에 따라 루루를 구출하고, 루루에게 오세치 요리를 가져오도록 부탁했다.

여기서 제나 씨 일행의 몸을 생각하여 오세치 요리를 캔슬하면 대실망할 것 같으니까.

기왕 이렇게 된 거, 만개한 벚나무가 있는 안뜰에서 오세치 요리를 대접하기로 했다.

"기왕이니 밖에서 먹을까요—."

이미 해는 떨어졌지만, 안뜰에는 조명 마법 도구가 있으니 문제없다.

"이 저택에도 벚나무가 있네요."

"네, 제나 씨. 저쪽을 보세요."

"저쪽, 인가요? —우와아."

그쪽에는 왕성 옆에 우뚝 선 거대한 왕벚을, 아래쪽에서 라이트업한 환상적인 광경이 보였다.

"이게 그 유명한 왕도의 벚꽃이군요."

"덧없으면서도, 모든 것을 벚꽃색으로 물들이는 강함이 느껴집니다."

제나 씨와 이오나 양이 왕벚을 바라보며 감탄의 한숨을 흘렸다.

릴리오와 루우 씨는 저택 안에서 흘러나오는 향기에 정신이 팔렸다.
“세류 시에서도 꽃놀이를 하나요?”
“네, 초원에 가득 핀 목초 토끼풀이 아주 예뻐요! 도시락을 가지고 외출해서, 다 함께 꽃관을 만들어요.”
“그건 즐거울 것 같군요.”
꽃놀이 시즌에 세류 시를 방문해야겠어.
“네! 그때는 안내를 할게요!”
“부디, 부탁드릴게요.”
히죽히죽 웃으며 이쪽을 보는 제나 분대 사람들을 깨달은 제나 씨가 김이 피어오를 것처럼 새빨개져서 고개를 숙였다.
그때 둘둘 만 돗자리를 지고서 타마와 포치가 다가왔다.
“자리자리~?”
“돗자리 부대인 거예요!”
타마와 포치가 푹신푹신한 돗자리를 정원에 펼쳤다.
그대로 돗자리 위에서 구르며 놀다가 리자에게 야단을 맞는 것까지가 고정 패턴이다.
“푹신푹신하네요. 꽤 커다란데요. 이건 무슨 털가죽인가요?”
“미궁 중층에 서식하는 긴 털 옛범이라는 『구역의 주인』한테서 벗겨낸 가죽입니다.”
제나 씨의 의문에 리자가 대답했다.
“구, 『구역의 주인』의 털가죽인가요?”
“긍정이라고 고합니다. 감촉이, 그렇습니다. 대단히 좋은 겁니다."

"응, 동의."

나나가 고개를 끄덕이고, 미아도 함께 털가죽을 살며시 쓰다듬었다.

"여러분, 준비가 다 됐어요."

루루가 메이드들과 함께 찬합에 든 오세치 요리를 가져왔다.

오늘 밤은 맑은 장국에 구운 떡이 들어간 타입의 떡국이다.

"이, 이게 오스에치."

"만찬이잖아."

"낯선 요리군요."

"굉장해~."

감동하는 제나 씨와 릴리오, 이오나 양, 루우 씨가 감상을 중얼거렸다.

"카리나, 이 로스트 비프가 맛있는 거예요."

"닭새우도 맛나~"

포치랑 타마 둘이 카리나 양의 좌우에 앉아서, 자기들 추천을 그녀의 접시에 올려주었다.

"제나 님, 주제넘지만 제가 집어드리겠습니다."

"고마워, 리자."

리자가 기합을 넣은 표정으로 접시에 요리를 담았다.

자신이 좋아하는 대구포가 인간족에게는 딱딱해서 호불호가 갈리는 걸 알았는지, 처음에는 넣지 않는 모양이다.

"키슈레시가르자 여준남작님이 손수 덜어주다니 사치스럽네."

아리사가 농담처럼 말했다.

"키슈레시가르자 여준남작?"

제나 씨가 중얼거리자 나나가 대답했다.

"리자의 가문명과 작위라고 고합니다."

"어?"

""""주황 비늘 종족이 여준남작?!""""

당혹하는 제나 씨의 말을, 제나 분대 사람들이 낸 놀람의 소리가 지워버렸다.

"주인님이 이끌어주신 주신 결실입니다."

리자가 새침한 표정으로 말했다.

꼬리가 리드미컬하게 움직인다.

분명히 자랑스러운 느낌인 거겠지.

"소년, 가신한테 추월당해 버렸네."

"리, 릴리오!"

릴리오의 농담을 제나 씨가 탓했다.

"괜찮아요, 제나 씨. 펜드래건 경도 승작을 하셨을 겁니다."

확신하는 표정을 지은 이오나 양의 말에 수긍했다.

"축하드립니다, 사토 씨!"

제나 씨가 축복의 말을 해줬다.

"또, 출세했구나~. 이번에는 명예 준남작이 됐어? 아니면 영세?"

"영세입니다. 자작으로 승작했어요."

""""자작?!""""

릴리오의 물음에 대답하자 제나 분대 사람들이 절규했다.

"사, 사토 씨가, 자, 자작님? 자작님이라는 건 자작님인 거죠?"

"진정하세요, 제나 씨. 베르톤 자작님과 같은 자작입니다."

혼란에 빠진 제나 씨를 이오나 양이 달랬다.

"사, 사토 씨— 자작님."

"명예 사작일 때랑 똑같이 불러도 괜찮아요. 공적인 자리가 아니면 지금까지 한 것처럼 대해주세요."

친구에게 그런 서먹한 호칭을 들으면 조금 쓸쓸하다.

"하지만, 미스릴 탐색자는 굉장하네. 우리도 『계층의 주인』 토벌을 노려볼까?"

"그건 당연히 무리죠."

"이오나 말이 맞아. 무덤이 늘어날 뿐이지."

릴리오의 농담에, 이오나 양과 루우 씨가 태클을 걸었다.

"아하하, 주인님이나 리자 씨는 특별한 거야. 그 증거로 우리들은 모두, 명예 사작위를 받았는걸."

"—특별?"

"주인님은 말할 것도 없잖아? 리자 씨는 시가8검 필두 쥬레바그 씨한테 시합에 도전해서 이겨버렸어."

"""이겼다고?!"""

아리사의 말을 들은 제나 분대 사람들이 놀라서 소리쳤다.

"쥬레바그라니, 그 『부도』의?"

"그래. 나나도 성방패의 레이라스 씨랑 싸웠고, 주인님도 시가8검 후보랑 싸웠어."

내가 고우엔 씨랑 싸운 것을 말하지 않는 걸 보면, 아리사는 나를 잘 알고 있다.

이대로 가면 시가8검 후보에 노미네이트 된 것 등이 릴리오나 루우 씨 입에서 미궁도시에 퍼지는 미래가 예상되기에. 이야기를 그녀들에 대한 것으로 바꾸었다.

지금은 탐색자 학교의 졸업생 「펜드라」와 함께, 사냥터의 확장에 매진하고 있다고 한다.

"리자— 여준남작 각하가 하고 있던 마라톤을 저희들도 하고 있어요."

"제나 님, 저는 그냥 리자라고 불러주십시오. 지금의 제가 있는 것은 제나 님이 몸을 던져 지켜주신 덕분입니다."

"아, 알겠어요."

"가능하면 존댓말도 하지 않는 걸로 부탁드립니다."

리자의 요구에 제나 씨가 난처한 표정으로 이쪽을 보았다.

"제나 씨가 괜찮으시면, 그렇게 해주세요."

"아, 네. 그러면 공적인 장소가 아닌 곳에선 그렇게 할게요."

제나 씨가 그렇게 말하자 리자도 안도한 표정을 지었다.

"—미아 님이 악성과 함께 무대에?"

"응, 즐거워."

이오나 양과 미아가 그런 이야기를 하고 있었다. 뜻밖의 조합이군.

"꼬맹이는 여기서도 수행이야?"

"예스~?"

“타마는 조각 공방에서 수행하고 있어. 봐, 저기 장식된 『꿈꾸는 사과 사탕』이 최신작이야.”

“말도 안 돼, 이걸 만들었어? 굉장하잖아!”

“이번 품평회에도 출품을 해준대.”

“진짜로?”

“꼬맹이, 굉장하잖아?”

“니헤헤~?”

루우 씨랑 릴리오가 타마를 칭찬했다.

“포치도 소설을 쓰고 있는 거예요!”

“모험담인가요? 역작이랍니다.”

포치가 요정 가방에서 꺼낸 두꺼운 종이다발을 카리나 양에게 보여줬다.

“저는 양육원 아이들에게 인형 만들기를 가르치고 있다고 발표합니다.”

“귀, 귀여운 인형이네.”

나나가 요정 가방에서 꺼낸 인형을 히카루가 칭찬했다.

“리자 씨— 리자는 왕도에 와서 뭔가 별다른 일은?”

“아뇨, 저는 창뿐이니까요.”

“겸손하지 않아도 되잖아. 시합이나 지도를 바라는 무인이 끊임없이 온다고 메이드들이 그랬어.”

저택 앞에서는 근처에 폐가 되니까, 도시 교외에 있는 초원에서 대처한다고 했다.

“시가8검 후보들도 왔다는 거 정말이야?”

"네, 좋은 시합이었습니다."

리자가 만족스럽게 고개를 끄덕였다.

"이대로 가면, 시가8검 참가를 권유 받을지도 모르겠네요."

제나 씨가 웃으며 말했다.

"권유 받았어."

미아가 조용히 중얼거렸다.

"네?"

"벌써 필두 씨가 권유를 했었어. 그래서, 벌써 거절했지."

""""에에엑!""""

아리사의 말에 제나 분대 사람들이 놀라서 소리를 질렀다.

"제 창과 충성은 주인님에게 바치는 것이니까요."

리자가 늠름한 표정으로 말했다.

"과연 리자군요."

"아뇨. 저 따위는 주인님과 비교하면 아직 멀었습니다."

자만하지 않는 리자의 반응에, 제나 씨가 눈부신 것을 보는 것처럼 눈을 가늘게 떴다.

"저희들도 질 수는 없어요! 릴리오, 이오나 씨, 루우! 백작님께 인사를 하면, 내일 아침에 미궁도시로 돌아가요."

제나 씨가 동료들의 성장을 보고 의지가 솟구치는 모양이다.

그건 그렇고, 왕도까지 왔는데 그냥 돌아가는 건 너무 성급한 게 아닌가 싶다.

오는 길에 각종 마법약을 써가며 밤낮을 안 가리고 강행군을 했다고 하니, 한동안 느긋하게 지내다 가면 좋을 텐데.

"에에, 왕도에서 맛있는 거라도 먹고 돌아가자."
"그래! 이삼일 정도는 느긋하게 지내도 벌 안 받아."
"말들도 피로해졌을 테니까요."
제나 분대 사람들도 휴가를 바라는 모양이다.

◆

"그러면 사토 씨, 저희들은 미궁도시로 돌아갈게요!"
"무리는 안 하는 편이—."
"괜찮아요! 어제, 사토 씨한테 받은 마법약으로 기운이 넘치니까요!"
피로를 풀라고 준 마법약인데 엉뚱한 결과가 나와버렸군.
통 단위로 만들어둔 거라 말에게도 줬으니, 제나 씨 일행이 탄 군마도 눈이 반짝반짝 빛나고 있었다.
"알겠어요. 하지만, 가는 길 조심하세요."
"네, 사토 씨."
제나 씨가 햇살 같은 미소로 대답했다.
어째선지 제나 씨가 입을 다물어 버리기에, 그대로 잠시 서로 마주보고 말았다.
"길티?"
"아니지 않을까?"
철벽 페어가 내 등 뒤에서 그런 대화를 나누었다.
"제나, 그러고 보니 세류 백작한테 인사는 했어?"

“네, 충의를 칭찬해주셔서, 조금—.”

제나 씨는 성실하니까, 그것이 조금 켕기는 모양이다.

세류 백작이 저택으로 돌아온 것은 해가 지고서도 꽤 지난 다음이라, 아주 짧은 시간밖에 만나지 못했다고 한다.

제나 씨가 내 옆에 선 리자에게 시선을 돌렸다.

“리자, 저희들도 강해지겠어요. 당신이 자기 은인이라고 자랑스러워할 수 있을 정도로.”

“제나 님이라면, 분명 강해지실 수 있습니다.”

제나 씨의 선언에 리자가 힘차게 수긍했다.

“괜찮으이~?”

“그런 거예요! 제나는 분명히 분명히 강해지는 거예요!”

“응, 힘내.”

“목숨을 소중히 여겨야 한다고 고합니다.”

“무리하지 말고 힘내야 돼.”

동료들이 제나 씨를 격려했다.

“기, 기다려!”

출발하려는 제나 씨를 루루의 목소리가 붙들었다.

“다행이야, 안 늦었다. 이거 도시락이에요. 괜찮으시다면 드셔주세요.”

“고마워요, 루루 씨. 고맙게 받을게요.”

좋은 냄새가 나는 꾸러미에 타마와 포치가 눈을 감고서 코를 벌름벌름 하며 냄새를 맡았다.

“그러면, 사토 씨, 미궁도시에서 다시 봬요!”

"네. 저희도 월말쯤에는 미궁도시로 돌아갑니다."

세계일주 여행으로 출발을 한다고 해도, 그 전에 한 번은 미궁도시에 얼굴을 내밀 생각이다.

"그러면— 꺄아아아아아아아아아아아!"

제나 씨를 태운 말들이 굉장한 속도로 달려갔다.

피로회복약 효과가 너무 좋았는지도 모르겠다.

"제, 제나 님!"

"큰일~?"

"**에머젠**인 거예요!"

아인 소녀들이 제나 씨 일행을 따라 달렸다.

"괜찮을까?"

"괜찮아."

이미 아인 소녀들이 따라잡아 말을 감속시킨 모양이니까, 아까처럼 허를 찔리지 않으면 제나 씨 일행의 승마 기술로 제어할 수 있을 거야.

"미아, 미안하지만."

"정령?"

"그래. 실프를 불러서, 불가시 모드로 제나 씨 일행을 하늘에서 지켜봐줄래?"

"맡겨둬."

미아가 가슴을 두드리며 받아들여 주었다.

"정말이지, 주인님은 과보호라니까."

아리사가 기가 막힌 기색으로 어깨를 으쓱거렸다.

"만약을 위해서야."

하지만, 내가 말하지 않으면 아리사가 미아에게 부탁했을 거라고 생각한단 말이지.

아리사도 나한테 뒤지지 않을 정도로 걱정이 많으니까.

왕립학원

"사토입니다. 번외편이나 스핀오프로 학원물이 되는 판타지 소설이나 만화가 가끔 있었습니다. 싫어하는 사람도 있습니다만, 본편하고는 다른 따끈따끈한 전개가 되는 일이 많으니 꽤 좋아한단 말이죠."

"도~오~착~?"

"인 거예요!"

제나 씨 일행을 배웅한 다음, 우리는 왕립학원을 찾아왔다.

나는 오늘도 왕국회의에 참석해야 하지만, 나갈 때까지 시간이 있으니까 보호자로서 동행했다. 아침에 잘 일어나지 못하는 히카루는 두고 왔다.

"대학의 캠퍼스 같은 넓이네."

아리사가 훌륭한 정문에서 넓은 부지를 둘러보았다.

"하나의 부지에 학교가 몇 개나 있으니까."

왕립학원은 고등 학사, 귀족 학사, 마법 학사, 기사 학사, 소녀 학사, 유년 학사의 여섯으로 이루어진 거대한 교육기관이다.

부지 안에는 막대한 장서를 자랑하는 대도서관이나 크고 작은 갖가지 강당 따위도 있었다.

이 부지 말고도 교사나 연습장이 있는 모양이다.

"헤에~ 마법 학사와 기사 학사는 이름 그대로 마법사랑 기사를 육성하는 학교겠지만, 다른 건? 소녀 학사는 여학교나 신부 수업을 하는 거지?"

"그래, 맞아. 그밖에는 말이지—."

나는 아리사에게 수긍하고, 주워들은 지식을 말해줬다.

고등 학사는 현대로 치면 대학에 상당하는 최고 학부로, 성적이 우수하다면 신분을 가리지 않고 입학할 수 있다.

귀족 학사는 이름 그대로 귀족의 자제가 다니는 학교다. 성인 미만의 아이들이 다니는 유년 학사엔 영세 귀족의 자제가 적고, 명예 귀족의 자제나 유복한 평민이 대부분이다. 영세 귀족은 각자의 집에서 가정교사를 붙여 영재 교육을 하는 일이 많기 때문이다.

"마스터, 간판을 발견했다고 고합니다."

"『신입 귀족 교실』? 이거 말야?"

나나가 가로수 앞에 세워져 있는 간판을 발견했다.

"이 화살표에는 『특별 강좌, 접수』라고 적혀 있어요."

"마스터, 여기에는 『특별 교실, 접수』라고 적혀 있습니다."

"『일반 교육 강좌』~?"

"『유년 학사 춘기 교실』이라는 거 발견한 거예요!"

동료들이 차례차례 새로운 안내판을 발견했다.

루루가 요정 가방에서 서류를 꺼냈다.

특별 강좌라는 것이 시스티나 왕녀가 말했던 지연 술식 등의 전문가용 강좌이며, 그것 말고는 신입 귀족 교실 등이 카리나 양이 말했던 특별 교실로 분류되어 있었다.

일단은 동료들에게 가장 필요하며 수업 일수가 적은 신입 귀족 교실을 듣기 위해서 간판의 화살표를 따라 접수하러 갔다. 길을 따라서 나아가자, 전방에 인파가 몰려 있었다.

중고생쯤 되는 소년소녀들이 잔뜩 있었다.

"결투인 거예요!"

"목검을 쓰고 있으니, 결투가 아니라 시합 아닐까?"

흥분하는 포치의 시선 끝에서 무슨 시합을 하고 있었다.

학생들의 인파 탓에 거의 안 보여서, 타마와 포치는 리자와 나나에게 기어올라 구경하고 있었다.

미아와 아리사도 보고 싶어 하기에 두 사람을 끌어안아 줬다.

"안 돼안 돼~?"

"엉터리."

"둘 다 초보자인 거겠죠."

타마와 미아의 평가를 듣고 리자가 타이른다.

"그건 그렇겠지만, 가녀린 쪽은 초보자 이전에 무기나 방어구의 무게 때문에 비틀거리고 있잖아. 다치면 위험하니, 시합보다 우선 체력부터 만들어야겠어."

아리사가 쓴 소리를 하는 사이에도, 시합에 결판이 났다.

"완승이었잖아, 바리."

"상대가 저래서는 자랑할 수가 없어."

"여자애가 조곤 가문의 후계자에게 이길 수 있을 리 없잖아."

이긴 쪽 소년을 추종자들이 추켜세웠다.

"너는 재능이 없어. 여자애라면 기사 같은 어울리지도 않는 신분을 동경하지 말고, 자수나 댄스 연습이라도 하는 편이 좋지 않아?"

소년이 진 상대에게 비아냥거리는 어조로 여성 멸시의 발언을 했다.

"또 성격 안 좋아 보이는 애네. 이 나라의 젊은 귀족들 중에는 이상한 녀석이 많아."

"응, 우둔."

"그렇진 않아. 대다수는 보통 애들이야. 임팩트가 강하니까 이상한 녀석이 인상에 남기 쉬운 것뿐이지."

눈썹을 찌푸리는 아리사와 미아에게, 인지 바이어스라고 말하며 땅에 내려줬다.

"바리 말이 맞아. 너는 소녀 학사 쪽이 맞을걸."

"아, 아뇨. 저는 반드시 기사가 될 거예요."

엉덩방아를 찧고 있던 소녀가 일어서서, 거친 숨결로 호소했다.

"무리라니까. 너한테는 재능이나 센스가 한 조각도 없어. 전 시가8검의 딸이라고 생각할 수가 없네."

—전 시가8검의 딸?

투구를 쓰고 있어서 알아보지 못했는데, 그녀는 전 시가8검인 고우엔 씨의 딸, 쉐린 양이다.

"그, 그래도, 기사 학사에서 수행해서 성기사가 되겠어요."

"그리고, 가문을 다시 살린다고? 꿈 같은 얘기를 하고 있네."

필사적인 느낌의 쉐린 양을 비아냥 소년이 비웃었다.

자기 목표를 비웃자, 쉐린 양이 입술을 깨무는 게 보였다.

—아무리 그래도 모른 척 할 수는 없군.

"그쯤에서 그만 하세요."

나는 인파를 뛰어넘어 비아냥 소년들에게서 쉐린 양을 감쌌다.

"다, 당신은!"

"또 만났군요."

그녀는 요전에 만난 나를 기억하고 있는 모양이다.

"귀공은 누구냐!"

비아냥 소년이 나를 향해 외쳤다.

"이름을 밝힐만한 자는 아닙니다."

"뭐라고! 그 후보생의 기사라도 된다고 할 셈이냐!"

내 대답이 마음에 안 들었는지, 비아냥 소년이 성을 냈다.

"그런 재능 없는 녀석이 기사 학사의 입학시험에 합격할 리가 없어!"

"우리는 분수를 가르쳐준 것뿐이야!"

비아냥 소년의 친구들도 온갖 매도를 쏟아냈다.

그들의 말을 부정하려고 입을 연 순간, 인파 너머에서 외치는 소리가 날아왔다.

"이봐, 거기! 허가도 없이 뭘 하고 있느냐!"

"으엑, 위험해, 대머리 메이스다."

"붙잡히면 징벌 훈련이야, 도망쳐!"

"칫, 올해는 오는 게 빠르네."

인파 너머에서 들리는 교사의 목소리에, 비아냥 소년들이 뿔

뿔이 도망쳤다.

이 시합은 재학생인 그들이 멋대로 벌인 모양이다.

“재, 재능이 없는 것이 그렇게 나쁜 걸까요…….”

쉐린 양이 분한 눈물을 지으면서 속마음을 토로했다.

“재능은 덤 같은 겁니다. 포기하지 않고 우직하게 검을 계속 휘두르면, 언젠가 아버님이 인정할 정도의 기사가 될 수 있어요.”

살짝 립서비스가 지나친 것 같지만, 본인이 포기하지 않는다면 계속 응원해주고 싶었다.

“제가 될 수 있을까요…….”

“당신이 그것을 바라고, 끊임없는 노력을 계속한다면, 반드시.”

이 세계는 레벨 제도가 있으니까, 수수하게 경험치도 쌓인단 말이지.

“사토 말이 맞다.”

커다란 손이 쉐린 양의 머리에 놓였다.

“헤임 님!”

“기다렸구나. 교장의 허가를 받았으니, 수강은 문제없다.”

그녀의 아버지의 친구이며, 시가8검인 헤임 씨가 쉐린 양을 왕립학원으로 데리고 와준 모양이다.

“미안하군, 사토. 감시자가 잔뜩 있을 텐데, 그 녀석들은 아이들 싸움에 개입할 생각이 없는 모양이다.”

레이더를 확인하자, 분명히 은밀하게 행동하는 이들이 잔뜩 있었다.

쉐린 양은 감시가 붙은 채 바깥에 나온 모양이다.

"혹시—."

"그래, 허가를 내준 녀석들은 쉐린을 반 비스탈 공작의 잔당을 낚기 위한 미끼로 쓸 셈이겠지."

부끄러운 줄 모르는 일이야. 헤임 씨가 내뱉었다.

일단 쉐린 양이 이궁을 나온 것은 그녀의 희망이라고 한다.

"대선생님~?"

"**헤엠** 대선생님인 거예요!"

아리사를 앞세워 동료들이 찾아왔다.

"오오, 타마랑 포치구나. 오늘도 건강하군."

헤임 씨가 두 사람의 머리를 쓰다듬었다.

"그러고 보니, 포치."

"네 인 거예요."

"요전 붉은 밧줄 사건에서 누구랑 이야기를 했었는지, 이제 그만 가르쳐줄 생각이 들었니?"

"포, 포치는 아무하고도 이야기 같은 거 안 한 거예요!"

동요한 포치가 힐끔힐끔 나를 보는 게 빤히 보인다.

"혼잣말."

"그, 그런 거예요! 포치는 혼잣말의 프로인 거예요!"

조용히 중얼거린 미아의 어시스트에, 포치가 전력으로 올라탔다.

"그렇군. 프로라면 어쩔 수 없지."

"그런 거예요. 어쩔 수 없는 거예요."

헤임 씨가 웃음을 참으면서 말하자, 포치가 안도한 표정으로 이마의 땀을 닦았다.

아무래도 헤임 씨는 포치를 놀리는 게 즐거운 모양이다.

“꺄아아아— 랍니다!”

“바, 바리!”

비명과 동시에 소년이 하늘을 날았다.

방금 그 소리는 카리나 양이다.

“카리나~?”

“카리나가 큰일 난 거예요!”

타마와 포치가 달려나갔다.

“굉장한 발차기다!”

“기사 학사의 특별 교실에 온 애인가?”

“올해는 수준이 높군.”

주변의 소년들이 술렁거렸다.

“죄송합니다. 일행이 뭔가 저지른 모양이라, 저는 이만.”

나는 그렇게 말하고 헤임 씨에게 뒤를 맡기고, 카리나 양이 있는 쪽으로 갔다.

“너는 불평할 것 없이 합격이다! 자아, 가자! 기사 학사의 입학 수속은 이쪽이야.”

“저, 저기? 자, 잠깐 기다려 주실 수 있을까요?”

근육질의 교사가 다가서자, 카리나 양이 도망칠 기색이다.

“뭘 망설이나! 너는 기사 학사에 들어가기 위해 특별 교실에 온 거겠지? 너에게 강의나 입시 따위는 필요 없어.”

“무례 금지~?”

"카리나를 괴롭히면 안 되는 거예요!"

"……타마, 포치. 와준 거군요."

카리나 양의 팔을 잡으려고 한 교사 앞을 타마와 포치가 막아섰다.

"실례합니다만, 기사 학사의 선생님이신가요?"

"그래, 그렇다."

"그녀는 신입 귀족 교실을 수강하러 온 무노 백작 각하의 영애입니다. 억지로 권하는 건 삼가 주세요."

귀찮아 보이는 상대기에, 다른 강의를 받으러 왔다고 사기 스킬의 도움을 빌어 호소했다.

"그러나, 그 정도의 발차기를 눈 뜨고 놓치는 것은……."

그는 라카의 「초강화」를 카리나 양의 스킬로 오해한 모양이다.

"그러면, 하다못해 견학만이라도! 신입 귀족 교실은 사흘 동안이었을 터! 그 다음에라도 꼭!"

"카리나 님. 어쩌실 건가요?"

교사가 너무나 열심이라, 카리나 양에게 물어봤다.

"혼자서 가는 건 불안한걸요."

카리나 양이 매달리는 눈으로 나를 보았다.

그렇다면—.

"리자, 미안하지만, 카리나 님이 견학할 때 같이 가줄 수 있을까?"

"알겠습니다, 주인님."

눈이 마주친 리자에게 부탁했다.

내가 같이 가도 되겠지만, 가신이라고는 해도 미혼의 남자가 함께 가면 카리나 양의 결혼 활동에 지장이 생길 것 같단 말이지.

"주인님은 이런 부분에서 드라이하다니까."

"응, 동정."

부루퉁하게 볼을 부풀린 카리나 양을 보면서, 아리사와 미아가 미묘하게 실례되는 말을 중얼거렸다.

"마스터, 신입 귀족 교실의 접수는 저쪽 교사였다고 고합니다."

"여기는 여러 학사에 입학을 희망하는 학생들의 특별 교실 접수라고 해요."

인파 너머에서 나나와 루루가 돌아왔다.

아무래도, 일부러 담당자가 있는 곳까지 물어보러 다녀와준 모양이다.

나는 접수를 마치고 동료들을 신입 귀족 교실이 열리는 장소까지 배웅한 다음, 혼자 쓸쓸하게 왕국회의에 참석하러 갔다.

◆

"마스터, 저도 포치나 타마랑 같은 교실에서 배우고 싶다고 고합니다."

왕국회의에서 돌아오자, 마중 나온 나나에게서 그런 요구를 들었다.

집무실에 매일 들어오는 대량의 편지를 처리해야 하는데, 태반은 다과회나 만찬회의 초청과 연담뿐이니까 나중에 해도 문제없겠지.

가끔 연말의 사건으로 동료들의 도움을 받은 사람들에게 감사장이 오거나, 편지로 리자에게 결투나 시합을 신청하거나, 나에게 한자리 부탁하거나 돈을 빌리려고 타진하는 것도 있지만, 그런 건 드물다.

투자 관련은 편지가 아니라, 왕국회의 뒤에 살롱이나 무도회 같은 곳에서 이야기를 하는 일이 많다.

"두 사람은 다른 교실이었니?"

"유~년 학사~?"

"그런 거예요! 비슷한 나이인 애들이 잔뜩잔뜩 있었던 거예요!"

유년 학사 말이지?

"강사 아줌마가 두 사람은 먼저 유년 학사에서 기초를 배워야 한다고 해서, 유년 학사의 춘기 교실로 보내버렸어."

그렇군. 두 사람은 겉으로 보기에도 알맹이도 어린애니까.

"저의 이적은 기각되었다고 불만을 호소합니다."

"나나는 겉보기에 어른이니까."

"겉모습을 통한 차별은 부당하다고 주장합니다."

나나는 작은 아이들이 많은 교실에서 배우고 싶었던 모양이다.

"나랑 루루와 미아 세 사람은 예의범절이나 기초 지식을 클리어했어. 추가 수업료는 없다고 하기에, 빈 시간에 다른 수업을 받았어."

처음에 나름대로 수업료를 지불했으니, 같은 영역 안이라면 수업을 받아도 된다고 한다.

“나랑 미아는 마법 학사의 특별 교실에 참가. 루루는 소녀 학사의 특별 교실, 맞지?”

아리사의 말에 루루가 수긍했다. 소녀 학사라는 건 이른바 신부 수업 학교인데, 상류 계급의 여성에게 필요한 지식이나 교양을 배우는 장소라고 한다.

“오늘은 자수나 다과회에 대해서 배웠어요.”

루루가 즐거운 기색이라 다행이군.

다행히도 그녀에게 폭언을 내뱉는 자나 괴롭히는 자는 없었다고 한다.

“괜찮아. 루루가 소녀 학사에 갈 때 따라갔었는데, 하급 귀족이나 중견 이하의 상회나 대규모 농가의 영애들뿐이었어. 단기 특별 교실에 참가하는 사람은 그렇게 유복한 집이 아닌 사람이 많은 것 같아.”

아리사가 나에게 귓속말을 했다.

내 걱정은 그녀에게 다 들킨 모양이다.

“마스터, 예의범절은 난적이라고 고합니다.”

“네. 귀족에게 걸맞은 태도라는 것을 잘 모르겠습니다.”

나나와 리자는 생각보다 고전하고 있나 보다.

“그럴 때는 주인님이 어떻게 행동하는지 떠올려보면— 안 되겠네. 그다지 일반적이 아니야. 무노 백작가 사람들을 상상해 보면 어때?”

아리사 너무한걸…….

“알겠습니다. 노력해보겠습니다—랍니다?”

"알겠다랍니다라고 고합니다."

리자와 나나가 카리나 양의 어조를 흉내 냈다.

"아니, 어조는 딱히 흉내 안 내도 된다니까."

아리사가 그렇게 말하고 웃자, 타마나 포치까지 카리나 양의 어조를 흉내 내기 시작하고 마지막으로는 서로서로 흉내 내기 대회가 되어 버렸다.

◆

"어쩐지 학생 시절로 돌아간 기분이네."

오늘 오전에는 왕국회의 최종일이 무사히 끝났으니, 나는 동료들이 어떤지 보러 왕립학원에 왔다.

기대하고 있는 지연 술식 강의는 내일이지만, 저녁부터 왕국회의 종료의 뒷풀이가 열리니까 그때까지 시간을 때우러 왔다.

높은 사람들은 저녁까지 권모술수가 휘몰아치는 권리 조정이나 절충을 하는 모양이지만, 그곳에 고개를 들이미는 것은 피하고자 왕립학원으로 피난을 온 것도 있다.

왕국회의 때 입었던 상급 귀족의 정장은 성밖에서는 위화감이 굉장하니까, 마차 안에서 가벼운 차림으로 갈아입었다.

"히카루!"

정문 앞의 광장에서, 히카루가 초대 학장의 상을 올려다보고 있었다.

"앗! 이치— 사토."

한순간 눈을 깜빡인 다음, 히카루가 조금 쓸쓸한 눈빛으로 내 이름을 불렀다.

"히카루도 강의 들으러 왔어?"

"아니. 잠시 추억의 장소를 돌고 있었어."

마법적인 콜드 슬립으로 잠들어 있다가 수백 년 뒤의 세계에서 눈을 뜬 거니까, 그녀의 주관으로는 하룻밤 잠들고 일어났더니 지인이 거의 모두 사망한 상황이겠지. 울적한 기분이 되는 것도 어쩔 수 없는 일이라고 생각한다.

"그렇구나. 이 초대 학장님도 아는 사이였어?"

"응. 메르본 군은 농가 태생이었어. 함께 여행을 하는 사이에 나랑 동료들에게 이것저것 배워서 점점 영리해졌어. 내가 왕이 됐을 때도 부재상으로 일하면서 잔뜩 도와줬었고, 언젠가 왕도에 학교를 만들고 싶다고 언제나 말했었어."

"그러면, 메르본 씨는 목적을 이룬 거구나."

즐거운 기색으로 걸어가는 학생들을 보면 알 수 있다. 이곳은 좋은 학교다.

"응, 나는 메르본 군이 자랑스러워."

히카루가 그러면서 초대 학장의 상을 올려다보았다.

과거를 그리워하는 그녀에게 방해가 되지 않도록, 나는 아무 말 없이 그 자리에서 떨어졌다.

"마법 학사의 필수 과목, 『영창』의 무료 특별 교실은 이쪽입니다. 이제 곧 마감입니다."

한동안 걸어가자, 로브 차림의 소녀가 호객하는 소리가 들렸다.

나한테 대단히 필요한 수업이니까, 잠깐 참가해볼까.

"영창 교실에 참가하고 싶어요."

"네에. 한 명 안내합니다."

어쩐지 선술집이나 패밀리 레스토랑의 웨이트리스 같군.

내가 마지막이었는지, 안내해준 여자애— 마법 학사의 학생이 선도하여 특별 교실이 열리는 교사 옥상으로 안내를 받았다. 가장 뒷자리에 앉자, 금방 수업이 시작됐다.

—어라?

가장 앞자리에서, 고우엔 씨의 딸인 쉐린 양이 강사의 설명을 열심히 듣고 있는 걸 발견했다.

시가8검이 소속된 성기사단은 빛 마법을 쓸 수 있는 게 조건이니, 그녀도 주문 영창을 배우기 위해 수강을 하는 모양이다.

"■, 이것은 생활 마법『미풍』의 영창이다. 이것을 천천히 늘려서 읊어보면『류~류리아루~로네아』로 시작되는 긴 문언이 된다. 우리들이 영창을—."

이런 설명은 제나 씨나 아리사나 미아에게 몇 번이나 들은 내용이라서 가볍게 흘려들었다.

무슨 비장의 수련법 같은 것을 들을 수 없을까 기대했었는데, 마법 학사의 교사는「연습을 거듭하면 어느 날 하늘의 지혜를 내려 받은 것처럼 쓸 수 있게 된다」같은 말을 길게 논할 뿐이었다.

뭐, 보통 사람이라면 경험치가 쌓여서 영창 스킬이 액티베이트될 테니까, 올바른 설명일지도 모르지만.

교사의 설명이 끝나고, 강습생들의 영창 실습이 시작됐다.

영창 실습 지도는 교사를 돕고 있던 마법 학사의 학생들이 하는지, 교사는 처음에만 어떤지 봐준 다음에 학생들에게 뒤를 맡기고 나가 버렸다.

영창 실습은 생활 마법 「미풍」이나 술리 마법 「신호」 같은 짧은 영창의 주문을 연습하는 모양이다.

"▼ 미풍."

"◆ 신호."

"▲ 미풍."

다들 나랑 큰 차이 없는 느낌이군.

지도하는 학생이 휘두르는 짧은 지팡이의 리듬에 맞추어 영창을 한다.

"■ 미풍."

—옷, 누군가 성공한 모양이다.

돌아보자 싱글싱글 웃는 로브 차림의 소년이 있었다. 추종자들도 있군.

"잠깐 바리! 방해하지 마!"

"뭐 어때서. 수강생들에게 진짜 영창을 체험시켜주러 온 것뿐이야."

나를 안내해준 여학생이 싱글싱글 소년을 질책했다.

"그렇고말고! 조곤 경의 영창은 반에서 제일이니까."

"이봐이봐, 그렇게 추켜올리면 창피하잖아."

추종자가 추켜세워주자, 싱글싱글 소년의 싱글싱글도가 올라갔다.

"다들, 저런 건 무시해도 돼. 자, 연습, 연습!"

"◆ 미풍."

"▼ 신호."

"▲ 미풍."

지도하는 학생이 재촉하여, 우리는 영창의 연습으로 돌아갔다.

싱글싱글 소년은 지도를 한답시고 잘난 체하며 수강생들의 주위를 활보하더니, 리듬이 반 순간 어긋났다는 둥, 주문이 틀렸다는 둥 적당한 말을 내뱉어서 수강생들이나 지도하는 학생들이 싫어했다.

"바리, 방해하지 마!"

"나는 지도를 하고 있을 뿐이야."

"그 행동이 방해된다는 거야!"

처음에 싱글싱글 소년들에게 불평을 하고 있던 여학생이 말리려고 했지만, 전혀 들어먹을 기색이 없다.

"정말이지, 바보 맥크레가 사라졌나 싶더라니, 이번에는 바리야!"

대책이 없다고 판단한 여학생이 교사를 부르기 위해 옥상을 뛰쳐나갔다.

그녀가 말하는 맥크레라는 것은, 붉은 밧줄 사건에서 이래저래 이름이 나왔던 귀족가를 말하는 거겠지. 아무래도 마법 학사에 있던 맥크레 가문의 자제도 문제아였던 모양이다. 살롱에서 들은 소문으로는 붉은 밧줄 사건의 조사가 끝날 때까지 맥크레 가문의 일족은 저택에 연금중이라고 했다.

"어라? 너는 기사 학사의 특별 교실에서 몇 번이나 쓰러졌던 낙제생이잖아."

싱글싱글 소년이 옆의 그룹에 있던 쉐린 양에게 시비를 걸었다.

"기사는 포기한 거냐?"

"▲ 발광."

쉐린 양에게 무시당한 싱글싱글 소년이 불쾌한 기색으로 눈썹을 찌푸렸다.

"흥, 사흘 만에 기사를 포기하는 녀석한테는 마법사도 무리야."

"저렇게 엉거주춤해서는 당연히 무리지."

"마법 학사의 약초 냄새가 벤 여자는 인기 없거든?"

"얼굴은 괜찮으니까 소녀 학사에서 자기를 갈고 닦아서 장래성 있는 남자를 붙잡는 편이 좋지 않아?"

싱글싱글 소년이 비아냥을 거듭하자, 추종자들도 몰려들어 쉐린 양을 방해했다.

그녀를 지도하는 학생은 싱글싱글 소년들이 무서운지 허둥거릴 뿐이었다.

"그쯤 해주지 않을래?"

아무리 그래도 봐줄 수가 없어서 끼어들었다.

"또 너냐!"

"—또?"

생각났다. 그는 어제 쉐린 양과 시합을 했던 비아냥 소년이다.

"흥, 성인이면서 영창도 못 하다니."

싱글싱글 웃는 표정으로 바리 소년이 코웃음을 치자, 추종자들이 그에게 말했다.

"바리 님. 그는 가난뱅이 귀족이나 상인인 거겠죠. 분명히 제대로 된 교육을 못 받은 겁니다."

왕립학원에 오기 전에 가벼운 복장으로 갈아입은 탓인지, 그들은 나를 가난뱅이 귀족이나 상인으로 오해한 모양이다.

"나한테 영창의 재능이 없는 건 자각하고 있어."

내가 말하자 바리 소년 일행이 폭소했다.

"하지만. 그걸 너희들이 매도하거나 비웃는 건 불쾌한걸?"

이래봬도 1년 가까이 영창 연습을 하고 있으니까.

"뭐라고?!"

내가 반론할 거라 생각지 못했는지, 바리 소년이 불쾌한 기색으로 표정을 일그러뜨렸다.

"너희라니 불경한 호칭이야."

"그래그래! 바리 님은 조곤 남작가의 차남이거든!"

추종자들은 그의 가문 신하거나 직계인 사작가의 애들인가 보다.

"바리, 거기까지야!"

옥상의 문이 힘차게 쾅 열리고 여학생이 돌아왔다.

그녀에 이어서 들어온 것은 교사가 아니었다. 핑크색 머리칼을 가진 르모크 왕국의 메네아 왕녀다.

"메네아 전하! 어째서 전하가 여기에?"

"선생님이 안 계셔서 메네아 님을 불러왔지!"

놀라는 바리 소년을 보고 여학생이 승리를 뽐내는 표정을 지었다.

메네아 왕녀가 이쪽을 봤다.

"메, 메네아 전하, 이건 말이죠."

"—사토 님!"

변명을 하려는 바리 소년을 무시하고, 메네아 왕녀가 나에게 안겨들었다.

여전히 스킨십이 많군.

""""메네아 전하?!""""

메네아 왕녀의 기행에 학생들이 놀라서 소리를 질렀다.

"그, 그 가난— 그하고는 어떠한 관계신지?"

"펜드래건 자작님하고는 사랑—."

""""자작!""""

바리 소년 일행의 목소리가 메네아 왕녀의 이어지는 말을 지워버렸다.

"그는— 아니, 이 분은 자작님이신가요?"

"네, 그렇답니다."

메네아 왕녀가 소년들에게 담백하게 답하더니 나를 돌아보고 요염한 태도로 말했다.

"영창이라면 제가 개인 수업을 해드릴 텐데."

""""메네아 전하의 개인 수업!""""

메네아 왕녀는 마법 학사에서 인기가 있는지, 바리 소년뿐 아니라 지도하고 있던 학생들까지 소리를 모아 외쳤다.

"이거, 위험해."

"자작가의 당주님을 비웃었어."

"사, 사과하자. 바리 님."

"……싫어."

추종자들이 달래도 바리 소년은 완고했다.

"저렇게 검도 제대로 휘두를 줄 모르는 나약한 남자는, 메네아 님에게 걸맞지 않아."

바리 소년이 나를 노려보았다.

미워한다기보다는, 메네아 왕녀가 끌어안은 나를 질투하는 느낌인가?

음, 뭐라고 할까……. 그래, 사춘기로군.

"어머? 사토 님은 시가8검 후보인걸요?"

"시가8검 후보?!"

메네아 왕녀의 말에 바리 소년이 놀란 소리를 냈다.

"성기사단의 주둔지에 초대 받아 가셨죠?"

"네, 작년 말에. 그보다도 한 가지 정정하죠. 정식으로 사퇴했으니 지금은 시가8검 후보가 아닙니다."

"어머나, 그러셨군요. 그러면 리자도 후보를 사퇴한 건가요?"

"네."

메네아 왕녀의 물음에 가볍게 수긍했다.

"잠깐 기다려. 그러고 보니 자작님의 가문명!"

"펜드래건이면, 그 『상처를 모른다는』……!"

"위, 위험해, 위험해, 바리!"

추종자 소년들이 내 가문명을 아는 모양이다.

바리 소년도 낯빛이 새파랗다.

"자작님, 방금 했던 폭언을 사과하겠습니다."

"""자작님, 죄송합니다."""

바리 소년이 머리가 땅에 닿을 것처럼 엎드려 빌자, 추종자들도 따라했다.

이거 참 재빠른 태도 변화군. 왕도의 귀족은 어린 시절부터 처세술을 철저하게 배우는 모양이다.

"조곤 공, 그녀에 대한 사과를 잊었습니다."

"—그녀?"

진짜로 잊고 있던 기색의 바리 소년에게 쉐린 양을 가리켰다.

"미, 미안하다, 아가씨. 너에게 재능이 없는 것을 비웃어 미안하다."

무슨 사과가 그래—.

내가 헛기침을 하자. 자기 말이 사과가 못 되는 걸 깨달은 소년이 말을 고쳤다.

"거듭해서 미안하다. 너에 대한 폭언을 철회하고, 사과하지. 정말로 미안하다."

"……저, 저는!"

조금 망설인 것 같지만, 쉐린 양이 입을 열었다.

"저에게는 아버님 같은 재능이 없을 지도 몰라요. 하지만!"

쉐린 양이 땅속에 모인 마그마가 뿜어져 나오는 것처럼 속내를 토로했다.

"그래도 저는 기사를 포기하지 않아요! 성기사가 되기 위해서는 마법도 필요하니까, 이 수업을 받고 있어요!"

"……그, 그렇군."

바리 소년이 쉐린 양의 기세에 밀려 멍하니 중얼거렸다.

그 다음, 쉐린 양과 나에게 사과를 받아들인다는 말을 들은 바리 소년 일행이 황급히 옥상에서 도망쳤다.

"저 녀석들은 나중에 선생님한테 혼내달라고 할 거예요!"

양쪽 학사의 선생님들에게 일러줘야지. 여학생이 말을 이었다.

바리 소년은 기사 학사와 마법 학사의 수업을 둘 다 듣는 모양이다.

"자, 영창 연습을 다시 시작할까요—."

내가 말하는 중간에, 수업 끝을 알리는 소리가 옥상에 울렸다.

아무래도. 시간이 끝난 모양이다.

◆

"카리나 언니, 이쪽이랍니다!"

내 팔을 끌어안은 메네아 왕녀가 붕붕 손을 흔들었다.

메네아 왕녀 말고 쉐린 양도 함께다.

"사토가 어째서 메네아와 함께?"

카리나 양의 질문에 대답했다.

"영창 수업에서 만났습니다."

"꺄아!"

작은 비명에 돌아보자, 가까이 앉아 있던 쉐린 양이 나나에게 안겨 있었다.

"마스터, 이 유생체는 누구인가요라고 묻습니다."

"고우엔 공의 따님이야."

나는 나나에게 대답하며, 쉐린 양을 놓아달라고 명했다.

"수업은 어땠니?"

"마스터, 수업은 지루했다고 고합니다."

"검술 수업이었습니다만, 실전보다도 예의에 중점을 두는 것 같았습니다."

카리나 양을 따라 기사 학사의 견학을 갔던 나나와 리자가 감상을 말했다.

그것을 들은 메네아 왕녀가 쓴웃음을 지었다.

"미스릴 탐색자들이 보기에는, 실전적인 시가 왕국 제식 검술도 장식 검술로 보이는군요."

"……여러분, 재능이 있으시군요."

쉐린 양이 어두운 눈동자로 중얼거렸다.

"재능이란 한 마디로 정리하지 말아달라고 항의합니다."

"그렇군요. 저도 주인님의 가르침을 받기 전까지는, 어디에나 있을 법한 범용한 창잡이에 지나지 않았습니다."

나나의 항의는 동감이지만, 리자는 레벨이 낮았을 뿐이지 처음부터 재능이 있었던 것 같아.

"그랬었나요?"

"네, 아버지께 전사에 어울리지 않다는 말을 들었죠."

"저, 저도 그래요!"

추억 이야기를 하는 리자에게 쉐린 양이 공감하는 소리를 냈다.

"저, 저기! 저도 강해질 수 있을까요?"

리자의 말에 고개를 끄덕인 쉐린 양이 타오르는 눈동자로 나를 보았다.

"네. 당신이 강해지고 싶다는 마음을 언제까지나 가지고 있을 수 있다면, 분명히."

그러고 보니, 리자가 「주인님의 가르침을 받기 전까지는」이라고 했는데.

"저를 제자로 받아주세요!"

아니, 그런 건, 조금…….

"어이쿠! 그건 무모해!"

멀리서 누가 소리를 질렀다. 아이들과 루루를 이끌고 온 아리사였다.

"저, 저기, 당신은……?"

"주인님의 슈퍼 참모, 아리사 타치바나 명예 사작이야."

아리사는 마지막까지 루루와 와타리 자매라고 할 건지, 전생의 성인 타치바나라고 할 건지 고민하다가 최종적으로 후자를 골랐다.

"갑자기 주인님의 제자가 되겠다니, 갓 태어난 도마뱀이 성룡에게 도전하는 거나 마찬가지야! 일단은 자기 실력에 맞는 스승이 좋아."

아리사가 루루의 팔을 끌었다.

"첫 스승은 마족조차도 날려 버리는 호신술의 달인, 루루 언니가 제일이야!"

"어, 아리사, 갑자기 뭘?"

아리사가 당황하는 루루를 모른 체하고, 쉐린 양의 스승으로 밀어 붙였다.

"그치만, 온실에서 자란 아가씨 같은걸. 주인님이나 리자 씨에게 맡겼다간 지나쳐서 몸이 상할 거야."

"그, 그렇지는—."

부정하려던 루루가 중간에 말을 머뭇거렸다.

리자가 육성을 담당한 상대는 그렇게 많지 않지만, 리자는 훈련을 생각할 때 포치나 타마를 기준으로 삼는 탓인지 이상하게 하드한 경향이 있다.

"그렇네요—."

굳이 동료들이 쉐린 양의 스승이 될 필요는 없다고 생각하지만, 이것도 뭔가 인연이겠지.

고우엔 씨 일로 환난신고가 기다릴 것 같은 그녀의 미래에, 작은 등불을 밝혀주는 정도는 참견해도 될 거라고 생각한다.

"—루루라면 적임일지도 몰라요. 괜찮을까? 루루."

"앗, 네. 제가 도움이 된다면."

루루에게 확인한 다음, 이야기를 진행시켰다.

"그녀에게 체력 만들기 지도를 받은 다음에, 기사 학사에서 기초를 배우면 좋을 겁니다."

그녀가 기사를 노린다면, 정석인 검술을 배우는 편이 좋을 거야.

"알겠어요. 루루 선생님, 잘 부탁드립니다."

"아, 네! 열심히 할게요!"

쉐린 양이 고개를 숙이자, 황송해하는 루루가 몇 번이나 고개를 힘차게 숙여서 응답했다.

이렇게 당황하는 루루도 귀엽네.

"이래서는 어느 쪽이 학생인지 모르겠는걸."

탄식하는 아리사의 머리를 툭툭 쓰다듬고, 이후에 대해 의논했다.

이야기해보니, 쉐린 양은 왕립학원과 이궁의 왕복 말고는 허가를 못 받아서, 수업 전후도 그다지 시간 여유가 없다는 걸 알았다.

"그러면, 스트레치를 하는 법이나, 집에서 할 수 있는 체력 만들기 방법을 설명할게요."

"네, 네! 루루 선생님."

루루가 선생님이라고 불려 창피해 하면서도, 간단한 스트레치를 설명했다.

쉐린 양은 내가 생각한 것보다도 체력이 없어서, 루루의 지도를 받아 한 차례 스트레치를 마쳤을 무렵에 숨이 차서 양손을 짚을 정도로 지쳐버렸다.

"어, 어째서 저는 이렇게 못난 걸까요……."

"괜찮아요. 저랑 아리사도, 처음에는 금방 숨이 찼으니까요."

눈물짓는 쉐린 양을, 루루가 상냥하게 격려했다.

"주인님, 저 애는 파워 레벨링 안 해?"

"저 애는 기사, 그것도 성기사가 되고 싶은 모양이니까."

아리사가 말하는 파워 레벨링— 강자와 동행하며 강제적인 레벨 올리기는, 레벨을 올리는 것으로 근력 따위의 스테이터스 수치를 끌어올리며 스킬의 취득을 촉진한다. 그러나 동료들의 성장을 보니, 스테이터스 상승은 현재 수치를 기준으로 상승치가 정해지는 것 같았다.

그녀를 파워 레벨링할 경우, 기사가 되는데 필요한 육체적 스테이터스가 오르지 못한 채로 레벨만 오르는 상태가 될 수도 있다.

"마스터, 저도 유생체의 지도에 참가하고 싶다고 주장합니다."

"그러면, 루루의 조수가 되어 볼래?"

"예스, 마스터."

이상한 녀석이 시비를 걸었을 때, 나나라면 표표하게 대처해 줄 것 같으니 조수로 임명했다.

"시가 왕국은 하루아침에 이루어지지 않았다고 해요! 함께 노력해요."

"네, 루루 선생님! 저, 열심히 할게요!"

아무래도, 루루는 쉐린 양을 격려하는데 성공한 모양이다.

◆

"절친이 생긴 거예요!"

"타마도~?"

저녁 식사 전에 포치랑 타마가 유년 학사 이야기를 들려줬다.

“그거 근사한걸요! 어떤 아이인가요?”

왕립학원에서 함께 온 카리나 양이 둘에게 물었다.

“치나라고 하는 거예요!”

“둥실둥실 아가씨~?”

“텐텐 후우작 집인 거예요!”

아리사가 물어보자, 포치랑 타마가 그 아이에 대해 이래저래 알려주었다.

후우작, 후작이란 말이지?

후작과 치나란 이름으로 맵 검색을 해보자, 치나 케르텐이란 이름이 나왔다.

스토리지에 있는 귀족 명감을 보니, 군무 대신 케르텐 후작의 손녀딸인가 보다.

“핑크에 프릴이 무적으로 큐트~?”

“괴롭히는 애들한테서, 포치랑 타마를 구해준 거예요.”

“우이우이, 아주 착한 애~.”

“다음에 포치의 소설을 보여주는 거예요!”

“타마의 조각상이랑 그림도~?”

두 사람을 보니, 치나 양과 많이 친해진 모양이다.

알고 싶어 하는 표정의 아리사에게 검색 결과를 알려줬다.

“다행이네. 후작가의 아가씨가 비호자가 되면, 다른 학생도 섣불리 손댈 수 없을 거야.”

군무 대신의 관계자라는 게 조금 마음에 걸리지만, 아리사가 작게 말했다.

뭐, 음습한 괴롭힘 문제로 발전하지 않고 넘어가는 게 중요하지.

"들어봐."

미아가 훌쩍 내 무릎에 올라탔다.

보아하니, 그녀도 왕립학원 이야기를 하고 싶은가 보다.

"미아는 아리사랑 마법 학사였지?"

"응, 선생님."

미아가 재는 표정을 지었다.

"좋은 선생님을 만났어?"

너무 짧은 미아의 말에서 내용을 예상했지만 「아니야」라고 부정했다.

"선생님."

미아가 다시 한 번 가슴을 내밀었다.

잘 모르겠어서 아리사에게 조언을 구했다.

"선생님이 됐어."

"—뭐?"

수업을 받으러 간 거 아니었어?

"담당 선생님이 교장이었는데, 그 사람이 굉장한 엘프 신봉자(매니아)라서 미아에게 수업을 해달라고 부탁을 했어."

"응, 박력."

미아가 조금 기겁한 기색으로 수긍했다.

꽤나 개성이 짙은 교장 선생님이 있나 보군.

"그래서 미아가 수업을 했는데, 평소처럼 설명하니까 아무도 따라오질 못했지."

"우웅, 이해불가."

분명히 단어로 해설했거나, 장문으로 쉴 새 없이 말했거나 둘 중 하나겠지.

"그래서 아리사가 소매를 딱 걷어붙이고—."

그러면서 소매 대신 어깨 끈을 슬쩍 내려 어깨를 노출시키고 이상한 포즈를 취하려는 아리사의 머리를 콩 두드려 그 뒤를 재촉했다.

"—미아의 해설 역할을 맡았어."

"유능."

미아가 고개를 끄덕끄덕 움직였다.

"그 수업이 좋았던 모양이라. 교장이 미아랑 나한테 특별 교실 기간만이라도 좋으니까 선생님을 해달라고 부탁을 했어."

"타당."

아리사가 뒤통수를 긁적이면서 「곤란하다니까~」라거나 「아리사의 재능이 두려워」라고 말을 해댔다. 농담조지만, 아리사는 정말로 재능이 있긴 하다.

"딱히 문제없지? 에치고야 상회의 고문이나 니나 씨 일 돕는 거에 영향은 없으니까."

"그래. 물론이지. 하지만, 위험한 기술은 피하는 거 잊지 마."

만약을 위해 엘프 마을에서 배운 문외불출의 정보가 유출되지 않도록 못을 박아두었다.

"당연하지! 그건 다 알아."

"일반 기술 한정."

아리사와 미아가 수긍했다. 못을 박을 것도 없었나 보다.

"수업에서는 지브 씨 사전에 적혀 있는 것 정도밖에 말 안 했어."

아리사가 구체적인 예를 들었다.

지브크라우드 박사의 마법 해설 사전은 왕립학원의 도서관에서 발견한 책인데, 내가 가진 엘프의 현자 토라자유야 씨의 서적보다도 상세하게 적혀 있는 좋은 책이다.

"수업을 하는 것도 재밌었지만, 그 전의 마력 측정이나 마법 시험도 재미있었어."

"응, 신기록."

"헤에, 굉장하네."

어떤 신기록을 냈는지 물어보기 무섭다.

"신입생용 측정기를 용량 오버로 부숴버려서, 왕성에서 왕조가 제작한 오리지널 마력 측정기를 가져와서 쟀어."

마력 측정기는 기재에 달려 있는 별 수정을 밝히는 걸로 마력을 재고 그 별의 수로 랭크를 정하는 건데, 신입생은 별 하나에서 둘이 보통이고, 교사도 별 셋, 마법 학사의 교장이나 주임이 간신히 별 넷이라고 했다.

"별 다섯."

"나는 별 넷. 아마, 마력치(MP)가 500을 넘으면 별 넷일까? 미아는 나보다 50퍼센트쯤 많은 마력이 있으니까 마력치 1000을 넘으면 별 다섯일 거야."

미아가 자랑스럽게 가슴을 내밀고, 아리사가 자세하게 가르쳐줬다.

"또 말야, 또 말야!"

마법의 시험 사용에서 아리사가 불 마법 「세화 다탄 연무(멀티플 파이어 댄스)」로 10개 있던 표적 전부를 한 번에 꿰뚫어 교사의 혼을 빼놓거나, 미아가 물 마법 「수검산(水劍山)(스플래쉬 니들)」으로 교사가 흙 마법으로 만든 아이언 골렘을 벌집으로 만들거나 해서 마구 무쌍했다고 한다.

"이야~ 마법학원물의 참 맛을 듬뿍 즐겼어~."

"응, 만끽."

아리사와 미아가 만족스레 웃었다.

지나치지는 않은 모양이고, 학원 생활을 즐긴 것 같아 다행이다.

"카리나는~?"

"**기사박사** 이야기 듣고 싶은 거에요!"

타마와 포치가 듣고만 있던 카리나 양에게 물었다.

포치가 말하려던 건 「기사 학사」겠지. 카리나 양은 리자와 나나를 데리고 기사 학사에 견학을 갔었을 텐데.

"저, 저한테는 잘 안 맞았답니다."

카리나 양이 고개를 옆으로 홱 돌렸다.

말하기 싫은 것 같아서, 그녀와 동행했던 리자를 손짓해 불러 작게 이유를 물어보았다.

"검을―."

리자의 짧은 한 마디로 알아 버렸다.

미궁도시의 탐색자 학교에서도 그랬던 것처럼, 기사 학사에서도 라카의 어시스트를 통한 괴력으로 몇 개의 검을 부숴버린 모양이다.

동료들이 자애로움이 담긴 시선으로 카리나 양을 보았다.

"세, 세 자루뿐이었는걸요! 그 다음은 날이 나가거나 휘어졌을 뿐이었답니다!"

다시 말해서, 세 자루 이상의 검을 망가뜨렸다는 거군.

"카리나, 구운 과자를 먹는 거예요."

포치가 카리나 양의 어깨를 톡 두드렸다.

"싫은 일이 있을 때는, 맛있는 걸 잔뜩 먹으면 좋은 거예요."

"육포도 줄게~?"

"포치…… 타마……. 두 사람 고마워요~."

카리나 양이 두 사람을 끌어안고 쿠키와 육포를 먹었다.

사이좋게 간식을 먹는 세 사람을 지켜보면서, 학원 이야기를 이것저것 더 들었다. 중간에 돌아온 히카루도 함께 들었다. 저녁 식사까지 학원 이야기가 끊이질 않았다.

그리고, 다음날에 시스티나 왕녀 일행과 참가한 지연 술식 강의는 기본의 설명을 생략한 고도의 내용이었기에 중간에 탈락하는 수강생이 많았지만, 예습을 단단히 한 나는 사각이 없어서 대략적으로 필요한 것을 배울 수 있었다. 다음에 뭔가 마법에 조합해볼 생각이다.

아리사나 미아의 강의도 청강하고 싶었는데, 이미 서서 보는 걸 넘어서 교실 밖까지 넘칠 정도라 포기했다. 시스티나 왕녀가 강권을 발동하고자 했지만, 그건 말렸다. 수업을 받고 싶어서 밤을 새워 서있던 자도 적지 않다고 하기에.

나는 시스티나 왕녀와 교사에서 헤어져, 타마와 포치의 수업 참관을 하거나, 소녀 학사의 조리 실습에서 영애들에게 의지를 받는 루루를 멀리서 지켜보며 지냈다.

돌아온 다음에 아리사에게 들었는데, 연습장에서 행한 시가 33지팡이와 합동 마법 실연회에서 미아에게 도전한 벗지기 아테나 양을 압도적으로 철저하게 이겨버린 탓에 결국 울려버렸다고 한다.

"그건 좀 지나쳤어."

"응, 반성."

아하하 웃는 아리사에게 미아도 진지한 표정으로 수긍했다.

뭐, 레벨 차이가 있으니 어쩔 수 없지. 아테나 양은 기죽지 말고 앞으로도 열심히 노력해주면 좋겠다.

미식회

"사토입니다. TV에서 음식 리포트를 하는 여관 방송이나 버라이어티 방송을 자주 봤어요. 맛있어 보이는 리포터를 보고 있으면, 갈 시간이 없는데도 인터넷 검색으로 여행 플랜을 생각해 버린단 말이죠."

"제군들. 오늘 사적인 식사회에 잘 모여 주었네."

상석에 앉은 재상이 기분 좋게 말했다.

여기는 왕성에 있는 식당 중 하나로, 나와 재상을 포함한 12명 정도의 사람이 모여 있었다.

작위순으로 착석한 건지, 내 자리는 재상의 바로 옆이다. 재상 말고는 그다지 작위가 높은 사람은 없는 모양이다.

"오늘은 남서부 소국들, 특히 브라이브로가 왕국의 요리를 많이 골라봤지. 왕국의 사절단과 우의를 다지기 위해서도, 그 나라의 요리를 즐기길 바라네."

스토리지에 있는 자료를 검색해 보니, 브라이브로가 왕국이란 것은 대륙 남서부에 있는 레프라콘들이 다스리는 소국이었다. 왕도에 도착했을 때 본 행렬이 그 나라에서 온 사절단이었나 보다.

"전채는 우케우 새우 샐러드, 레프라콘 소스이옵니다."

급사해주는 신사가 요리 설명을 하면서 나눠주었다.

전채는 데친 새우를 토핑한 샐러드다.

먹보 귀족 로이드 후작과 호엔 백작이 재상의 식사회가 「이름만 미식인 괴식」이라고 표현하기에 경계했었는데, 기우로 끝날 모양이다.

아무 별다를 것 없는 샐러드라고 생각하여 입에 넣은 순간, 드레싱의 비상식적인 맛에 당해버렸다.

설마, 드레싱이라고 생각한 게 투명한 벌꿀을 베이스로 한 소스였다니…….

신기할 정도로 새우와 잘 맞으며, 분명히 맛있었는데, 겉보기에는 보통이었던 탓에 상당한 임팩트가 있었다.

"음……."

"이건……."

다른 멤버도 과반수가 나처럼 놀라고 있었다.

"흠. 맛있군."

재상은 시치미 떼는 표정으로 먹고 있지만, 나나시로서 몇 번이나 재상과 만난 경험으로 알 수 있다.

분명히, 재상은 우리가 놀라는 반응을 즐기고 있다.

"두 그릇째는 레프라콘 콩의 냉채 수프입니다."

다음으로 나온 것은 하얗고 매끄러운 수프다.

향기는 콘수프 같은 느낌이지만, 방심할 수 없다.

나는 방금 전의 경험을 살려서 아주 약간만 입에 머금었다—시어!

뒷맛은 나쁘지 않지만, 신 맛이 거북한 사람은 괴로울 것 같다.

실제로 나랑 같은 줄의 말석에 앉아 있던 문관이, 입가를 누르며 방을 뛰쳐나갔다.

"벌써부터 한 명 탈락이군……."

고상하게 수프를 먹고 있던 재상이 작은 소리로 중얼거리는 걸 엿듣기 스킬이 포착했다.

아무래도 입에 안 맞는 자가 탈락하는 것은 늘 있는 일인 모양이다.

"이국의 요리는 입에 맞는가?"

시선이 마주친 재상이 그런 식으로 말을 걸었다.

"네, 참으로 자극적이고 맛있군요."

이건 립서비스가 아니라 본심이다.

식사 뒤에라도 요리사를 만나서 어떤 식으로 조리한 건지 배워야겠군.

"흠. 오늘 요리는 아직 더 있다네. 마음껏 즐기시게나."

장난꾸러기 꼬마 같은 눈동자를 한 재상의 깜짝 메뉴는 몇 명의 탈락자를 내면서도 이어졌다.

모두 겉보기와 맛의 갭이 있긴 하지만, 종합적으로 맛있었으니 불만은 없다.

나는 재상이 말하는 화제에 무난하게 대답하면서, 여러 가지 식사를 즐겼다.

그리고—.

"오늘 메인은, 브라이브로가 대형 애벌레 통구이입니다."

메인으로 나온 것은, 새끼돼지 사이즈의 애벌레 통구이였다.

모습이 좀 그런 탓인지, 지금까지 남아 있던 용사들에서 두 사람이 탈락했다.

나머지는 나랑 재상을 포함해서 다섯 명. 그 중 두 사람은 당장이라도 쓰러질 것처럼 새파란 얼굴이었다.

"향이 좋군요."

향기는 새끼돼지 테리야키 같았다.

자리의 분위기를 풀어보려고 한 말인데, 파란 안색의 두 사람이 눈을 까뒤집으면서 「믿을 수가 없다」라고 말하는 표정을 지었다.

이런 분위기에는 익숙한 건지, 급사하는 사람들은 신경 쓰는 기색 없이 자기 직무를 수행했다.

애벌레 외피를 잘라내 보기 좋게 그릇에 담고, 마지막에 걸쭉한 애벌레의 알맹이를 소스처럼 뿌려 완성인가보다. 소스의 색이 참으로 신비롭고 상당히 비비드하다.

"이, 이제 싫어어어어어어!"

덜컥 소리가 나고, 안색이 파랬던 한 명이 식당에서 뛰쳐나가는 게 보였다.

또 한 사람은 좌석에 앉은 채 기절해 있었다. 애벌레 껍데기에 알맹이를 뿌려 먹는 모습의 임팩트와 소스의 색상에 진 모양이다.

재상의 장난기겠지만, 이건 접시에 담아서 내오는 편이 좋지 않았을까?

그건 그렇고, 이 세계에 막 왔을 무렵에는 개구리 고기의 꼬치구이마저도 망설였는데, 나도 참 많이 변했군. 여행하는 사이나 미궁에서 여러 가지 마물 식재료의 요리를 먹어온 지금은 이 정도는 허용 범위에 들어간다.

뭐, 이것도 분명히 맛있겠지.

재상의 혀를 믿자.

나는 결심하고서, 급사가 가르쳐주는 방식을 따라 한 입 사이즈로 잘라 외피에 소스를 묻혀 입으로 옮겼다.

—맛있어.

외피가 바삭바삭한데 그 바로 안쪽은 촉촉해서, 생각보다 재미있는 식감이다.

그리고 매콤달콤한 소스가 잘 어울린다. 겉모습만 어떻게 하면, 왕도의 인기 메뉴가 될 정도의 포텐셜이 느껴진다.

"—합격이야."

재상이 어수선한 말을 중얼거렸다.

그 눈동자가 나를 보고 있었다.

"분명히 적임이군요."

"그래. 맛이 있든 없든 묵묵히 먹는 네놈하고는 달리, 무척 맛있어 보이게 먹는 점이 근사하군."

내 맞은편에 앉아 있던 무뚝뚝한 표정의 남성은 AR표시에 따르면 외무 대신인 모양이다.

"펜드래건 자작, 브라이브로가 왕국의 사절단이 우리나라에 방문하고 있는 것은 알고 있겠지?"

“네, 알고 있습니다.”

재상의 말에 솔직하게 대답했다.

“그 사절단을 초청하는 만찬회가 오늘 저녁에 열린다네. 그것에 참가해주면 좋겠군.”

“미안하네. 브라이브로가 왕국의 식사는 특수한 것이 많아. 우리 외무성에서도 맛있어 보이게 먹을 수 있는 인재가 없다네.”

그렇군. 미식회는 시험도 겸하고 있었구나.

높은 사람이 많은 건 상관없지만, 외교의 자리에서 실수를 하지 않을까 신경 쓰는 게 힘들 것 같다.

재상이나 대신에게는 미안하지만, 이건 거절해야—.

“만찬회에서는 사절단에 동행한 브라이브로가 왕국의 궁정 요리사가 특별한 요리를 대접해준다고 하더군.”

“그거 흥미롭군요.”

휘릭 대응을 바꿨다.

내가 브라이브로가 왕국을 방문한다고 해도, 궁정 요리사가 만드는 특별한 요리란 것을 먹을 수 있는 가능성은 낮겠지.

이번에는 탐욕스럽게 찬스를 붙잡을 생각이다.

“부디, 참가하고 싶습니다.”

“그래그래. 자네라면 그렇게 말해줄 거라고 생각했어.”

내 대답을 들은 재상이 만족스럽게 고개를 끄덕였다.

그건 그렇고, 코스 마지막의 디저트는 아직인가?

◆

“작전은 순조로운 모양이군.”

만찬까지 시간이 있으니, 디저트를 다 먹은 나는 에치고야 상회에 와 있었다.

그리고, 점심 식사의 디저트는 사각사각한 식감이 버릇이 될 것 같은 브라이브로가 여우비둘기의 피를 사용한 새빨간 얼음과자였다. 허브가 잡내를 지워주고 있어서, 생각보다 평범하게 먹을 수 있었다.

“네! 쿠로 님이 준비해주신 물품들 덕분에 순조롭습니다.”

나는 지배인의 보고에 귀를 기울였다.

작전이란, 경매에 출품되는 「기원의 반지」를 낙찰 받기 위해 귀족이나 호상들에게 현금을 토해내게 만드는 계획을 말하는 것이다.

“오유고크 공작의 재력은 미지수입니다만 예상 이상으로 마검이나 마법 도구를 사들여주시고 계십니다. 비스탈 공작은 내란 쪽에 자금이 필요한 것인지, 좀처럼 들여온 상품에 반응이 없습니다. 왕도의 호상들, 특히 고오쿠츠 상회는 **싹쓸이**입니다!”

지배인에게 「싹쓸이」 같은 단어를 불어넣은 건 아리사겠지.

무역도시의 태수부인에게는 흙 마법으로 만든 마법 보석의 효과가 절대적이라고 한다.

“걱정되는 건 왕족이나 미궁도시의 태수인 아시넨 후작, 그리고 펜드래건 자작이군요.”

어이쿠, 내 이름이 나왔다.

"펜드래건 애송이도 말인가?"

"네. 그다지 알려지지는 않았지만, 아시넨 후작의 차남이 경영하는 펜과 창 용상회의 오너입니다. 그 자신이 미궁에서 쌓은 부도 상당한 액수라고 생각됩니다만, 설탕 항로에서 얻었다는 막대한 자산도 경계해야 합니다."

"막대한 자산?"

인양으로 얻은 재보는 공개하지 않았을 텐데?

"네. 대형이나 중형의 외양 범선을 몇 척이나 펜과 창 용상회에 제공했습니다. 어지간한 규모가 아닐 만큼 거액의 자산이겠죠."

아니아니, 그건 스토리지에 사장되고 있던 표류선이나 해적에게서 빼앗은 배를 건네준 것뿐인데.

"그렇군. 놈에게는 몇 가지 빚이 있다. 그쪽은 내가 어떻게 하지."

"감사합니다, 쿠로 님. 주제넘지만, 펜드래건 자작과 그의 가신인 타치바나 사작 등은 에치고야 상회에 큰 공헌을 해주고 있으니—."

"알고 있다. 충분히 배려하지."

내가 말하자 지배인이 고개를 숙였다.

자신에 대한 배려 따위 바보 같지만, 그건 어쩔 수 없다. 2중 생활의 귀찮은 점이다.

지배인이나 티파리자는 신용할 수 있으니, 조만간 쿠로랑 사토가 동일인물이라고 가르쳐주는 것도 좋을 것 같다.

"그리고 아시넨 후작인가?"

"네. 미궁도시의 태수를 맡고 있는 그의 재력은 얕볼 수 없습니다. 게다가, 후작이 절실히 바라고 있던 마검을 보여줘도 매달리지 않았습니다. 아마도 후작의 목적은—."

"—『기원의 반지』가 아니다. 아시넨 후작이 노리는 것은 엘릭서다. 내가 들은 이야기로는 부하인 포프테마 전 백작을 위해 필요하다고 하더군."

"과연 쿠로 님!"

사토일 때 태수부인에게 직접 들은 이야기다.

"실례합니다— 쿠로 님."

방에 들어온 티파리자가 나를 발견하고 희미하게 입가에 웃음을 지었다.

"방금 전에 재상 각하가 보낸 편지가 도착했습니다."

티파리자에게 편지를 받아 훑어보았다.

"전에 타진했던 개척 마을과 광산 개발의 허가를 내준다는군."

전자는 그렇다 치고, 후자까지 허가가 나올 줄은 몰랐다. 허가가 나온다고 해도, 좀 더 나중일 거라고 생각했는데.

"양쪽 모두 5년간 조세 면제인가요……."

"불복하나?"

"네. 개척 마을이라면 모를까, 광산 개발에 5년은 짧은 것 같습니다."

마물투성이인 산을 개척해서 광산 개발을 할 경우, 10년간 조세 면제가 보통이라고 한다.

"상관없다. 사람만 모이면, 한 달 정도면 가동할 수 있다."

마법을 구사하면 며칠 만에 광산 준비가 가능하다. 배수 시설이나 승강기 준비가 귀찮은 정도다.

"하, 한 달 만에요?"

지배인이 눈을 동그랗게 뜨며 놀랐다.

티파리자가 「과연 쿠로 님」 하고 작게 중얼거린 다음, 얼른 일 이야기를 시작했다.

"그러면, 당장이라도 개척민이나 광산에서 일할 자들을 모집하겠습니다."

"부탁하지. 모집 조건은 예전에 이야기한 그대로다."

"알겠습니다."

티파리자가 싹싹한 움직임으로 나갔다.

나를 괜히 추켜세우는 건 그렇다 치고, 일이 빨라서 좋다.

"—잊을 뻔했습니다."

티파리자가 돌아왔다. 당황했는지 조금 볼이 빨갛다.

"지난번 착화 기구를 만든 아오이 하루카라는 소년이 와 있습니다."

"호오? 고용할 수 있었나?"

"네, **그쪽**은 문제없습니다."

티파리자가 보브컷의 은색 머리칼을 흔들며 수긍했다.

"그쪽은? 다른 문제가 있나?"

"아오이가 쿠로 님께 면회를 희망하고 있습니다."

흐음, 무슨 용건이지?

"알았다, 만나지."

에치고야 상회의 용건도 거의 끝났고, 만찬까지 시간도 있다. 조금 정도는 아오이 소년에게 써도 문제없을 거야.

◆

"쿠로 님, 이제 보입니다."

아오이 소년이 폐가 같은 건물을 가리켰다.

나는 아오이 소년과 면회한 다음, 그가 소개하고 싶다는 인물을 만나러 서민가의 작은 공방이 늘어선 구역으로 발길을 옮겼다. 길을 몇 개 넘어가면 슬럼가가 있을 법한 장소다.

"이 근처도 꽤 나아졌어요."

내 시선으로 생각하는 것을 짐작한 아오이 소년이 옹호하는 말을 했다.

"그런가?"

"네. 에치고야 상회의 식사 배급이 늘어난 덕분에 길에서 쓰러진 사람도 안 보이게 됐고, 에치고야 상회는 이 근처의 주민도 바느질이나 부업으로 고용해주니까, 길거리에서 몸을 파는 여자들도 줄어들었다고 선생님이 말했어요."

"그거 잘 됐군."

고상한 생각으로 실시한 건 아니지만, 사람들의 생활 향상에 도움이 된다면 기쁜걸.

"나는 도적 피핀 할 거야!"

"에에, 피핀은 변장의 명인이니까 내가 더 잘해!"

"흥이다. 피핀은 신출귀몰하거든! 너 같은 둔탱이가 할 수 있을 리 없어!"

"나는 괴도 샤루루룬 역 할 거야!"

우리들 옆으로 아이들이 달려갔다.

"네가 미소녀 괴도라고 할 만한 얼굴이야?"

"너무~해! 너도 의적 같은 얼굴 아니잖아."

"얼굴로 의적 하는 거 아냐."

장소가 이런 곳이라 그런지, 아이들 놀이의 대상이 괴도인 모양이다.

"의적—이라."

"네. 괴도 피핀은 악덕 상인이나 귀족에게서 훔친 돈을 가난한 사람들에게 나눠주기 때문에 그렇게 불린다고 해요."

아오이 소년이 조금 낮은 목소리로 가르쳐 주었다.

"자네는 괴도 피핀을 의적이라고 생각지 않나 보군."

"네. 범죄로 얻은 돈을 베푸는 것은 잘못됐어요. 사람들에게 나눠주고 싶다면, 정당하게 돈을 벌거나 일을 만들어야죠."

올곧은 건 좋지만, 너무 곧아서 고생할 것 같은 느낌이다.

"그렇군. 그보다도, 목적한 공방은 여기인가?"

"아하하, 폐가로 보이죠?"

눈앞에는 당장이라도 무너질 것 같은 건물이 있었다.

"선생님! 선생님, 없어요?"

아오이 소년이 문을 두드리며 불렀지만, 안에서는 아무런 반응도 없다.

그가 말하는 선생님과 만나는 것이 여기 온 목적이다.

"자고 있는 것이 아닌가?"

레이더에는 실내에 사람을 나타내는 광점이 보인다.

술리 마법 「투시」로 보니, 안쪽에서 문을 고정하는 게 빗장뿐이기에 「이력의 손」으로 슬쩍 뽑아봤다.

"열려 있군."

"어라? 정말이네. ―선생님! 아오이입니다. 들어가요."

아오이 소년이 바닥에 흩어진 고철이나 메모를 재주 좋게 피하며 안으로 들어갔다.

그 뒤를 따르면서, 바닥에 굴러다니는 메모를 보고 눈을 홉떴다. 거기에는 내가 만든 2중반전식 공력기관을 다른 이론과 회로로 설계한 도면이 그려져 있었다.

"쿠로 님! 이 사람이 쟈하드 박사입니다."

"처음 보는군. 박사의 고명은 전부터 들어 알고 있었다."

"흥, 인사치레 따위 됐다."

아오이 소년이 소개해준 것은 병 바닥 같은 안경에 자다가 뻗친 백발의 노인이었다. 인간족치고는 몸집이 작다는 것 말고는 특징이 없는 외모였다.

그는 회전광이란 소문의 노마술사로, 세담 시에서 발견한 작품으로 그의 이름을 알고, 공도에서 그의 저서를 읽은 뒤부터 한번 만나고 싶다고 생각했던 인물이다.

아이템 박스에서 그의 저서와 마법 도구 팽이―「회전 원반」

을 꺼내서 보여주고, 인사치레가 아니라고 말했다.

"흥, 거짓말은 아닌 모양이군."

쟈하드 박사가 자기 저서와 팽이를 보고 콧방귀를 뀌었다.

언뜻 보기에는 흥미가 없는 느낌이지만, 그 다음에 확실하게 태도가 부드러워졌다.

"뭐, 앉아라—."

아오이 소년이 타준 허브티를 마시면서 쟈하드 박사의 이야기를 들었다.

쟈하드 박사는 왕립학원과 왕립연구소에 소속되어 있었지만, 문벌 귀족 출신의 연구자에게 모함을 받아 양쪽 자리를 빼앗겨 버렸다고 한다.

지금은 후원자도 없이 서민가에서 마법 도구 수리를 하며 입에 풀칠을 하고 있는 모양이다.

나는 쟈하드 박사를 에치고야 상회의 연구자로 초청해봤는데, 별로 좋은 대답을 못 들었다.

"흥. 돈 따위 아무래도 좋다. 나를 고용하고 싶다면, 신형 비공정의 공력기관이라도 가져와라! 그 예술적인 2중반전식 공력기관의 근사함을 가까이서 볼 수 있다면, 마왕에게 혼이라도 팔 정도다."

"두 말은 없겠지?"

"없다."

나는「이력의 손」으로 공방 한 구석에 공간을 만들어, 소형 비공정용 2중반전식 공력기관을 스토리지에서 꺼냈다. 아이템 박스에서는 사이즈가 너무 커서 무리였다.

"이, 이것은!"

눈알이 튀어나올 것 같은 쟈하드 박사의 모습에 미소를 지었다.

"에치고야 상회의 연구원이 되어 준다면, 이것은 박사가 마음대로 해도 상관없다."

"부, 분해해도 되는 건가?"

나는 수긍하면서, 그의 손에 공구 상자를 건네줬다.

흥분해서 몇 번이나 공구를 놓칠뻔했지만, 그는 숙련된 손놀림으로 재주 좋게 공력기관을 분해하기 시작했다.

"계약 성립이군."

"그런 것 같네요."

내 말에 아오이 소년이 수긍했다.

"자세한 계약 내용은 지배인이나 티파리자에게 물어봐라."

나는 에치고야 상회의 비공정 공장이 있는 부지에 연구소를 준비한다고 말해뒀다.

나중에 「석제 구조물」이나 「집 제작」 마법을 써서 그의 연구소를 만들어 둬야겠군.

"우음. 무겁다. 도와라, 아오이!"

"네, 박사님!"

아오이 소년이 공력기관 분해를 도왔다.

"크하하하하. 여기 구조는 이렇게 했나! 그러나, 내가 전에 만든 구조를 사용하면 3할은 효율을 올릴 수 있다. 이쪽의 축은 생각이 낡았군. 으그그, 설마 이런 구조가 있을 줄이야! 재미있다! 재미있어!"

쟈하드 박사가 분해한 2중반전식 원반을 꺼내고, 여러 가지 각도에서 바라보기 시작했다.

"기대하고 있겠다, 박사."

나는 그렇게 말하고 그의 공방을 떠났다.

그라면, 분명히 공력기관을 한 단계 위의 성능으로 끌어올려 줄 거야.

◆

『—우리 나라의 비보가 도둑 맞았다!』

만찬회에 참가하기 위해 왕성으로 돌아왔는데, 만찬장으로 가는 도중의 복도에서 뒤숭숭한 말을 듣고 말았다.

그쪽으로 눈길을 돌리자, 레프라콘 소년이 메이드로 보이는 인물에게 도난을 호소하는 모습이 보였다.

적동색 피부를 한 레프라콘 소년은 하얀색을 기조로 한 번쩍거리는 의상을 입고, 그것에 맞춘 것처럼 장식품을 두르고 있었다. 그는 재상과 대화에서 나왔던 브라이브로가 왕국 사절단의 일원이 틀림없다. 복장을 보니 아마도 높은 사람인 것 같다.

AR표시에 따르면 소년은 브라이브로가 왕국의 왕족이었다. 수명이 긴 요정족답게 실제 연령은 365세니까, 정면으로 소년 취급하지 않는 편이 좋겠다.

"저, 저기. 그러니까 이국의 말로 말씀을 하시면 제가……."

『에잇! 네 녀석은 말이 안 통하는군! 통역인 리가는 어딜 간 것이냐!』

아무래도 통역이 부재중이고 그와 그의 호위는 요정어밖에 말 못하는 모양이다.

요정어는 엘프어의 하위호환 언어로, 요정족의 공통어라고 할 수 있는 말이라 나는 문제없이 이해할 수 있다. 우아한 엘프어를 좀 무뚝뚝한 느낌으로 한 말이다.

로그를 확인해 보니 「요정어」 스킬을 취득했지만, 엘프어 스킬로 문제없이 알아들을 수 있으니 딱히 유효화하지 않아도 되겠지.

『뭔가 곤란하신가요?』

『오오! 귀공은 엘프어를 말하는군. 방에 두었던 「용의 눈동자」가 도둑맞아 버린 것이다!』

내가 엘프어로 말하자, 소년도 요정어에서 엘프어로 전환하여 이야기했다.

『보석 같은 것인가요?』

『아니다! 「용의 눈동자」는 우리나라에 전해지는 보주다. 용이 가진 삼라만상을 꿰뚫어보는 감정의 마안을 사용자에게 내리는 것이다.』

꽤 유용해 보이는 보주다.

나는 마음을 가다듬고 그의 말을 메이드에게 전했다.

“왕성에서 도난 사건인가요?!”

이야기를 들은 메이드가 「곧장 근위병을 부를게요!」 하고 말하며 허둥지둥 달려갔다.

소년에게 수색 준비를 수배했다고 고하면서 「용의 눈동자」를 맵으로 검색해봤다.

—있군.

생각보다 가깝다.

『아아…… 그것을 잃어버린다면 고향의 모왕 폐하를 뵐 낯이 없다.』

『안심하세요. 반드시 되찾아오겠습니다.』

벌써 발견했으니까.

『오옷, 정말인가!』

『네, 맡겨주세요.』

나는 복도의 창을 열고, 소년에게 말한 뒤에 창밖으로 뛰었다.

"꺄아아아아!"

"누, 누구신가요!"

"그, 근위 기사님을 부르겠어요!"

수풀을 헤치고 안뜰로 나서자, 메이드 3명이 나를 보고 비명을 질렀다.

나는 처음에 비명을 지른 여성 앞으로 가벼운 순동을 써서 거리를 좁혔다.

이 여자가 「용의 눈동자」를 훔친 범인이다.

"무, 무슨—."

듬뿍 힘 조절을 한 내 장타를 메이드가 백스텝으로 피했다.

이걸로 다른 메이드들이 인질로 잡힐 염려는 없다.

"어째서 내가 괴도 샤루루룬이란 게 들킨 거죠?"

"괴도?"

"뉴나가 샤루루룬?"

여괴도의 자백을 듣고 진짜 메이드들이 놀란 소리를 냈다.

"저는 안 잡힌답니다."

여괴도가 팔을 확 떨치자, 천이 내 시야를 막았다.

천— 왕궁의 메이드 제복을 손으로 떨쳐내자, 하얀 연기가 주위에 가득했다. 연기 구슬이다.

이미 여자는 도주를 시작하고 있었다. 제복 안에 입고 있었는지, 몸에 딱 붙는 수수한 셔츠와 바지 조합이다.

"오호호호호호, 붙잡아보세요~."

멀리서 여괴도의 목소리가 들렸다.

콜록콜록 기침을 하는 메이드들을 그 자리에 남기고, 나는 순동으로 건물을 따라 달리는 여자를 따라잡았다.

"큭, 고레벨 기사냐!"

달려서 도망치는 걸 포기한 여자가 건물 가까이 있던 수목과 건물 벽을 교대로 차면서 위로 도망쳤다.

나는 달리는 기세 그대로 만화처럼 벽을 수직으로 달려 올라갔다.

>「벽 달리기」 스킬을 얻었다.

>칭호 「중력을 거스르는 자」를 얻었다.

지금까지도 벽을 달린 적이 몇 번이나 있었는데, 어째선지 이제 와서 스킬을 얻어버렸다.

괜한 걸 생각하는 사이에 여괴도가 눈앞까지 다가왔기에, 놓치기 전에 태클해서 붙잡았다.

그대로는 3층 정도 높이에서 땅으로 떨어져 아플 것 같기에, 천구로 만든 공중의 발판을 차고 열려 있는 가까운 창으로 건물 안에 뛰어들었다.

"이거 놔—."

여괴도가 내 구속에서 벗어나려고 하기에, 가볍게 명치에 일격을 넣어 혼절시켰다.

문제의 「용의 눈동자」는 여괴도의 풍만한 가슴에 숨겨져 있기에 「이력의 손」으로 꺼냈다.

아무리 범죄자 상대라지만, 기절한 여성의 가슴을 뒤지는 건 좀 그렇거든.

『잘 했다! 시가 왕국의 기사여!』

레프라콘 소년이 달려왔다.

그의 뒤에는 수많은 사람들이 따르고 있으며, 그 안에는 재상이나 외무 대신의 모습도 있었다.

『이것인가요?』

『그래! 이것이 우리나라의 비보 「용의 눈동자」다!』

소년이 소중하게 양손을 모아 무지개색 보주를 들었다.

『이걸로 모왕 폐하를 뵐 수 있겠어!』

「용의 눈동자」는 겉보기에 500엔 사이즈의 수정구 같은 느낌이었다.

"펜드래건 경, 그 여자가 도적인가?"

"그 얼굴은 본 적이 있다. 이 영빈관에서 일하는 메이드다."

재상과 군무 대신이 여괴도를 들여다보았다.

"아뇨, 그렇지 않습니다."

그렇게 말하고, 여괴도의 얼굴을 덮은 변장 마스크를 찌이익 벗겼다.

내가 용사 나나시나 쿠로가 될 때 쓰고 있는 마법 도구 변장 마스크와 달리, 연금술로 만든 특수한 크림을 사용한 1회용 변장 마스크인가 보다.

"변장의 명인에, 여자. —괴도 샤루루룬인가."

"그런 것 같습니다."

본인도 그렇게 말했고, AR표시도 그렇게 뜬다.

"어떻게 왕성에 숨어들었는지는 모르겠지만, 펜드래건 경과 마주치다니 운이 나빴군."

어째선지 재상이 재는 표정이다.

괴도 샤루루룬은 재상과 함께 온 근위기사에게 넘겨졌다. 이송 중에 도망가지 못하도록 엄중하게 구속한 다음이다.

『귀공에게는 아무리 감사를 해도 부족하다. 브라이브로가 왕국 제8왕자 스마티트의 이름으로, 귀공에게 「까불이 경」의 지위와 「브라이브로가 자유기사」를 칭할 영예를 내리지!』

『허어, 과연 스마티트 공. 좋은 포상을 내리십니다.』

지위나 영예 같은 건 별로 없어도 되는데, 재상이 척척 이야기를 진행시켜 버렸다.

나중에 재상에게 들은 이야기로는 「까불이 경」은 공적이 있는 외국인에게 내리는 명예 귀족 같은 계급이고, 자유기사는 브라이브로가 왕국 안에서 자유롭게 통행 허가를 내릴 수 있는 보안관 같은 느낌의 직위였다.

『까불이 경은 하루에 한 번까지 장난이 허락되는 근사한 것이다.』

『그것은 굉장한, 거군요?』

『그래, 굉장한 거다.』

소년— 스마티트 왕자가 코를 벌름거리며 가르쳐주었다.

뭐, 브라이브로가 왕국에 안 들어가면 의무도 권리도 없다고 하니까, 딱히 신경 쓰지 않아도 되겠지. 마도왕국 라라기에서 얻은 주후의 지위보다는 수수할 거야.

『그러면 만찬회에 참석하러 가지! 귀공은 내 옆에 앉는 영예를 내리겠네.』

『몸 둘 바를 모르겠습니다.』

나는 기분이 좋은 왕자에게 어깨동무를 받으며 만찬장으로 들어섰다.

"저 까다로운 스마티트 공과 이토록 쉽게 가까워졌습니다."

"만찬회에서 완고한 왕자의 태도를 부드럽게 만들어줄까 기대는 했네만, 설마 만찬회가 시작되기도 전에 이럴 줄이야."

"그 로이드 후작과 호엔 백작 사이를 중재한 자답군요."

뒤에서 외무 대신이랑 재상이 뭔가 말하고 있었다.

어쩐지, 그들의 외교에 이용당하는 기분이 들지 않는 것도 아니지만, 나한테 불이익이 있는 게 아니니까 딱히 괜찮겠지.

만찬회의 요리는 점심의 미식회와 별 다를 바 없는 느낌이었지만, 맛은 한 랭크 두 랭크 위의 멋진 것이었다.

연초부터 매일 이런저런 다과회나 만찬회에 초청을 받은 탓인지, 보통 왕국 요리에 식상해지던 차라 괜히 더 맛있게 느끼는 걸지도 모르겠군.

이런 사소한 일상을 거듭하며, 내 왕도 생활은 빠르게도 경매 며칠 전까지 흘러갔다.

◆

"소소소푸웅~?"

"따라라라란, 인 거예요."

타마와 포치가 리듬을 타면서, 카페트 위에 배낭 알맹이를 펼치고 있었다.

내일부터 유년 학사의 춘기 교실에서 1박2일로 소풍을 간다고 했다.

"기사 학사랑 공동이랬지?"

"예스, 아리사."

"쉐린도 원정 실습으로 같이 간다고 해요."

숙박하는 별장지까지 마차로 이동하여, 거기를 거점으로 산을 하이킹한다고 했다.

나나와 루루는 고우엔 씨의 딸인 쉐린 양의 체력 만들기를 도와주고 있어서, 그녀에게 이것저것 들은 모양이다.

"헤에~. 좋은 집 애들이 하이킹을 한다는 건, 산의 마물은 전부 퇴치를 해놨다는 걸까?"

"그래, 그런가 봐."

맵 검색을 해봤는데, 산꼭대기의 요새부터 별장지의 범위에 마물은 없었다.

요새 너머에는 깊은 계곡이 있고, 그 너머가 마물의 영역인 모양이다.

맵에 비치는 마물의 분포를 보니, 산꼭대기의 요새에 있는 왕국군이 마물의 영역에서 마물들이 흘러넘치지 않도록 정기적으로 경계 영역을 순찰하며 사냥을 하는 모양이다.

"실습이 같이 소풍 가는 거야?"

"쉐린은 유생체의 호위 임무에 참가한다고 보고합니다."

"춘기 교실의 학생들을 지키는 호위 임무랑 요새의 보급 물자를 운송하는 임무 두 가지가 있대."

아리사의 질문에 나나와 루루가 대답했다.

이 임무중의 심사로 기사 학사에 추천을 받을 수 있을 지가 정해진다고 해서, 쉐린 양이 평소보다 여유가 없는 느낌이었다고 했다.

"하지만, 마물이 없을 뿐이지 짐승은 있는 거지?"

"아리사의 걱정은 지당하다고 동의합니다."

"괜찮아. 각 반에는 기사 학사의 교사나 상급생들도 동행한다고 했으니까."

걱정하는 아리사와 나나에게, 루루가 안심시키듯 말했다.

쉐린 양을 마중 나온 시가8검 헤임 씨에게 들었다고 한다.

“비상식량 육포~?”

“구운 빵도 필요한 거예요!”

“소풍에 비상식량이 필요하니?”

저 정도 양이면, 한 명당 2주일 분량은 될 것 같은데.

“무슨 일이 있을지 모르니까 가져가자고 치나가 말한 거예요.”

“군무 대신네 아이구나.”

“예스~?”

타마가 고개를 끄덕였다.

“걱정 많아.”

“그렇지 않은 거예요. 치나는 엄청 굉장히 머리가 좋으니까, 분명히 필요해지는 거예요!”

“포치랑 치나는 사이가 좋구나.”

“절친인 거예요!”

“타마도~?”

유년 학사에서 사이좋게 지내는 모양이다.

다음에 치나 양을 초대해서 뭔가 대접하는 것도 좋을 것 같군.

“그건 그렇고……. 이렇게 많으면 가방에 안 들어가네요.”

“오우 마이 가~?”

“밀어 넣으면 들어가는 거예요!”

포치가 억지로 짐을 밀어 넣으려 하지만, 절반도 안 들어가서 배낭이 찢어져버렸다.

"포, 포치, 더 이상 넣는 건 무리야."

"보존식은 순순히 요정 가방에 넣어두렴. 평범하게 소풍을 간다면, 보존식이 필요한 일 없으니까."

루루가 당황해서 말리고, 아리사가 타당한 해결책을 제시했다.

"하지만, 선생님이 『짐은 배낭 하나에 정리하세요』라고 말한 거예요?"

"그러면, 배낭 안에 요정 가방을 넣으면 되잖아."

"그레이트~?"

"역시 아리사인 거예요! 포치는 그런 거 생각도 못한 거예요!"

타마랑 포치에게 절찬을 받은 아리사가 미묘한 표정을 지었다.

뭐, 이렇게 하면 문제없이 들어가겠지.

"주인님. 그건 만들어 줬어?"

"그래, 챙겨놨지."

나는 어깨 끈이 달린 수통을 둘 꺼냈다. 뚜껑이 컵이 되는 거다.

"역시, 소풍에는 이 수통이 있어야지!"

"타마는 뚜껑이 핑크색인 거~?"

"포치는 노란 뚜껑의 수통인 거예요!"

아리사가 두 사람에게 수통을 건넸다.

안에는 물 광석을 설치했으니, 마력을 공급하면 얼마든지 물을 보충할 수 있다.

아이들이라도 하루에 왕복할 수 있는 거리니까 괜찮을 거라고 생각하지만, 만약을 위해서다.

"다음은 간식이네."

"포치는 고기가 좋은 거예요!"

"타마도~?"

"고기는 도시락에 들어가니까 됐잖아. 간식이라고 하면 센베나 알사탕 같은 거야."

"포치는 알고 있는 거예요! 바나나는 간식이 아닌 거예요!"

포치에게 소풍 소재를 빼앗긴 아리사가 머리칼 한 가닥을 입에 물고서 「포치, 무서운 아이」 같은 말을 해댔다.

전에 미궁에서 「계층의 주인」을 사냥할 때 아리사가 불어넣은 소재를 포치가 아직 기억하는 모양이군.

"타마 포치, 간식은 어떤 게 좋을까?"

"타마는 포테이토칩~?"

"포치는 케이크가 좋은 거예요!"

루루의 질문에 두 사람이 대답했다.

마음은 이해한다만, 둘 다 소풍에는 안 맞아.

"저장해 둔 걸 꺼낼 테니까, 좋아하는 걸로 골라보자."

"와~아."

"굉장히 굉장한 거예요!"

나는 소풍에 맞는 간식을 아이템 박스 경유로 스토리지에서 꺼내 책상에 놓았다.

타마의 눈이 반짝반짝 빛나고, 포치의 꼬리가 찢어질 것처럼 좌우로 흔들렸다.

"두 사람! 간식은 300엔까지야!"

"300엔~?"

"300엔은 동화 몇 닢인 거예요?"

아리사의 말도 화폐단위가 달라서 두 사람에게는 전달되지 못한 모양이다.

"딱히 학교측에서 제한을 한 게 아니니까, 마음껏 가지고 가면 되지 않아?"

남으면 친구랑 같이 먹으면 되고.

"그건 안 돼! 간식을 엄선하는 것도 소풍의 즐거움 중 하나니까!"

"그렇군……."

분명히 제한된 금액에서, 맛을 택할지 양을 택할지 갈등하는 동급생이 많았다.

"그러면, 금액이 아니라 이 작은 주머니에 들어가는 만큼이란 느낌으로 어때?"

나는 금화를 기부할 때 쓰는 작은 주머니를 몇 개 꺼냈다.

"천이 좀 사치스럽지만, 이거라면 찢어지지도 않을 거고, 좋겠네."

아리사의 심사를 통과했으니, 타마와 포치 둘에게 건넸다.

"우~ 엄청엄청 고민하는 거예요!"

"타마는 이거랑 이거랑 이거~?"

고민하는 포치와 대조적으로, 타마는 필링으로 고른 간식을 주머니에 수납했다.

"완성~?"

"우우움. 타마는 망설임이 없는 거예요."

포치는 얼른 간식 세트를 완성시킨 타마를 부럽게 본 다음,

어느 조합으로 할까 시행착오를 시작했다.

"포치, 그렇게 넣으면 구운 과자가 부서질 텐데?"

"괜찮은 거예요! 포치는 구운 과자 아저씨를 믿는 거예요."

예상한 대로 과자가 부서졌다.

"그렇게 밀어 넣으면 안쪽이 엉망으로 섞인다고 경고합니다."

"괘, 괜찮은 거예요. 맛있는 건 **돈혼**에 있는 거예요!"

나나의 경고도 혼돈의 세력은 이기지 못했다.

"포치, 단단한 센베나 사탕 같은 단단한 걸 모으는 건 좋은데, 너무 넣지 않았어?"

"괜찮은 거예요. 조금만 더 노력하면, 하나 더 들어가는 거예요!"

"우음, 무모."

아리사와 미아가 걱정한 것처럼, 포치의 주머니가 찢어졌다.

"포치, 과자나 주머니를 소홀히 하면 안 돼요! 다음에 똑같이 하면, 간식을 빼고서 소풍에 가게 할 겁니다."

지켜보고 있던 리자가 드디어 포치를 야단쳤다.

포치는 꼬리를 다리 사이로 숨기고 반성한 뒤, 이번에야말로 적절하게 과자를 새로운 주머니에 다시 넣었다.

"그리고, 부서진 과자나 뒤섞여버린 드라이 후르츠나 땅에 떨어진 단단한 과자는, 스탭이 맛있게 먹었습니다."

아리사가 하품을 하면서 망언을 했다. 이제 슬슬 잘 시간이다.

"소풍 집합 시간이 이른 모양이니까, 이제 그만 자자."

다 함께 침실로 갔다.

"포치는 아직 졸립지 않은 거예요."

"타마도~?"

소풍 전날의 아이들다운 반응이군.

"얼른 안 잤다가 내일 아침에 못 일어나서 지각하면 소풍에 못 갑니다."

"뉴~."

"그건 안 되는 거예요!"

리자가 상냥하게 타이르자, 타마와 포치가 침대에 들어갔다.

꽤 오래 침대 안에서 꼬물거리던 두 사람은 날짜가 바뀔 무렵에는 새근새근 잠에 빠져 있었다.

두 사람의 소풍을 지켜보는 것도 즐거울 것 같지만, 경매도 가까우니 이틈에 왕도의 용건을 순서대로 정리할 생각이다.

나는 포치와 타마의 이불을 잘 덮어주고 잠을 청했다.

막간: 준동

“고우엔의 딸이 왕도 밖으로 나간다.”

슬럼가의 깊숙한 곳. 미로처럼 복잡한 곳에 있는 무너지기 직전의 건물 안에서, 남자들이 마주보고 있었다.

“그건 정말인가?”

“그래. 틀림없다. 왕립학원의 춘기 원정 실습에 참가한다.”

“이거 또 경계심이 부족한 짓이군.”

“왕국을 얕보지 마라. 아마도—.”

“—함정, 이겠군.”

“그래. 왕도에 숨어 있는 우리들을 꾀어내기 위해서겠지.”

그들은 비스탈 공작의 암살을 꾸민 자들의 잔당이다. 내란 진압군에 이어서 영지로 돌아가는 비스탈 공작을 영내에 들어가기 전에 암살하고자 왕도 구석에 숨어 있었다.

“그러나, 딸을 인질로 잡으면 고우엔을 움직일 수 있다.”

“우리가 가진 『나사』로는 공작의 호위로 붙은 시가8검을 제거할 수 없다. 공작을 확실하게 처치하기 위해서는 그것밖에 없나…….”

족제비 제국에서 손에 넣은 마물을 조종하는 「나사」도 만능은 아니다. 레벨이 너무 높은 마물에게는 통하지 않고, 마물을 지배하기 위해서는 나사를 박아 넣을 인재도 필요하다.

"그리고, 원정 실습에는 케르텐 후작가의 딸도 참가한다는 정보를 얻었다."

"그쪽도 유괴해두면, 왕국군의 칼이 무뎌질 수 있겠군."

남자들이 웃었다.

"그러나, 어떻게 유괴할 거지?"

"호위를 떼어내고, 감시자 놈들을 혼란 속에 빠뜨려서, 그 틈을 찌른다."

질문을 받은 남자가, 방의 구석에 놓인 「나사」를 한 번 보았다.

"그러면, 혼란을 일으킬 준비는 맡긴다. 나와 직속 부하들은 당일의 호위 제거와 유괴를 담당한다. 유괴한 다음 잠복할 곳은—."

"그건 맡겨라. 몇 군데 짚이는 곳이 있다."

남자들은 일을 분담하더니, 어둠에 뒤섞여 폐건물을 뛰쳐나갔다.

포치와 타마의 소풍

"왕립학원의 춘기 원정 실습은 200년 이어지는 전통행사다. 기사 학사에 입학하기에 충분한 인재를 알아보기 위해서, 공병 부대가 미리 준비한 약소 마물을 산길에 풀어놓는다. 「극한상태에서야말로, 그 사람됨을 알 수 있다」라고 하지만 악취미라고 생각한다. ―제9호위분대, 서기관 릭 봅판"

""""소, 소, 소풍~.""""

"소풍~?"

마차 안에서 아이들의 즐거운 노랫소리가 들린다.

아침 일찍 왕도를 출발한 이 마차를 포함한 몇 대의 마차들은, 왕립학원의 춘기 원정 실습을 위해서 미마니란 소도시로 가고 있었다. 왕도에서 한 나절이 안 걸리고 갈 수 있는 미마니는 문벌 귀족들의 보양지로서 유명하며, 수렵관이 몇 개나 있고 도시의 규모에 비해서 너무나 많은 수의 상점이나 여관이 늘어서 있었다.

"아침부터 계속 노래를 부르네요. 정말이지, 지겹지도 않나."

"에이 그러지 마. 마차 멀미가 나니까 세워달라, 마차가 흔들려서 엉덩이 아프다 그러면서 불평을 해대는 꼬맹이들보다는 훨씬 낫잖아."

"하하하. 분명히 그런 의미에서는 나쁘지 않네요."

마차 마부로 분장한 호위 병사들이 말을 나누었다.

"그건 그렇고 한가하네요."

젊은 병사의 말에 연배가 있는 병사가 수긍했다.

"뭐, 이번에는 케르텐 후작가의 아가씨가 있으니까."

"군무 대신에게 잘 보이기 위해서, 순찰 담당 기사단도 기합이 들어갔겠죠."

기사단이 어지간히 열심히 했는지, 여기까지 오는 길에 도적이나 야수는커녕 토끼 한 마리도 안 나온다.

"우리들 차례는 없는 편이 좋아."

"춘기 원정 실습은 기사 학사의 학생들만으로 호위를 한다는 게 명분이니까요."

기사 학사의 학생들만 있어도 손이 많이 가는데, 춘기 원정 실습은 기사 학사에 입학을 희망하는 후보생이라는 걸림돌을 데리고 간다. 더욱이 유년 학사의 학생을 호위한다는 것도 덤이다.

위험을 제거한 하이킹 같은 것이라지만, 몇 년인가에 한 번은 길을 잃거나 산길에서 굴러 떨어지는 학생이 있다. 몸이 안 좋아지거나, 단순히 산길을 오르다가 지쳐서 탈락하는 학생은 헤아릴 수도 없다.

오히려 탈락한 애들을 업고 가는 것이 기사 학사 학생들에게 내려진 진짜 시련이라고 할 정도다.

이윽고 마차가 정지했다.

미마니와 가까운 산자락에 있는 마을의 광장이다.

학생들은 여기서 하차하고, 중간쯤에 있는 유적에서 산꼭대기의 요새까지 보급 물자를 전달하는 재학생만 있는 반과, 그대로 미마니로 가는 호위 임무반으로 갈라진다.

후자의 길은 체력이 없는 유년 학사의 학생이 한나절만에 답파할 수 있는 간단한 하이킹 코스다.

“전원, 하차! 반에 따라 갈라져라! 반장은 점호를 마치고 나한테 보고하러 와!”

근육질의 교사가 큰 소리로 외치자, 기사 학사의 학생들이 척척 움직여 각자의 반으로 갈라져 정렬했다.

기사 학사의 후보생도 반에 따라 모이려고 했지만, 집단행동 훈련을 받은 재학생들과 비교해서 우물쭈물하는 서투른 움직임이었다.

“후보생! 달려라! 반장의 깃발 색을 목표로 달려라!”

보다 못한 근육질 교사가 후보생들을 질타했다.

“포치는 어디 서는 거예요?”

“어디야~?”

유년 학사의 학생들은 딱히 지시가 없어서, 마차에서 내린 장소에서 적당히 모여 있었다.

“저쪽 반이 정해지면, 마차 단위로 이동할 거랍니다.”

“과연 치나인 거예요.”

“감사~?”

볼륨이 적은 스트레이트 붉은 머리를 포니테일로 묶은 귀족

소녀— 케르텐 후작가의 영애 치나가 포치랑 타마의 의문에 대답했다.

둘보다 연하란 생각이 안 들 정도로 똑 부러지는 소녀다.

"치나 님, 기사 학사의 교사를 맡고 있는 마리온입니다. 오늘은 치나 님 반에 동행하게 됐으니 무슨 일 있으면 말씀해 주세요."

신임으로 보이는 젊은 여성 교사가 딱딱하게 긴장하며 인사를 했다.

"잘 부탁드립니다, 교사 마리온. 그렇지만, 저는 일개 학생으로 취급해주면 좋겠어요."

"앗, 네. 알겠습니다!"

좀처럼 자기 뜻을 이해 못하는 교사의 태도에 치나는 작게 한숨을 쉬었다.

"포치는 포치인 거예요!"

"타마는 타마~?"

그런 그녀의 내심을 아는지 모르는지, 그녀의 친구인 포치와 타마 둘이 기운차게 말하여 교사에게 인사했다.

그것을 본 치나가 나이에 어울리는 웃음을 지었다.

"저거 아냐?"

"마리쌤이 있으니까 그렇겠지."

기사 학사의 갑옷을 입은 싱글싱글 표정의 소년들이 오는 것을 보고, 치나가 자연스런 웃음을 지우고 사교용으로 만든 웃음을 지었다.

"오랜만입니다, 치나 님. 기억하실지 모르겠습니다만, 지난

달 케르텐 각하 복귀 연회에서 소개를 받은 조곤 남작가의 차남 바리입니다."

"네, 기억하고 있답니다."

얼굴과 이름 말고는, 자기 자랑 이야기만 했던 알맹이가 없는 대화를 했다는 것밖에 기억이 안 나지만. 치나는 사교용 표정을 지은 채 내심 독설을 뱉었다.

군벌 안에서도 정점에 군림하는 케르텐 가문 직계의 딸로서, 치나는 어렸을 때부터 갖가지 교육을 받고 있었다.

"오늘은 우리가 치나 님의 반을 호위할 테니, 안심해 주세—."

"아, 쉐린인 거예요!"

싱글싱글 소년— 바리의 말을 포치의 목소리가 지워버렸다.

"갑옷 멋있어~?"

"포치랑 타마! 두 사람도 참가했군요."

"예스~?"

"나중에 쉐린한테도 간식 나눠주는 거예요."

전 시가8검인 고우엔 씨의 딸인 쉐린은, 그녀에게 체력 키우기를 지도하는 루루를 통해서 면식이 있었다.

"후보생! 쓸데없는 이야기는 허가하지 않았다! 출발 전에 화물 점검을 해라."

"앗, 네. 반장!"

바리의 노성을 들은 쉐린이 황급히 화물 점검을 하러 갔다.

그것을 본 다른 후보생도 쉐린과 같이 서투른 손놀림으로 점검 작업을 시작했다.

"정말이지, 올해 후보생은 못난 녀석들뿐이라 곤란합니다."

"그런가요—."

"그렇지 않은 거예요!"

"쉐린은 노력가~?"

적당히 흘려들으려는 치나의 말에, 포치랑 타마의 항의가 거듭됐다.

"시끄럽다! 평민은 입 다물고 있어!"

바리가 소리치자, 포치랑 타마가 눈물지었다.

"조곤 공, 이 두 사람은 제 친구입니다."

"그, 그랬었군요. 이거 실례했습니다. 저는 바리라고 불러주세요."

차가운 말을 들은 바리가 조금 주춤거리며 자신을 어필했다.

"그리고 또 하나, 타마와 포치는 두 사람 다 사작가의 당주입니다. 평민이 아닙니다."

"아인이 귀족?"

시가 왕국의 「아인」이라는 말에 차별적인 요소는 없지만, 바리는 그 단어에 깔보는 뉘앙스를 도포했다.

"귀 종족입니다. 그보다도, 그녀들에게 사과하세요."

"—사과, 인가요?"

"귀족가의 당주를 평민이라고 부른 겁니다. 당연하겠죠?"

바리는 처음에는 당혹하기만 했지만, 치나가 당연한 도리를 설명하자 그래야 한다는 걸 이해했다. 씁쓸한 표정으로 매몰차게 「평민 취급한 것을 사과하지」라는 말을 고하더니, 치나에게 인사를 하고 반의 집합 장소로 돌아갔다.

가시 돋친 말로 반원이나 후보생들에게 소리치는 바리의 모습을 본 치나는, 반장으로 임명할 때는 검술이나 마술뿐 아니라 인격의 성숙도도 고려해야 하지 않을까 앳된 얼굴을 고민스레 일그러뜨렸다.

◆

"소, 소 소풍~."

"즐거운, 소풍~?"

깔끔하게 정비된 산길을 걸으면서, 포치랑 타마가 소풍의 노래를 불렀다.

대열 앞과 뒤를 기사 학사의 학생들이 지키고, 중앙을 유년 학사의 학생들이 나아간다. 기사 학사의 후보생들은 양자 사이를 메우는 것처럼 배치되어 있었다.

교사나 호위 병사는 유년 학사의 학생들과 함께다.

"두 사람은 기운차네요."

"포치는 언제나 기운찬 거예요!"

"타마도~?"

레벨 50이 넘는 시가 왕국에서도 유수의 레벨을 자랑하는 두 사람에게, 정비된 산길을 걷는 것은 도시의 도로를 산책하는 것과 별 다를 것이 없었다.

치나도 또래와 비교하면 레벨이 높지만, 그래도 레벨은 한 자리밖에 안 된다.

그것은 그녀들을 호위하는 기사 학사의 학생들도 마찬가지다. 가장 레벨이 높은 바리도 레벨 7밖에 안 된다.

"뒤처지고 있다, 쉐린 후보생!"

반장인 바리가 뒤처지기 시작한 쉐린을 질타했다.

"……앗, 네."

"가벼운 짐밖에 안 든 주제에 유적 앞에서 뻗어버리면 실격이다."

"여, 열심히 할게요."

폭포처럼 땀을 흘리면서도, 쉐린은 이를 악물고 걸음을 나아갔다.

루루와 나나의 지도로 체력을 키우고 있긴 하지만, 어린 그녀에게 가죽 갑옷이나 목검 장비에 더해 5킬로그램 가까운 배낭을 진 채 산길을 걷는 건 힘든 모양이다.

"도와줘~?"

"스태미나 회복 포션도 주는 거예요."

타마가 쉐린의 배낭을 밑에서 지탱하고, 포치가 마법약의 작은 병을 내밀었다.

그것을 쉐린이 사양했다.

"안 돼. 도움을 받으면, 훈련이 안 되니, 까."

"나이스, 스피리트~?"

"쉐린은 노력가인 거예요."

성실한 쉐린의 말에 타마와 포치가 참견을 중단했다.

묵묵히 걷는 쉐린을 지켜보면서, 두 사람은 치나나 체력이 부족한 애들의 짐을 끌어안고 하이킹을 즐기는 걸 재개했다.

"유적이다!"

"드디어 휴식할 수 있어!"

기사 학사의 학생들이 나무들 너머로 유적을 발견했다.

"다들, 힘내! 유적까지 조금만 더 가면 된다."

인솔하는 교사 마리온이 확성의 마법 도구로 길게 늘어진 줄을 향해 외치자, 아이들 사이에서 환성이 올랐다.

나무들 사이를 지나며 산길을 나아가자, 왕조 야마토를 모시는 유적 앞으로 나왔다.

학생들이나 후보생들은 휴식을 마친 다음, 유적 주변의 청소를 시작했다.

유년 학사의 춘기 교실에 참가하는 아이들에게 청소하는 의무는 없었지만, 왕가에 충실한 케르텐 가문의 치나가 솔선해서 청소를 시작하자 다른 애들도 그것을 따랐다.

"누군가 있군요."

청소를 하던 치나가 유적의 가장 안쪽에서 사람의 형체를 발견했다.

"아~! 히카루인 거예요!"

"헬로~?"

포치가 달려가고 타마가 붕붕 손을 흔들었다.

그곳에 있던 인물은 히카루— 오랜 잠에서 깨어난 왕조 야마토 본인이었다.

"두 사람이 아는 사람인가요?"

"네잉."

치나의 물음에 타마가 수긍했다.

"어머? 포치랑 타마랑— 그러니까, 누구랑?"

"처음 뵙겠습니다. 케르텐 후작가의 치나라고 합니다."

"어머나, 이거 참 정중한 인사 고마워. 나는 히카루. 치나는 텟카 군의 자손이구나. 응, 텟카 군이랑 똑같아서, 성실해 보이는 멋진 눈이네."

정중한 숙녀의 인사를 하는 치나에게 히카루도 똑같이 인사를 했다.

"어, 어째서 초대님의 이름을?"

"응? 조금— 인연이 있어서."

히카루가 옛날을 그리워하며 대답했다.

"뭐 하는 거야~?"

"성묘야."

타마의 질문에 히카루가 답했다.

"성묘, 인 거예요?"

"여기는 왕조 야마토 님이나 시가 왕국 건국의 공이 있던 충신들을 모시고 있어요."

포치의 질문에 치나가 대답했다.

히카루가 「그래, 아주 소중한 동료들이 잠들어 있어」 하고 작은 소리로 중얼거렸다.

"집합! 출발한다!"

히카루의 속삭임을 지우는 것처럼, 유적 밖에서 반장인 바리가 외치는 소리가 들렸다.

"허리업~."

"서둘러야 돼, 인 거예요!"

"히카루 님. 죄송하지만 실례하겠습니다."

출구로 서두르는 아이들의 뒷모습에, 히카루가 작게 손을 흔들었다.

그 모습이 유적 밖으로 사라지자, 또 다시 히카루는 유적 안에 있는 묘표를 돌아보았다.

그녀의 옆모습에는, 깊은 우려와 과거를 그리워하는 망향의 마음이 복잡하게 뒤섞인 것처럼 보였다.

◆

"조금 늦어지고 있어."

"그래. 이대로는 산꼭대기 요새에 보급 물자를 전달하는 반에게 질 것 같아."

미마니로 가는 산길을 나아가는 대열 선두에서, 반장인 바리가 부반장과 그런 대화를 나눴다.

"어쩔 수 없지. 그 길을 쓸까?"

"그래. 그게 좋겠어."

"후보생이나 유년 학사 애들한테 힘들지 않을까?"

"괜찮아. 비가 내린 다음도 아니고, 못 걸어가는 꼬맹이는 평민 학생한테 업히면 돼."

염려를 표하는 자도 있었지만, 반장인 바리는 강행하는 것을 고른 모양이다.

"하는 수 없지. 먼저 도착했을 때 추가점은 매력적이야. 평민 놈들도 불평은 안 하겠지."

"좋아. 이 앞의 간도를 지나는 길로 간다!"

부반장의 동의를 얻자, 반장인 바리가 모두에게 고지했다.

"잠깐 기다리세요, 조곤 군!"

"뭔가요? 마리쌔— 교사 마리온."

학생들 사이의 애칭을 말하려던 바리가 황급히 말을 고쳤다.

"뭔가요, 가 아니에요! 간도를 지나는 건 예정표에 없었습니다?!"

"선생님은 신임이니까 모르는 것도 무리가 아닙니다. 이 간도는 거의 매년 쓰이는 지름길이에요."

"하, 하지만—."

"그리고! 길을 가는 사이의 지휘는 반장인 저에게 일임되었을 겁니다. 교사 마리온에게 지휘권이 옮겨지는 건 비상사태가 일어난 다음일 텐데요?"

"그, 그것은 그렇지만……."

상대가 신임 교사라는 걸 이용해서 바리가 기세로 밀어붙여 구슬렸다.

기사 학사의 학생들만 치르는 하기 원정 훈련의 경우는 지름길을 쓰는 것이 묵인되어 있지만, 훈련을 받지 않은 호위 대상을 데리고 가는 춘기 원정 훈련에서는 지름길을 쓰는 게 허락되지 않는다.

“간다!”

“산길보다 미끄러지기 쉬우니까, 발치를 주의해라!”

바리가 호령하자, 부반장이 주의를 재촉했다.

“녹음 냄새~?”

“사냥감의 기척이 잔뜩 있는 거예요.”

타마와 포치는 들떠서 주위를 둘러보았다.

정비된 산길보다도, 이런 짐승 다니는 길이 그녀들의 취향인 모양이다.

“이런 길을 나아가다니, 괜찮을까요?”

“오브코~스~?”

“포치랑 타마가 있으니까 괜찮은 거예요. 마물의 기척도 없고, 문제없는 거예요.”

타마와 포치가 보증하자, 불안해 보였던 치나의 얼굴에 웃음이 돌아왔다.

“그러고 보니 오라버님도, 기사 학사의 하기 원정 훈련에서 숲 속을 지름길로 갔다고 말씀하셨어요.”

치나의 말을 들은 다른 아이들의 얼굴에서도 불안한 기색이 흐려졌다.

바리가 이끄는 집단은 고생하면서 거친 길을 나아갔다.

“젠장, 생각보다 힘든데.”

길은 구불거리고, 길의 몇 군데는 잡초로 뒤덮여있어서 그것을 검으로 베어내며 나아갔다.

만약 이곳에 사토가 있었다면, 그들이 걷는 코스가 크게 어긋나 버린 것을 지적했을 것이다. 그러나, 이곳엔 그가 없었다.

"어이, 바리. 길을 잘못 든 거 아냐?"

"평소에는 지금쯤 시냇물이 보였어야 하는데."

"내 탓하지 마! 이봐, 척후! 이 앞에 시냇물이 있나 보고와라!"

"어? 혼자서?"

"됐으니까 가! 명령이다!"

반장인 바리가 평민 학생에게 정찰을 명령했다.

"시냇물은 저쪽인 거예요!"

"적당히 말하지 마! 그쪽에 있을 리 없잖아!"

포치의 말에 바리가 코웃음을 쳤다.

그의 머릿속 지도로 생각하면, 절대 존재하지 않는 방향이었기 때문이다.

"—척후는 아직이냐!"

짜증을 부리는 그의 곁에 척후가 돌아온 것은 반시간이나 지난 다음이었다.

"시냇물은 아무데도 없었어."

지쳐 빠져서 돌아온 척후에게, 바리와 동료들이 「제대로 찾아본 거냐」, 「이만큼 기다리게 만들고 그거냐」라고 제멋대로 말을 해댔다.

"역시, 하나 전의 길이 끊어진 장소에서 잘못 든 거야. 돌아가자, 바리."

"칫, 하는 수 없지."

부반장의 조언을 듣고서, 바리가 본래 왔던 장소로 돌아갔다.

인솔을 받는 아이들이나 동료들이 불만이나 불안을 표했지만, 짜증이 난 바리의 노성이 그것을 억눌렀다.

“포치, 시냇물의 기척이 어느 쪽인지 알 수 있나요?”

“저쪽인 거예요.”

포치가 코를 벌름벌름한 다음에, 치나에게 방향을 전달했다.

“그렇다면, 하나가 아니라 둘 전의 길이 끊어진 장소에서 잘못 들었다고 봐야 하겠어요.”

치나는 교사 마리온을 통해 바리에게 전달했지만, 여유가 없는 바리는 그 조언을 받아들이지 않고, 일행은 저녁 해가 그림자를 길게 늘일 무렵이 되어서도 길을 헤매고 있었다.

“뉴~?”

“무슨 일인 거예요?”

“벌레 소리 안 나~?”

타마의 말을 들은 포치가 귀를 기울였다.

“정말인 거예요!”

포치가 놀라서 소리쳤다.

가까이 있던 기사 학사의 학생이 바보 같다는 표정으로 두 사람을 보았다.

“너희들 바보냐? 이 정도 수가 이동하고 있잖아. 벌레도 경계해서 소리를 죽이겠지.”

“바보라고 말하는 사람이 바보인 거예요?”

“시끄러, 바보야!”

큰 소리를 들은 포치가 꼬리를 말고서 치나 뒤에 숨었다.

강해진 지금도, 폭언을 뱉는 상대는 거북한 모양이다.

"위험해~?"

타마가 나무를 달려 올라가 주위를 둘러보았다.

"거기! 나무 타기를 하면서 노는 건 돌아간 다음에 해라!"

포치를 바보 취급한 학생이 외쳤지만, 위기감을 느낀 타마는 거들떠보지 않았다.

"포치, 타마가 왜 저러는 건가요?"

"적을 경계하는 거예요."

포치가 치나에게 설명하자, 타마가 술술 나무를 미끄러져 내려왔다.

"안 보이지만, 저쪽에서 와~?"

타마가 가리킨 곳은 진행방향과 반대쪽이다.

"뭐가 오는 건가요?"

"아마, 마물인 거예요."

치나에게 대답한 것은 포치다.

"왜냐면, 산 전체의 벌레가 무서워하는 거예요. 분명히 마물이 잔뜩 오는 거예요."

"그, 그럴 수가!"

타마와 포치가 들리지 않는다고 말한 벌레 소리는 근처가 아니라 산 전체의 이야기였다.

사태를 무겁게 본 치나는 타마와 포치를 데리고 바리를 찾아가 직접 담판을 지으러 갔다.

"—마물이 있어요?"

이 녀석 무슨 말을 하는 거지? 라는 눈으로 치나를 본 다음, 바보 취급하는 기색을 감추지도 않고 동료들과 한숨을 쉬었다.

"치나 님, 이곳은 안전합니다. 요새 너머에 있는 계곡이라면 모를까, 요새나 결계주를 넘어 마물이 오는 일은 좀처럼 없어요."

"그렇지만—."

"그리고 만약 마물이 나타나도, 여기에는 미래의 기사가 10명 이상 있습니다. 치나 님은 이 몸을 던져서라도 지켜내겠습니다."

바리가 재는 표정으로 나이트 행세를 하며 말했다.

"마물이다! 마물이 나왔다! 한 마리다!"

최후미에서 외치는 소리가 들렸다.

"간다!"

"뒤는 맡겨라, 바리."

허리의 검을 뽑으며 바리 일행이 달려갔다.

타마랑 포치도 함께다.

"올해 시련은 작은 사마귀(리틀 만티스)— 잔챙이군."

나무들 사이에서 나타난 것은, 유아 정도 크기의 사마귀 마물이었다.

바리는 이 작은 사마귀가 학원측의 의뢰로 공병 부대가 준비한 시련용 마물이라고 판단한 모양이다.

"도와~?"

"포치도 돕는 거예요."

"방해된다!"

"안 도와도 되는 거예요?"

"너희들 같은 꼬맹이 도움을 받으면 기사 실격이야!"

"그런 일이 있으면, 너희들 부하가 되든 누님으로 모시든 해주겠어!"

"진짜로."

바리와 친구가 포치를 비웃었다.

실례되는 태도에, 따라온 치나가 뒤에서 분개했다.

"후보생, 이 꼬맹이들을 뒤로 데리고 가!"

"앗, 네!"

바리가 큰소리로 지시하는 걸 들은 후보생 쉐린이 타마와 포치를 최전선에서 떨어뜨렸다.

"괜찮아~?"

타마가 걱정스레 물었다.

바리 일행이 작은 사마귀 한 마리 상대로 좀처럼 유효타를 주지 못하고 있었기 때문이다.

"기사 학사의 선배들도, 우리들 후보생들도, 유년 학사의 아이들을 무사히 도시까지 보내는 게 임무야."

유년 학사 아이들이 다치거나 싸우게 해버리면, 모두가 심사에서 불합격이 되어 버린다고 쉐린이 둘에게 말했다.

"불합격~?"

"그래. 기사 학사에 못 들어가게 되어버려."

"그, 그러면 안 되는 거예요! 포치는 뒤에서 응원하고 있는 거예요!"

"타마도~?"

두 사람은 손에 땀을 쥐면서, 기사 학사의 학생들이 작은 사마귀를 쓰러뜨리는 걸 지켜보았다.

"단단했잖아."

"사마귀의 낫에 검을 붙잡혀서 뺏기는 줄 알았다."

학생들이 작은 사마귀 시체를 내려다보면서 땀을 닦았다.

"정말로 마물이 있었네요."

"예스~?"

치나의 말에 타마가 고개를 끄덕였다.

"하지만, 아직 잔뜩 있는 거예요."

"저, 정말인가요!"

포치의 말에 격하게 반응한 것은 치나가 아니라, 학생들의 싸움을 지켜보고 있던 교사 마리온이다.

"포치는 거짓말 같은 거 안 하는 거예요."

"방향은?"

"저쪽~?"

타마와 포치가 작은 사마귀가 나타난 방향을 가리켰다.

"전원, 이동을 시작합니다! 유년 학사의 학생들은 짐을 버리고 달리세요!"

"교사 마리온, 대체 무슨?"

"조곤 군, 선두를 맡깁니다. 이 앞에 있는 광장이 목표입니다!"

"어, 어째서?"

교사의 필사적인 모습을 이해 못하는 반장 바리가 이유를 물었다.

"숲 속에서 작은 사마귀 무리에 공격 받고 싶나요!"

"하, 하지만 기사단이 소탕한 장소에 무리 같은 게—."

"작은 사마귀다! 몇 마리나 있어!"

상식적으로 있을 수 없다, 라고 말하려던 바리의 귀에, 자주적으로 적 탐색을 한 척후의 목소리가 뛰어들었다.

"가세요, 바리!"

"앗, 네!"

교사에게 퍼스트 네임으로 명령을 받은 바리가 반사적으로 달리자, 다른 학생이나 아이들도 함께 도망쳤다.

"혼자서는 위험한 거예요."

"도와~?"

"됐으니까 가세요! 치나 님, 그녀들을 데리고 가요! 바람 지팡이를 쓸 수가 없어요."

교사 마리온이 필사적인 표정으로 외치자, 치나에게 손을 이끌려 포치와 타마도 피난을 시작했다.

두 사람이 치나에 맞추어 달리자, 바람 지팡이로 작은 사마귀를 쓸어버린 교사 마리온이 따라온다.

숲을 빠져나가, 산의 경사면에 생긴 광장에 학생들이 모여 있었다.

"저기~?"

"저 바위 위라면 안전한 거예요."

타마와 포치가 광장의 중앙에 선 석비 같은 커다란 바위를 가리켰다.

전망대처럼 쓰이는 장소였는지, 큰 바위에는 계단 같은 좁은 발판이 있었다.

"아이들을 바위 위로! 후보생들은 계단 앞을 지켜요! 흙 마법을 쓸 수 있는 사람은 계단 주위에 흙벽을 만드세요!"

교사 마리온의 지휘에 따라, 아이들이 조심조심 바위의 계단을 올라갔다.

중간에 무서워서 움직이지 못하는 아이도 있었기 때문에, 피난은 느리고 좀처럼 진행되지 않았다.

"반장은 신호탄을!"

"그, 그렇지만, 그러면 큰 감점이……."

"죽은 다음 묘비에 성적표를 장식할 건가요? 작은 사마귀는 적어도 열 마리는 있었어요. 무리 전체라면 그보다 몇 배는 될 겁니다."

이 지경이 되어서도 성적을 신경 쓰는 바리를 교사 마리온이 타일렀다.

"왔어~?"

"잔뜩, 인 거예요!"

나무들 사이에서, 작은 사마귀가 나타났다.

그 수는 30마리에 가깝다.

"우, 우와아아아아아아아!"

"엄마, 무서워어어어어어!"

바위 위에서 유년 학사 아이들이 울부짖었다.

그것은 후보생에게도 전염되어, 기사 학사의 학생들한테까지 퍼졌다.

"괜찮아이~?"

"우, 울지 않는 거예요."

타마랑 포치가 아이들을 달랬지만, 좀처럼 효과가 없었다.

의젓한 치나도 자신이 흐트러지지 않도록 하느라 벅차서, 주위에 신경 쓸 여유가 없는 모양이다.

"정신 차리세요! 그러고도 기사를 목표로 하는 자인가요!"

학생들을 질타하는 교사 마리온도 무릎과 손이 떨리고 있었다.

왜냐하면, 나무들 사이로 나타나는 작은 사마귀의 무리가 지금도 늘어나고 있었으니까.

"3중의 원진을 짭니다. 기사 학사의 학생은 바깥쪽 원진에, 후보생은 안쪽의 두 원진으로 계단을 지키세요."

학생들이 교사 마리온의 말에 따라 행동을 개시했다.

바리가 그제야 쏘아 올린 신호탄을 힐끔 본 다음, 교사 마리온이 학생들을 향해 외쳤다.

"저 신호탄을 보고 요새의 병사들이나 미마니를 지키는 병사들이 와줄 겁니다! 그때까지 모두 함께 살아남는 겁니다!"

""""네!""""

교사 마리온의 지휘를 받은 학생들이 작은 사마귀들을 상대로 분투했다.

손대는 게 금지 당한 타마와 포치는 목이 찢어져라 성원을 보냈다. 두 사람이 손을 대면 금방이라도 섬멸할 수 있다는 것을,

치나도 교사 마리온도 몰랐다.

"위험해! 마리쌤, 부탁해."

"선생님이라고 부르세요!"

교사 마리온은 바람 지팡이로 작은 사마귀 무리를 흩어놓으며, 학생들 사이로 빠져 나온 작은 사마귀를 검으로 쓰러뜨리는 역할을 다하고 있었다.

"아차—."

"빠져나갔어!"

교사 마리온이 먼저 한 마리를 미처 처리하기 전에, 두 군데에서 작은 사마귀가 빠져 나와 후보생의 고리로 갔다. 진의 안쪽으로는 바람 지팡이를 쓸 수가 없다.

"금방 가세하러 갑니다! 방어를 우선해서 시간을 버세요."

창백한 표정을 지은 후보생들이 작은 사마귀에게 덤볐다.

헛손질을 하거나 겁먹고 물러서는 학생은 그나마 나은 편이다. 겁을 먹고 그 자리에 주저앉은 아이나 검을 잘못 휘둘러 주위의 동료에게 상처 입히는 아이마저 있었다.

"으아아아아!"

후보생 한 명이 작은 사마귀에 날아가서, 작은 사마귀의 마수가 여자 후보생만 모여 구성된 2열째에 닿았다.

이곳을 빠져나가면, 바위 위에 있는 아이들이 위험하다.

후보생들은 과반수가 공포에 몸을 움츠리고 있었다.

그 가운데에서도 제대로 움직일 수 있는 아이는 있었다.

"나나 씨의 가르침! 상대를 똑바로 본다!"

쉐린은 자신을 분발시키려고 떨리는 소리로 외쳤다.

작은 방패를 겨눈 쉐린이 작은 사마귀의 공격을 방패로 막았다.

몸이 약한 쉐린은 날아가 버렸지만, 움직임이 멈춘 작은 사마귀를 다른 후보생들이 때려 눕혔다.

"루루 씨의 가르침! 넘어져도 금방 일어선다!"

비틀거리는 몸을 채찍질하여 쉐린이 일어서서 방패를 겨누었다.

후보생들을 떨쳐낸 작은 사마귀가 눈앞으로 다가왔지만, 쉐린은 눈물지으면서도 방패로 받아냈다.

"멈추면, 다리를 후린다!"

쉐린이 소검으로 작은 사마귀의 가운데 다리를 후렸다.

작은 사마귀가 비틀거리자, 후보생들이나 뒤따라온 교사 마리온이 마무리를 지었다.

"하아, 하아— 루루 씨, 나나 씨, 저도 해냈어요."

쉐린이 피로와 뒤늦게 찾아온 공포로 다리에 힘이 풀려 땅바닥에 주저앉아 버렸지만, 눈물로 젖은 그녀의 얼굴에는 자랑스러운 표정이 떠올라 있었다.

"그레이트~?"

"아주아주 잘한 거예요!"

건투한 쉐린을 타마와 포치가 바위 위에서 칭찬했다.

아이들이 노력한 덕분에, 작은 사마귀들도 도주를 시작했다.

"우리들한테 겁먹고 도망쳤다."

"우오오오오! 우리들의 승리다!"

바리 일행이 승리의 함성을 질렀다.

종횡무진으로 대활약을 한 교사 마리온도, 피로와 안도로 그 자리에 주저앉아서 하늘을 올려다보았다.

"삐~뽀~삐~뽀~?"

"백의의 천사 포치 등장, 인 거예요!"

구급대원 완장을 찬 타마와 포치가, 다친 학생이나 후보생 사이를 달리면서 칼로리와 염분 보급용 소금 사탕이나 체력 회복의 마법약을 나눠주거나 붕대를 감아주었다.

붕대는 희석한 마법약을 적신 거라, 상처의 소독과 출혈을 막는 효과가 높았다.

마법약은 사토 수제 희석 마법약으로, 비상시의 배포용으로 사토가 준 것이었다.

응급처치를 마친 타마와 포치가 바위 위로 돌아갔다.

"봐라, 엄청 도망치네. 벌써 나무들 너머로 사라져버렸어."

"아아, 그렇네—."

승리를 뽐내는 바리의 말에 맞장구를 친 부반장이, 문득 위화감을 느꼈다.

"어째서, 저 녀석들은 나온 방향이랑 다른 저쪽 숲으로 도망치는 거지?"

"글쎄? 무리의 대장이 저쪽으로 도망쳤겠지."

부반장의 의문을 바리가 깊이 생각지 않고 흘렸다.

"다음, 와~?"

"이제 곧 제2탄이 오는 거예요."

바위 위에서 타마와 포치가 경고했다.

"—다음?"

교사 마리온이 바위를 올려다보고, 타마와 포치가 가리키는 방향— 작은 사마귀 무리가 나타난 장소에 시선을 다시 돌렸다.

"벼— 병사 사마귀!"

작은 사마귀와 비교도 안 되는 강적이 출현하자, 교사 마리온이 비명을 질렀다.

병사 사마귀를 쓰러뜨리기 위해서는 정규 기사라면 몇 명, 병사라면 1개분대가 필요하다고 군에서 가르치고 있었다.

교사 마리온이 목숨을 걸어도, 쓰러뜨릴 수 있는 건 고작해야 한두 마리. 기사 학사의 학생들과 연계해도 네 마리가 한계다.

그러나, 숲 속에서 나타난 병사 사마귀는 여덟 마리.

바위 위에서 농성을 한다고 해도, 원군이 오기 전에 어느 정도 희생이 나올지 모른다.

"하지만, 그걸 마지막까지 보지 않아도 되는 건 다행일지도……."

교사 마리온이 후보생들을 바위 위로 피난시키고, 학생들 중에서 전투에 뛰어난 자들만 지상에 남기고 나머지는 바위의 계단으로 이동시켰다.

병사 사마귀가 광장에 침입하여, 겹눈으로 학생들을 포착했다.

대부분은 학생들을 위험으로 인지하지 않았는지, 한 마리를 빼고 작은 사마귀의 시체를 먹기 시작했다.

"동족 포식이냐……."

"작은 사마귀들은 저 녀석들한테 쫓기고 있었던 거야."

학생들이 공포를 얼버무리고자 입을 열었다.

"옵니다! 정신을 바짝 차리세요!"

시체에 흥미가 없는 병사 사마귀가 한 마리 다가온다.

"바람이여, 내 적을 치라! —효과가 없어?"

병사 사마귀는 바람 지팡이의 바람탄을 받고도 표피에 상처도 없이, 약간 물러나기만 하고 다시 진군했다.

그것 하나만 봐도, 작은 사마귀하고는 격이 다른 걸 알 수 있었다.

"큭, 이놈!"

교사 마리온이 병사 사마귀를 검으로 견제하지만, 병사 사마귀는 겁먹지도 않고 앞 다리의 낫을 휘둘렀다.

"기, 기사 방패(나이트 실드)가!"

강철을 덧댄 튼튼한 기사 방패를 병사 사마귀의 곡괭이 같은 낫이 일격으로 꿰뚫고, 그것을 목격한 학생들 사이에 동요가 흘렀다.

병사 사마귀는 꿰뚫은 방패를 낫으로 집어 들어 올리고, 반대쪽 낫으로 교사 마리온을 쓸었다.

"—크악!"

교사 마리온이 검을 방패삼아서 직격을 막았지만, 공격의 기세를 죽이지 못하고 몸을 ㄱ자로 꺾으며 날아가 버렸다. 땅을 바운드하며 굴러가는 교사의 모습에 학생들이 비명을 질렀다.

"위, 위험해. 어떡하냐, 바리."

"어, 어떡해?"

지휘를 맡아야 할 반장 바리가 당황한 소리로 되물었다.

"전열 방패를 들어라!"

부반장의 외침에 학생들 절반이 방패를 들었다.

나머지 반은 「방패 같은 건 종잇장처럼 꿰뚫어질 거야」라면서 동료들 뒤에 숨었다.

그 꼴사나운 모습을 내려다보는 병사 사마귀의 표정이 치나에게는 가학적인 웃음을 짓는 것처럼 보였다.

"온다!"

병사 사마귀가 학생들을 유린했다.

아직 사망자는 안 나왔지만, 골절이나 타박, 찰과상을 입은 자는 헤아릴 수가 없다.

"주, 죽는다. 이대로는 모두 죽을 거야……."

동료들 뒤에 숨어 떨고 있는 바리가 공허한 눈으로 중얼거렸다.

"바리! 지휘해! 너 반장이잖아!"

"네, 네가 해! 나는 반장 그만둔다. 그래, 너희들이 당하는 사이에 도망— 아니, 아니고. 그건 안 돼. 그렇지. 보고다. 나는 도망치는 게 아냐. 이 상황을 보고하러 가는 거야."

"야, 무슨 말이야!"

"나, 나는 이런 곳에서 죽어도 되는 사람이 아니야!"

바리가 자기 멱살을 잡은 부반장을 검으로 공격해 떨쳐낸다.

"너……."

손에서 흐르는 피를 보고 중얼거리는 부반장을 무시하며, 바리가 재빨리 도망쳤다.

"기, 기다려, 바리."

"나도 데려가 줘!"

바리의 추종자가 달려가자, 몇 명의 학생이 그 등을 따라갔다.

병사 사마귀는 조금 그쪽에 흥미를 가졌지만, 그 뒤를 따라가지는 않는 모양이다.

"젠장, 우리들만이라도 모두를 지킨다!"

""""그래!""""

부반장의 외침에, 나머지 학생들은 반쯤 울면서 대답했다.

"이대로는, 전멸할 거예요."

바위 위에서 싸움을 지켜보고 있던 쉐린이 치나의 속삭임을 듣고 결심했다.

계단을 달려 내려가, 바위의 아래 부근에 놓인 교사의 짐에서 확성의 마법 도구를 꺼냈다.

"나를 감시하는 사람! 부탁해요! 모두를 구해주세요!"

쉐린이 교사에게 빌린 마법 도구로 외쳤다.

그러나 숲 속에 숨어 있는 감시자들은 누구 한 명 반응이 없었다.

그들은 이 마물 소동이 쉐린을 노리는 비스탈 공작령의 자들이 꾸민 것이라고 생각하고 있었다. 마물이 날뛰어 생긴 틈에 쉐린을 유괴하는 게 목적이라고 추측하여, 나타난 놈들을 일망타진하고자 하는 것이다. 그들에게는 사람의 목숨보다도, 임무가 더 무거운 것이리라.

"……부탁해요, 누가, 구해줘요."

영혼의 바닥에서 짜내는 것 같은 목소리로, 쉐린이 애원했다.

"오케이~?"

"라져인 거예요."

치나와 함께 쉐린을 따라 내려온 타마와 포치가 승낙했다.

지금까지는 쉐린이 불합격이 되면 안 되니까 참고 있었던 모양이다.

"타마! 포치! 할 수 있나요?"

"오브코~스~?"

"쉬운 거예요."

타마와 포치가 요정 가방에서 검을 꺼내려다가, 바위 위에 배낭을 잊고 온 걸 깨닫고 허둥지둥 당황했다.

그러나 발치에 떨어져 있던 도망친 학생의 검을 들더니, 두 사람은 아무 일도 없었던 것처럼 포즈를 취했다.

"―정말로, 괜찮은 건가요?"

"네잉."

"무, 물론인 거예요!"

걱정하는 치나에게, 두 사람이 괜찮다며 수락했다.

포치가 날카로운 표정을 짓고는 타마를 보았다.

"타마, 30퍼센트인 거예요."

"네잉."

포치와 타마가 팔에 착용한 근력 제어 팔찌를 조작했다.

미궁도시에서 아이들과 마음껏 놀기 위해 만들어진 그것은 남몰래 진화를 이루어, 4단계의 파워 세이브 기능을 구현하기에 이르렀다.

알기 쉽도록「OFF, 약, 중, 강」이 아닌 것은, 예전에 모 요괴물 만화에 경도되었던 아리사가 강력하게 주장했기 때문이다.

힘을 조금 해방한 타마와 포치가 마물에게 달려갔다.

◆

"굉장해."

타마가 달려 지나가자, 병사 사마귀의 다리가 관절 부분에서 양단됐다.

"굉장해 굉장해!"

포치가 일섬하자, 학생들이 한꺼번에 덤벼도 상처가 안 났던 병사 사마귀의 긴 목이 두 동강 났다.

"두 사람 다 굉장해요!"

치나가 손뼉을 치며 기뻐했다.

방금 전까지 사투를 벌이고 있던 학생들은 턱이 빠질 것 같은 표정으로 무쌍하는 두 사람을 보고 있었다.

"저렇게 단단한 병사 사마귀의 다리를 그냥 철검으로 베어냈어."

"저건 관절을 노려서 그래. 그보다도 굉장한 건 병사 사마귀의 목을 베어낸 강아지 귀 쪽이야!"

"바보 자식! 종횡무진 움직이는 사마귀의 관절을 노리는 게 얼마나 힘든지 생각해 봐라!"

학생들의 평가에, 포치랑 타마의 얼굴에 쑥스러운 웃음이 떠올랐다.

"위험해! 다른 병사 사마귀들이 온다."

부반장의 외침에 모두의 표정이 창백해졌다.

아니, 모두가 아니다.

"난쿠루나이사~?"

"잔챙이는 몇 마리 모여도 잔챙이인 거예요."

타마와 포치는 다가오는 병사 사마귀에게 달려갔다.

"악즉차참, 인 거예요!"

"죽으면 시체, 못 벨 것 없다~?"

여기에는 타마와 포치의 미묘하게 이상한 프레이즈에 태클을 거는 자가 없었다.

두 사람은 병사 사마귀 사이를 달리면서, 차례차례 병사 사마귀를 쓰러뜨렸다.

"끄읕~?"

"맥 빠지는 거예요."

모든 병사 사마귀를 쓰러뜨린 둘이, 미궁 생활의 습관으로 서둘러 마핵을 채취했다.

"병사 사마귀 마핵은 꼬치구이 20개가 되는 거예요."

"갑각도 벗겨~?"

"물론인 거예요! 갑각도 깨끗하게 벗기면 꼬치구이 15개가 되는 거예요!"

그녀들의 가치 기준은 꼬치구이인 모양이다.

"머리에 뭔가 달려있는 거예요."

"나사~?"

타마와 포치가 병사 사마귀의 머리에 박혀 있던 금속 부품을 뽑아냈다.

두 사람은 몰랐지만, 그것은 족제비 제국에서 들어온 마물을 부리기 위한 마법 도구다.

"살았어?"

"그래. 마물은 전부 저 녀석들이 쓰러뜨렸다."

"그렇구나, 살았구나~."

"다행이야아아아아."

위협이 제거된 것을 안 학생들이 땅바닥에 주저 앉고, 안도한 아이들이 엉엉 울기 시작했다.

"아랴랴~?"

"난처한 거예요."

울음소리의 대합창에 타마와 포치가 당황했다.

사탕을 주는 게 좋을지, 비장의 육포를 꺼낼지 두 사람은 고민했다.

"괜찮아요. 울다 지칠 때까지 그대로 둬요."

쉐린을 데리고 온 치나가 두 사람 앞으로 다가왔다.

"고마워요, 타마, 포치. 저는 당신들의 친구란 것이 자랑스러워요."

"니헤헤~?"

"절친이 그렇게 말해주면 포치도 기쁜 거예요."

친구가 한 없이 칭찬해주자 타마와 포치가 몸을 꾸물꾸물 움직이며 기뻐했다.

"고마워, 타마, 포치. 모두를 구해줘서."

쉐린도 두 사람에게 고개를 숙였다.

"난쿠루나이사~?"

"타마랑 포치는 당연한 일을 한 거예요. 그보다도 다친 애들을 치료하는 게 먼저인 거예요."

포치의 말로 부상을 입은 선생님이나 선배들을 떠올린 쉐린이 일어섰다.

"치료를 하면, 얼른 이동하는 편이 좋을지도 모르겠어요."

"네, 다른 후보생들에게도 도와달라고 할게요."

치나의 말에 쉐린이 달려갔다.

그런 긍정적인 분위기가, 다음 순간에 사라졌다.

"크아아아아아아아아아아악!"

누군가의 외침 소리가 났다.

바리 일행이 도망친 쪽이다.

"저쪽에도 마물이?"

치나가 불안한 소리로 중얼거렸다.

작은 폭발이 연속으로 일어나고, 몇 개의 사람 형체가 하늘을 날았다.

실루엣을 보니, 그것이 소년들이 아닌 검은 복장의 남자들이라는 걸 알 수 있었다.

"대체 무슨 일이지? 바리 일행은 불 마법을 못 쓸 텐데……."

부반장이 중얼거린 말은 옳았다. 불 마법을 쓴 자나 하늘을 날아간 검은 복장은 쉐린을 감시하고 있던 자들이었다.

"봐라! 바리 일행이야! 모두 다 있다!"

나무들 너머에서 바리 일행이 넘어질 것처럼 모습을 드러냈다.

그 뒤에는 검고 붉은 털을 가진 거대한 호랑이가 있었다. 여기에 감정스킬을 가진 자가 있었다면 그것이 레벨 48의 「공영(에어워크) 마호(타이거)」라는 마물인 걸 알았을 것이다.

"고기~?"

"맛있어 보이는 거예요."

타마와 포치가 공영 마호를 보고 입맛을 다셨다.

"……저 마물, 선배들을 괴롭히고 있어."

쉐린이 중얼거렸다.

공영 마호는 고양이과 짐승 특유의 성질로, 도망치는 사냥감을 가지고 놀고 있었다.

물론 그렇기에 격이 지나치게 높은 마물에게 쫓기고 있으면서도, 아직 바리 일행의 목숨이 붙어 있다고 할 수 있었다.

"타마, 포치, 부탁해. 구해줘."

자기를 괴롭혔던 상대임에도, 쉐린은 그들을 구해달라고 부탁했다.

물론 그것은 공영 마호가 얼마나 강대한 마물인지 모르기 때문에 할 수 있는 무모한 부탁이었다.

"아이아이 서~?"

"포치한테 맡기는 거예요."

타마와 포치는 흔쾌히 수락했다.

"괘, 괜찮은 건가요?!"

그걸 본 치나가 놀라서 소리쳤다.

"오브코~스~?"

"하지만, 저건 조금 강해 보이는 거예요."

"100퍼센트?"

"네 인 거예요. 전력전개로 가는 거예요."

"아이아이 서~."

근력 제어 팔찌를 오프로 한 두 사람이, 흙먼지를 피우면서 대쉬했다.

"사, 살려줘어어어어어어어!"

얼굴이 눈물과 콧물로 엉망이 된 상태로, 바리 일행이 달려왔다.

따라 잡힌 한 명이 공영 마호의 앞다리에 튕겨나가 바리 옆으로 굴러갔다.

그걸 보고 당황한 바리가 발이 꼬여 넘어졌다.

"타마, 그쪽은 맡기는 거예요."

"네잉네잉~."

먼저 튕겨나간 소년을 타마가 받아내고, 마법약을 철퍽 뿌려서 치료했다.

"우왓, 우왓, 우와아아아아아아아아아아!"

넘어진 바리의 얼굴 옆에, 공영 마호가 앞발을 내리쳤다.

기어서 도망치지도 못하고, 바리는 본능적으로 눈을 질끈 감으며 몸을 굳히고 다음 순간을 기다렸다.

그러나, 최후의 순간은 아무리 지나도 찾아오지 않는다.

"—뭐?!"

눈을 뜬 바리가 놀린 소리를 냈다.

"말도 안 돼……."

그는 자기가 보고 있는 것을 믿을 수가 없었다.

왜냐하면, 요새조차 부수는 공영 마호의 발톱을, 자기보다 작은 강아지 귀 소녀가 받아내고 있었으니까.

"구조조~?"

바리의 몸이 끌려가서, 뒤로 훌쩍 날아가 버렸다.

난폭한 행위에 불평을 하려고 고개를 들었다가, 바리는 고양이 귀 소녀가 자기 목숨을 구해준 걸 알았다.

"너, 너희들—."

여기서부터는 포치랑 타마의 차례인 거예요."

"우이우이~."

포치랑 타마가 등으로 말했다.

작은 두 사람의 등이, 바리 일행에게는 누구보다도 커다랗게 보였다.

—TYIGGGGGGGEZR!

포효를 지른 공영 마호가, 노호 같은 연속 공격을 둘에게 뿌렸다.

"에잇! 타아! 으라라라! 인 거예요!"

"뉴! 뉴아! 뉴오오오~?"

두 사람은 공영 마호를 능가하는 속도로 공격을 계속 받아 흘렸지만, 철검이 무르고 몸이 가벼운 것은 어쩔 도리가 없었다.

날아가버린 두 사람이 바리 일행 근처에 착지했다.

"얼른 도망가~?"

"그런 거예요. 포치랑 타마한테 맡기고 얼른 피난하는 거예요."

평소의 장비도 없고, 뒤에 누군가를 지키면서 격이 비슷한 상대를 제압하는 건 미스릴 탐색자인 둘에게도 버겁다.

"하, 하지만!"

"우리도—."

주저하는 소년들의 말을, 금속끼리 부딪히는 것처럼 새된 소리가 지워버렸다.

포치가 가진 철검이 부러지고, 파편이 포치의 볼에 작은 상처를 만들었다.

"얼른 도망치는 거예요. 포치랑 타마가 버티는 동안에, 얼른!"

"젠장, 도망친다! —이걸 써라!"

포치의 귀기 서린 표정을 본 바리가 동료들에게 말을 걸고, 자기가 가지고 있던 단검을 포치에게 던져서 건네더니 동료들을 데리고 토끼처럼 도망쳤다.

"어이쿠쿠, 인 거예요."

포치가 받은 단검을 칼집에서 뽑았다.

그것은 미스릴 합금으로 만든 단검이었다.

—TYIGGGGGGGEZR!

공영 마호의 상대를 하던 타마가 포치 앞에 착지했다.

"콰직쿠직~?"

타마의 철검도 공영 마호에게 부러져 버린 모양이다.

"여기는 포치한테 맡기는 거예요."

포치가 든 단검이 붉은 빛을 띠었다.

"저, 저건!"

"저런 어린애가?"

"설마, 정말로?!"

포치 일행의 싸움을 지켜보던 기사 학사의 학생들이 소란을 피웠다.

"—마인, 인 거예요."

포치가 든 단검을 붉은 마인의 칼날이 감쌌다.

그것은 시가 왕국에서도 한정된 일류 무인만 쓸 수 있다는 소문이 도는 오의중의 오의다.

"타마도~?"

부러진 철검의 손잡이 부분에서, 붉은 마인의 칼날이 돋았다.

마력을 확산시켜버리는 철검의 성질을 이용하여, 칼날이 없는 장소에 마인을 만든 모양이다.

"타마는 재주가 좋은 거예요."

"니헤헤~? 또 하나~?"

포치가 버린 부러진 검을 들고, 두 자루째 마인검을 만들었다.

—TYIGGGGGGGEZR!

두 사람을 검을 보고 경계심이 자극된 공영 마호가 포효를 질렀다. 하늘로 날아올랐다.

"안 놓쳐~?"

"마인, 고~ 인 거예요!"

두 사람의 검에서 뿜어져 나간 붉은 광탄이 공영 마호를 쳤다. 마인포다.

"—어? 어어?"

"마인이 날아갔어?"

"마법이 아니고?"

기사 학사의 학생들은 마인포를 모르는 모양이다.

"막아버린 거예요."

"바람 결계~?"

자신의 바람 결계가 부서진 것에 겁을 먹은 공영 마호가 고도를 올렸다.

—TYIGGGGGGGEZR!

공영 마호가 바람의 칼날을 차례차례 뿌렸다.

"스르륵~ 스르르르락~."

"위험해, 인 거예요."

타마가 아크로바틱한 움직임으로 바람의 칼날을 종이 한 장 차이로 피하고, 포치가 코미컬한 움직임으로 거창하게 회피했다.

참을성이 바닥난 공영 마호가 스파크를 둘렀다.

"타마, 파직파직하는 거예요!"

"네잉—."

—TYIGGGGGGGEZR!

"—타타미 뒤집기 술법~?"

땅바닥을 촤라락 뒤집은 흙벽이, 공영 마호가 뿜어낸 전격을 막았다.

“아햐햐햐햐인 거예요.”

“짜릿찌릿~?”

흙 벽을 돌아온 정전기 수준의 전기가 닿았는지, 두 사람이 간지러운 기색이었다.

“반격인 거예요!”

“아이아이 서~?”

그 뒤에서 뛰쳐나온 두 사람이 마인포를 뿜으면서 땅을 달렸다.

공영 마호는 하늘을 차고서 붉은 광탄을 피했다.

“에이야~, 인 거예요.”

포치의 기합과 함께 붉은 광탄이 궤도를 바꾸어, 공영 마호의 볼을 때렸다.

“합체기술인 거예요!”

“오케이~?”

포치와 타마가 2단 점프로 하늘 높이 날아오르고, 더욱이 공중에서 타마를 발사대 삼은 포치가 공영 마호에게 쏘아져 나갔다.

—TYIGGGGGGGEZR!

포치를 두려워한 공영 마호가 더욱이 고도를 높였다.

“아직 멀었어~, 인 거예요!”

포치가 공보 스킬의 도움을 빌어서 공중을 달렸다.

자유롭게 하늘을 달리는 친구와 달리, 포치의 공포는 다섯 걸음에서 여섯 걸음 정도의 발판을 만드는 것이 고작이다.

그러나—.

"닿았다, 인 거예요!"

포치의 손이 공영 마호의 꼬리를 붙잡았다.

—TYIGGGGGGGEZR.

공영 마호가 날뛰었지만, 포치는 강인한 악력으로 공영 마호의 털을 붙잡아 그 등으로 기어 올라갔다.

"이제, 안 놓치는 거예요!"

포치의 단검이 눈부신 붉은 빛을 띠었다.

—TYIGGGGGG—GWGYA!

위기감을 느낀 공영 마호가 스파크를 뿜어내려고 했지만, 그것은 지상에서 날아와 공영 마호의 이마에 명중한 붉은 광탄이 막아냈다.

"나이스 어시스트인 거예요."

내려다보는 지상에서, 타마가 엄지를 척 세우고 있었다.

"지금 필살의— 마인돌격(뱅퀴시 스트라이크)!"

지근거리에서 뿜어져 나온 포치의 필살기가 공영 마호의 연수에 박혔다.

공영 마호의 방어 장벽을 가볍게 꿰뚫고, 금속질의 모피나 강철 같은 근육을 파헤치면서, 드디어 단단한 뼈가 지키고 있는 연수를 꿰뚫어냈다.

"……얕아, 인 거예요."

단검에서 느껴지는 감촉이 그것을 알려주었다.

애용하는 마검과 달리, 이 미스릴 합금제 단검으로는 마력의 침투율이 낮은 것이다.

—GWGYAAAAAA!

생각지 못한 큰 대미지에 착란한 공영 마호가 몸을 뒤틀고, 필살기를 써서 자세가 불안정했던 포치를 튕겨내버렸다.

"우와아아아아 인 거예요."

어딘가 여유가 있는 비명을 지르면서, 포치가 공보로 낙하 속도를 죽였다.

그러나 공영 마호가 하늘 높이 날아올랐기 때문에, 중간에 공보의 유효 회수가 끝나 버렸다.

"아와와와와, 인 거예요."

공중에서 버둥거리는 포치를 핑크색 망토로 날다람쥐처럼 나는 타마가 회수했다.

"캡쳐~?"

"타마, 고마워인 거예요."

"난쿠루나이사~?"

둘이 얼굴을 마주보며 웃었다.

—GWGYAAAAAAA!

후방에서 들리는 소리에 위기감을 느낀 타마가 포치를 던져서 내려줬다.

타마와 포치 사이에 몇 개의 바람 칼날이 지나갔다. 공영 마호의 공격이다.

고레벨 마물이라서 그런지, 급소에 필살기를 한 방 먹은 걸로는 안 죽는 모양이다.

"아슬아슬했던 거예요."

땅바닥에 척 착지한 포치 옆에 가방이 떨어져 있었다.

"포치의 요정 가방인 거예요."

포치가 올려다보자, 상공에서 타마가 손을 흔들고 있었다.

아무래도 포치가 공중에서 공영 마호의 몸을 기어오르는 사이에, 바위 위에 두고 온 요정 가방을 회수해온 모양이다.

"나뭇잎 떨구기 술법~?"

날다람쥐 비행을 하던 타마가, 공중전 테크닉인 「나뭇잎 떨구기」를 모방한 궤도로 공영 마호의 등에 달라붙었다.

공영 마호가 날뛰었지만, 닌자 타마는 딱 달라붙어 있는 상태였다.

공중에서 날뛰던 공영 마호가 급격하게 궤도를 바꾸어 땅바닥에 머리부터 떨어졌다.

"호랑이 떨구기 술법~?"

땅바닥에 크레이터를 만들고 움찔움찔하는 공영 마호를 등지고, 타마가 「닌닌」하며 인술 포즈를 취했다.

무노 백작령에서 엘더 나가를 공중에서 떨구어 버린 「나가 떨구기」 술법과 같은 것이리라.

"지상에 떨어지면, 이쪽이 유리한 거예요!"

포치가 요정 가방에서 애검을 꺼냈다.

"순동— 거합 발도, 마인선풍(뱅퀴시 슬라이서)!"

공영 마호에게 급속하게 접근한 포치가 검을 뽑으면서 제2의 필살기를 썼다.

새빨간 참격이 공영 마호의 목을 깊게 파헤쳤다.

보팔 팡
"순동— 마인쌍아!"

포치의 반대쪽에서 접근한 타마가, 양손에 든 마검으로 공영 마호의 목을 갈기갈기 찢어냈다.

—GWGYAAAAAAA!

목이 떨어질 것 같았지만, 공영 마호가 하늘로 날아올랐다.

공영 마호의 눈은 자신을 상처 입힌 타마와 포치가 아니라, 바위 위에서 두 사람을 지켜보는 아이들을 보고 있었다.

"위험해~?"

"요격, 인 거예요!"

타마와 포치가 마인포를 뿜어냈지만, 공영 마호는 그것을 무시하고 아이들이 있는 바위로 하늘을 질주했다.

두 사람도 황급히 뒤쫓았지만, 이대로는 늦는다.

"순동~."

"대쉬인 거예요!"

속도가 늘어난 타마와 포치가 공영 마호와 거리를 조금씩 줄였다.

"뉴!"

"위험한 거예요!"

공중을 달리는 공영 마호 주위에 몇 개의 바람 칼날이 나타났다.

저걸 쏘면, 아이들이 무사하지 못하다.

타마와 포치가 바람 칼날을 요격하려고 마인포를 쏘았지만, 달리면서 쏘느라 명중이 어렵다.

절반을 요격한 참에, 공영 마호가 발사 태세를 취했다.

타마와 포치 두 사람이 그것을 절망적인 눈으로 올려다보았다.

"—신위거창(神威巨槍, 디바인 랜스)."

시원스런 목소리와 함께, 하늘 너머에서 반짝반짝한 빛을 뿌리는 거대한 광탄이 날아왔다.

두 발의 광탄이 바람 칼날을 쳐부수고, 콱, 콱. 공영 마호를 꿰뚫었다. 정지한 상태가 되어서야 처음으로, 광탄이라고 생각했던 그것이 전봇대 사이즈의 투명한 창이란 걸 알 수 있었다.

눈동자에서 빛이 사라진 공영 마호의 시체가 땅으로 떨어졌다.

"괜찮아~?"

나무 위를 뿅뿅 뛰어 누군가가 다가왔다.

"미안, 늦었지."

"히카루~?"

유적에서 만난 히카루가 신호탄을 보고 지원하러 온 모양이다.

"나이스 커버~?"

"이제 늦은 줄 알고 초조했던 거예요."

"두 사람은 다친 데 없어?"

히카루가 둘을 보았다.

"괜찮으이~?"

"이 정도는 멀쩡한 거예요."

타마와 포치가 마법약을 벌컥 마시고, 포즈를 척 취했다.

"이 사이즈의 공영 마호를 둘이서…… 둘 다 작은데 굉장하네."

히카루의 칭찬을 받은 둘이 니헤헤, 웃었다.

"해체, 해체~?"

"그런 거예요. 얼른 피 빼기 안 하면 맛이 없어지는 거예요."

"가지고 돌아갈 거면 『무한수납』으로 옮겨줄까?"

"와~아."

"부탁, 인 거예요!"

"보통은 입구에 안 들어가지만, 요렇게요렇게 수를 쓰면—자, 이렇게 되지!"

인벤토리의 검은 판을 공영 마호에게 대고서 히카루가 뭔가 조작을 하자, 공영 마호의 윤곽을 따라서 검은 판이 변형하여 그 거체를 인벤토리에 넣었다.

"포치! 타마!"

히카루와 같이 있는데, 치나가 가장 먼저 달려왔다.

"다친 곳은 없나요?"

타마와 포치의 몸을 손바닥으로 만지며 체크했다.

"아햐햐~."

"간지러운 거예요. 타마랑 포치는 괜찮은 거예요."

절친인 치나가 걱정하지 않도록, 마법약으로 치료했다고 말하지 않고 웃으며 괜찮다고만 했다.

그 사이에 쉐린이나 바리 일행도 달려왔다.

"고마워, 포치, 타마."

쉐린이 눈에 눈물을 지으며 두 사람에게 인사를 했다.

"나도, 언젠가 두 사람처럼 강해져서 모두를 지킬 거야."

"나이스, 갓츠~?"
"쉐린은 노력가니까 분명히 될 수 있는 거예요!"
쉐린의 맹세를 두 사람이 응원했다.
"저, 저기……."
"우리들……."
바리 일행이 조심조심 두 사람 앞으로 다가왔다.
"미안하다."
"정말 미안해."
세 명이 땅이 무릎을 꿇고서 엎드려 비는 자세로 사과했다.
"뉴!"
"그~게, 인 거예요."
그런 대응에 익숙하지 않은 두 사람이 대처를 못해 난처해한다.
머리가 좋은 치나라면 뭔가 명안을 생각해주지 않을까? 매달리는 시선을 보냈다.
"—후후."
치나가 귀족다운 표정으로 고개를 끄덕였다.
"그러고 보니 선배들은 두 사람의 도움을 받으면 『부하가 되든 누님으로 모시든 한다』라고 했었죠."
"그, 그건……."
"분명히 말은 했지만—."
"그러면, 두 사람이 목숨을 구해줬는데, 어떻게 하는 게 적절하다고 생각하나요?"
변명을 하려던 바리 일행에게, 꽃이 피는 것처럼 웃으면서 최후통첩을 들이밀었다.

“기, 기사에게 두 말은 없어…….”

“너희는 우리의 누님이 된다.”

씁쓸한 결단을 한 바리 일행에게, 치나가 「너희?」, 「된다?」라고 중얼거리며 말을 정정시켰다.

“““우리를 포치 누님이랑 타마 누님의 동생으로 받아주세요.”””

치나에게 모든 긍지가 털려버린 바리 일행이 그렇게 말하며 고개를 숙였다.

“동생~?”

“제자와 친구의 중간 같은 거예요.”

고개를 갸웃거리는 타마와 포치에게 치나가 설명했다.

“절친에 이어서 동생까지 생긴 거예요!”

포치가 뛰어 오르며 기뻐했다.

“친구 잔뜩~?”

“이대로 100명까지 늘리는 거예요.”

“아이아이 서~?”

단단히 마주 쥔 타마와 포치의 손에 치나가 손을 올렸다.

“춘기 교실은 앞으로 조금 남았지만, 즐거운 시간을 보내도록 해요.”

“오브코~스~?”

“당근인 거예요!”

세 사람의 절친이 웃으며 우정을 확인한다.

그 옆에서, 바리 일행— 아니, 동생들은 뭐라고 말하기 어려운 표정으로 그것을 지켜보고 있었다.

막간: 소풍을 다녀와서

“소풍은 즐거웠니?”

“네잉!”

“아주아주 익사이팅했던 거예요!”

소풍을 마치고 왕도 저택으로 돌아온 타마와 포치가 동료들에게 소풍이 얼마나 즐거웠는지 손짓 발짓을 섞어서 뜨겁게 논했다.

듣자니, 절친에 이어서 동생이 생겼다고 한다.

뉘앙스를 들어보니 부하 같은 동생이 아니라, 제자 같은 느낌이군.

“신호탄을 보고 달려갔더니 공영 마호랑 싸우고 있기에 깜짝 놀랐어.”

“니헤헤~?”

“꽤 손맛이 있어서 즐거웠던 거예요.”

히카루에게 칭찬을 받았다고 착각한 타마랑 포치가 즐거웠다고 보고했다.

그 두 사람의 머리에 리자의 주먹이 꽁 떨어졌다.

“두 사람, 강적이 나타나면 긴급 통지기 버튼을 누르라고 한 걸 잊었나요?”

리자의 말을 들은 두 사람이 「앗!」 하고 말하는 표정을 지었다.

"반성~."

"죄송합니다인 거예요."

약한 마물부터 순서대로 나타난 탓에, 두 사람은 긴급 통지기의 버튼을 누를 타이밍을 놓친 모양이다.

"히카루가 늦지 않아서 다행이야."

"아하하, 나는 거의 끝나가는 거 마무리를 지었을 뿐이야. 둘이서도 여유 있게 이겼을 거야."

감사하는 나에게 히카루가 겸손했다.

"그러고 보니, 이거."

히카루가 아이템 박스에서 찌그러진 금속 부품을 꺼냈다.

"―나사군."

그건 족제비 제국에서 들여온 나사라는 마물을 조종하는 도구였다.

아마도, 비스탈 공작을 암살하려고 했던 녀석들이 쉐린 양을 인질로 잡으려고 꾸민 거겠지.

"마물을 조종하고 있던 녀석들은 붙잡았어?"

"모두인지는 모르겠지만, 참살 시체로 발견됐대."

거대한 발톱에 찢겨 있었다고 하니까, 공영 마호에게 살해당한 거겠지.

"그러고 보니 공영 마호도 조종당하고 있었어?"

"아니. 공영 마호의 머리에는 없었어. 그 타입은 호기심이 왕성하니까, 마물의 대이동에 흥미가 끌려서 온 것 같아."

과연, 나쁜 짓을 꾸미던 녀석들은 자업자득으로 파멸했다는 거군.

"그러고 보니 히카루는 왜 거기 있었어?"

"그 근처에 동료들 무덤이 있거든. 그래서 성묘를 하러 갔다가 돌아가는 길에 우연히."

히카루가 조금 울적한 표정으로 속삭였다.

"그런 것보다, 내일부터 경매지? 준비는 다 됐어?"

"그래. 완벽해."

주위의 분위기가 가라앉는 걸 감지한 히카루가 활기를 쥐어짜내 이야기를 바꾸기에, 거기에 맞춰주었다.

경매에 참가하는 제일 큰 목적은「기원의 반지」다.

아리사와 루루의「강제」를 풀 수 있을지도 모르는 아이템이니, 무슨 일이 있어도 낙찰 받고 싶다.

이미 준비는 만전이지만, 또 하나 둘 정도 수를 생각해서 최악에 대비하는 것도 좋을 것 같군.

"그렇지! 세테가 준비금 명목으로 금화를 잔뜩 줬으니까, 낙찰 받는 데에 보태줘."

히카루가 말하고, 국왕에게 받았다는 금화가 1000닢 정도 든 주머니를 아이템 박스에서 꺼냈다.

"그러면, 내가 니나 씨나 에치고야 상회에서 고문료로 받은 것도 보탤게."

아리사가 금화가 든 주머니를 꺼내자, 다른 동료들도 요정 가방 안에서 용돈을 꺼내 테이블 위에 늘어놓았다.

"저, 저도 조금이지만……."

"마스터, 스톡을 방출한다고 고합니다."

"써."

"저도 미궁도시의 결투에서 얻은 상금을."

리자는 제법 거금이다.

"포치도 용돈을 내는 거예요!"

"타마도~?"

포치랑 타마도 힘차게 요정 가방을 뒤졌지만, 좀처럼 안 나온다.

"있다, 인 거예요!"

포치가 동화를 한 닢 발견하고 멋진 미소를 지으며 들어서 보여줬다.

"뉴~."

타마는 찾지 못했는지, 어깨를 늘어뜨리고 있었다.

풀이 죽어서 「죄송합니다」 하고 사과하는 타마의 머리를 쓰다듬고, 「사과할 거 없어」라며 달랬다.

애당초 타마랑 포치는 군것질 할 수 있는 금액의 용돈밖에 주질 않았으니까, 남지 않는 것도 당연하다. 분명히 세뱃돈도 꼬치구이로 변한 게 틀림없어.

"히카루, 그리고 다들, 고마워."

금화 1300닢 정도의 돈이 올라간 테이블 앞에서, 모두에게 고개를 숙여 감사했다.

낙찰용 금화 30만닢을 준비했지만, 모두의 마음이 기뻤으니 그대로 받아 두기로 했다.

경매가 끝나면, 감사의 말과 함께 모두에게 돌려주자.

“있지, 사토. 경매장은 어떤 느낌이야?”

“건물 내부가 경기장처럼 넓어. 당일은 경매장 주변의 매대나 골동품 노점이 잔뜩 나오니까 축제 같은 느낌이 된다던걸.”

히카루의 질문에 대답하자, 동료들이 흥미진진한 표정을 지었다.

“나는 경매장에 계속 있어야 할 것 같지만, 용돈을 줄 테니까 다 함께 돌아봐.”

“기대돼.”

“와~아?”

“인 거예요!”

미아를 필두로 모두 좋은 대답을 한다.

“주의해야 돼. 소매치기나 날치기가 많을 것 같아.”

“아아, 여기저기 있었어.”

에치고야 상회 멤버와 함께 출품물을 맡기러 갔을 때 봤다.

그 밖에도 경매장 주변에 가짜를 매각하는 사기꾼이나 범죄 길드 멤버가 어슬렁거리고 있기에, 모두 포박해서 위병소에 넘겼다.

“당일은 어느 쪽으로 갈 거야?”

“쿠로 쪽.”

에치고야 상회로서 참가할 예정이다.

경매에는 입찰을 대행하는 대리인 제도가 있다. 그걸 이용해서 간접적으로 참가하는 귀족이 많다고 다과회에서 들었으니, 사토 쪽은 그 시스템을 사용해서 고용한 대리인에게 두루마리나 「축복의 보주(기프트 오브)」를 입찰하도록 부탁해뒀다.

"바람피우면 안 돼."

"종업원에게 손 댈 생각은 없어."

나는 보르에난 숲의 하이 엘프, 사랑스런 아제 씨 외길이다.

그러면, 이제는 경매에서 「기원의 반지」를 획득하고 아리사와 루루의 「강제」를 해제하면 왕도에서 미션은 끝이다.

히카루 세계의 「스즈키 이치로」가 조금 신경 쓰이지만, 신이 예언을 했다면 괜찮겠지.

「기원의 반지」가 둘 있으면, 히카루와 그녀의 「스즈키 이치로」가 만날 수 있도록 부탁을 할 텐데…….

어이쿠 잊을 뻔했네.

"히카루, 조금 부탁이 있는데—."

마지막으로 한 가지 포석을 깔아 둘까.

막간: 경매 전날

"『영걸의 검』을 넘어서는 마검이라고?!"

"네, 그것도 호국의 성검 클라우솔라스와 마찬가지로 공중을 춤추는 마검을 경매에 출품한다고 합니다."

"으그그그, 에치고야 상회 놈들. 그렇게까지 하는가!"

왕성의 살롱에서 에치고야 상회 지배인에게 들었다는 부하의 말에, 주인이 앓는 소리를 냈다.

"『기원의 반지』를 노리는 자를 줄이기 위해서라지만, 국보급의 마검을 출품하다니."

"아마도, 마검으로서 실용성이 낮은 것이겠지."

"그건 그렇겠습니다만—."

"그래. 귀족들이 몰려서 입찰할 거다. 이 정도로 희귀하고, 남에게 자랑할 수 있는 물품이 없을 테니까."

사토가 성검 클라우솔라스의 기능을 재현하려고 시험 삼아 만든 물건 중 하나다.

무기로서의 성능은 주인이 추측한 것처럼 대단한 기능이 없으니 방출하기로 한 것이리라.

"그러나, 그것 하나로는 쳐낼 수 있는 것은 한 명뿐."

주인이 의문스럽게 중얼거렸다.

"그, 그것이……."

"또 뭔가 남았느냐?"

"그 『하늘을 나는 마검』뿐이 아닙니다."

"뭣이라고?!"

부하는 그 밖에도 「던진 자의 손으로 돌아오는 창」, 「마인을 두르는 마검」, 「중급 마법 수준의 술리 방패를 순식간에 만들어 내는 방패」, 「화살막이의 바람 방패」 등, 모두 국보라 불리기에 부족함 없는 물품이 출품된다고 고했다.

"어느 것 하나라도 낙찰 받을 수 있으면 된다고 생각하는 자가 많을 것 같군. 어중이떠중이 상인은 사라지겠어."

"케르텐 후작이나 군벌의 귀족도, 아닐까요?"

"그 말이 맞다— 그렇군, 그랬었던가!"

주인이 의자에서 일어섰다.

"눈 뜨고 당했군. 에치고야 상회!"

흥분하는 주인의 역정을 사지 않도록, 부하가 주인의 말을 기다렸다.

"놈들은, 대파벌의 결속을 헤집어서, 집단의 힘을 깎아내는 것을 노린 거다!"

공작들이나 문벌 귀족들은 주종이나 파벌의 귀족들에게 현금을 모아 「기원의 반지」를 입수하려고 했다.

같은 파벌의 귀족이라도 한 덩어리가 아니다. 이 정도로 소문이 흐르면, 자금의 공출을 얼버무리고 빠지려고 생각하는 자가 나오는 것은 확실하다.

"그렇게까지 하여『기원의 반지』를 바라는가……."

에치고야 상회의 수완이 두렵다. 그 생각을 새삼 하면서도, 어디까지나「기원의 반지」를 추구할 것인지, 포기하고 국보급의 물품을 취할 것인지, 주인은 정하지 못하고 있었다.

그리고 이 주종과 같은 대화가 왕도의 각처에서 재현되고, 고민스런 나머지 잠들지 못하는 자를 양산하게 됐다.

그 고민을 만들어낸 에치고야 상회 또한, 에르테리나 지배인이나 티파리자가 밤늦게까지 잠들지 못하는 밤을 보내고 있었다.

다만, 이쪽은—.

"이 새로운 드레스에 어울리는 건, 화사한 루비의 목걸이일까? 아니면 차분한 사파이어 목걸이일까? —아앙, 못 정하겠어!"

"에르, 이런 드레스를 빌려도 되는 건가요?"

평소에는 에르테리나를 지배인 혹은 존칭을 붙여 부르는 티파리자지만, 사적인 시간에는 에르테리나 본인이「에르」라는 애칭으로 부르는 것을 허락하고 있었다.

"그럼, 물론이지! 내일은 하루 종일 쿠로 님과 함께 지내는 걸요! 당신도 꾸미지 않으면 쿠로 님한테 실례가 돼요. 액세서리도 빌려줄 테니까, 보석 상자 안에서 마음에 드는 걸 고르세요."

"앗, 네. 고맙습니다."

에르테리나와 티파리자 두 사람은 밤늦게까지, 내일 입을 의상을 고르며 보냈다.

◆

"여어, 꼴사납구만."

"피핀이군……."

높은 위치에 있는 감옥의 창에서 드리우는 그림자를 바라보며 괴도 샤루루룬이 중얼거렸다.

위병 본부의 부지 안에 있는 감옥탑도, 피핀에게는 간단히 침입할 수 있는 장소인 모양이다.

"실수 좀 한 것 가지고, 꽤나 풀이 죽어 있는걸."

고개를 들지도 않는 그녀를 괴도 피핀이 도발했다.

"이번에는 완패했어. 들킬 요소는 무엇 하나 없었지. 변장도 완벽했고, 감정을 당할 법한 거동이 수상한 태도도 없었어. 변장하는 상대를 며칠 전부터 관찰해서, 사소한 버릇까지 완벽했지."

샤루루룬이 평소보다 빠르게 말하자, 피핀은 입 다물고 귀를 기울였다.

"그렇지만, 그 녀석은 간파했어. 처음부터 내가 괴도 샤루루룬이라는 걸 알고 있었던 것처럼, 망설임 없는 기세로 덤벼들었지."

제압당했을 때 생긴 멍을 쓰다듬으며 샤루루룬이 중얼거렸다.

"그러면, 리벤지를 해야지."

"리벤지?"

샤루루룬이 처음으로 고개를 들었다.

"그래. 한 번은 우연일지도 모르잖아? 네 변장은 감정 스킬을 가진 위병도 좀처럼 간파할 수 없다."

샤루루룬의 경우, 감정이 통하지 않는 게 아니라 감정을 받지 않도록 행동하는 게 능숙하다.

"아니면 이 몸이 라이벌이라고 인정한 상대가, 딱 한 번의 우연으로 져버리는 잔챙이였나?"

"흥, 싸구려 도발이군."

그렇게 말하면서도, 샤루루룬의 입가에 웃음이 돌아왔다.

"효과적이잖아?"

"그래. 분하지만 맞는 말이야."

샤루루룬이 사슬 소리를 내면서 일어섰다.

"의욕이 생긴 참에 미안하지만, 너를 탈옥시키는 건 아슬아슬한 시간까지 늦춘다— 이유는, 말할 것도 없겠지?"

"그래, 물론이지."

오늘 밤 안으로 도망치면, 그녀가 훔치려고 한 물건을 통해 진짜 노림수를 깨닫고 경매장의 경비가 엄중해지는 것을 분명히 이해하고 있었다.

"내일 오후에 구하러 오지. 그 때부터라도 안 늦겠나?"

"그래, 물론이지. 다음이야말로 훔쳐내겠어."

"그래야 이 몸의 라이벌이지."

희미한 웃음을 남기고, 괴도 피핀이 드리운 그림자가 소리도 없이 사라졌다.

"다음에는 절대 실수 안 한다. 설령, 네가 있더라도. —펜드래건."

감옥의 창으로 보이는 달을 향해서, 샤루루룬은 홀로 남몰래 맹세했다.

그것이, 얼마나 어려운 맹세인지도 모른 채…….

경매

"사토입니다. 경매라고 하면 미술품이나 보석 장식이 세속을 초월한 비싼 값에 거래되는 장소란 인상이 있습니다. 샐러리맨 평생 수입의 몇 배, 몇 십 배나 되는 금액이 움직이다니, 좀처럼 현실감이 없단 말이죠."

"쿠로 님, 기다리고 있었습니다."

공간 마법 「귀환전이」로 에치고야 상회에 가자, 지배인이 탄력 있는 미성으로 맞이해 주었다.

오늘은 평소의 샤프한 여사장풍 드레스가 아니라, 평범한 귀족 아가씨 같은 세련된 드레스다.

어제 다과회에서 만난 백작영애가 자랑했던 드레스랑 비슷하군.

확인을 해보니, 같은 공방의 작품인가 보다. 한 벌에 금화 30닢이라는 어마어마한 가격이라고 했는데, 지배인의 수입을 생각하면 여유겠지.

"자! 가시죠!"

"기다려 주세요—."

하얀 장갑을 낀 손으로 나와 팔짱을 끼려고 한 지배인을, 티파리자의 예리한 목소리가 제지했다. 그녀도 경매에 동행하기 때문에 에치고야 상회의 제복이 아니라, 지배인과 비슷한 드레스를 입고 있었다.

둘이 모이자 머리색도 어우러져서 황금의 미녀와 백은의 미녀 같은 느낌이라, 대단히 고저스한 느낌이 든다.

"—지배인, 재상 각하 건을 잊고 있습니다."

"아, 알고 있어요."

얼음 같은 시선을 받고서 지배인이 어흠, 헛기침을 했다.

재상한테서 뭐 있었나?

"경매장의 귀빈석에 도착한 다음에 건네드릴 예정이었습니다."

"사실은 쿠로 님과 데이트를 할 수 있으니까 들떠서 잊은 거지?"

지배인의 변명에, 방 입구에서 고개를 내민 간부 아가씨들이 놀렸다.

그녀들은 지배인의 날카로운 시선을 받고서 「우와 무서라」 하고 익살맞게 말하면서 옆방으로 도망쳤다.

지배인은 얼굴이 빨개져서 손을 쥐었다 폈다 하며 난처한 기색이다.

……정말이지.

이제부터 전장(경매)에 가는데, 진지함이 부족해.

"들뜨는 것은 사명을 다한 다음에 해라."

"앗, 네! 성심성의껏 모시겠습니다!"

질책을 받았는데, 어째선지 지배인의 얼굴이 방금 전보다 홍조를 띠었다.

미묘하게 「사명」을 그런 쪽 방향으로 오해한 것 같다.

"쿠로 님, 주제넘지만 제 입으로 보고를 드리겠습니다. 어젯

밤, 재상 각하께『신속한 부흥 자재의 조달에 감사한다』라는 전언과 감사장이 왔습니다."

티파리자가 지배인이 끼어들 틈도 주지 않고, 술술 재상의 용건을 나에게 전달했다. 감사장도 전언도 거의 같은 내용이었지만, 한 가지 중요한 것이 적혀 있었다.

"지불은 즉시 환금 가능한 어음으로 지불한다고 하는군."

우리가 경매를 위해 돈을 준비하는 걸 알고 있었던 거겠지.

재상도 꽤 재치가 있는 사람이네.

"기껏 재상이 베풀어준 호의다. 상업 길드에 들렀다 가지."

환금처로 지정된 것이 상업 길드인 것도 재상의 어시스트가 틀림없다.

나는 상업 길드에 들른 다음, 지배인과 티파리자를 데리고 경매장으로 갔다.

◆

"치나, 이쪽~?"

"동생들도 얼른 오는 거예요! 오늘은 포치가 꼬치구이를 사주는 거예요!"

마차 밖에서 낯익은 목소리가 귀에 들어왔다.

창으로 바깥을 보자, 타마와 포치가 데리고 온 아이들이 경매장 앞의 노점에서 군것질을 하는 모습이 보였다.

조금 뒤에 아이들을 지켜보는 리자와 나나의 모습도 있다.

미아 옆에 있는 신사는 음악당에서 친해진 악성 씨인가?

"루루 선생님. 이 고기 말이도 맛을 보시죠."

"무슨 말을 하는 검까! 처음에는 달콤한 밀과자를 먹어야 함다!"

루루를 끼고서 떠들썩하게 말을 하는 것은 에치고야 상회의 요리사와 붉은 머리의 넬이다.

아리사도 섞여서 즐거워 보인다.

"쿠로 님, 무슨 신경 쓰이는 점이라도?"

"아니, 타치바나 상담관과 넬 일행이 보였을 뿐이다."

나는 시선을 차 안으로 되돌리고, 지배인의 질문에 대답했다.

그러는 사이에도, 마차는 혼잡한 게이트에서 승강용 엔트랜스로 들어섰다.

가면이나 베일을 쓴 신사숙녀가 많군.

"쿠로 님, 이쪽이요 이쪽!"

경매장에 들어서자, 멀리서 에치고야 상회의 간부 아가씨가 뿅뿅 뛰면서 손을 흔드는 게 보였다.

그쪽으로 발길을 돌리자, 돌 늑대를 탄 자그마한 간부 아가씨가 인파 너머에서 다가왔다.

"로우나, 실내에서 돌 늑대를 타는 건 그만두라고 언제나 말했죠?"

"에이, 이걸 타면 잔뜩 주목을 받으니까 재밌는데."

지배인이 주의를 주어도, 간부 아가씨는 마이동풍이다.

"타이르는 건 돌아간 다음에 해라."

나는 그렇게 말하고, 간부 아가씨에게 안내를 맡겼다.

엄중하게 경계를 서고 있는 게이트를 통과해, 세세하게 구부러진 통로를 나아갔다.

"쿠로 님, 이쪽이요! 여기가 특별 출품 카운터!"

"기다리고 있었습니다. 로우나 님께 이야기를 들었습니다. 출품 리스트 순서대로 감정하여, 물품을 맡아 두겠습니다."

대부분의 출품물은 어제 안에 위탁을 마쳤지만, 몇 종류의 마검을 포함한 물품은 경비상의 이유로 당일 반입하도록 부탁을 받았다.

카운터에는 로맨스 그레이의 컨시어지 같은 느낌의 신사와, 두 명의 감정사가 기다리고 있었다. 그 밖에도 몇 명의 담당 직원이 있다.

그 뒤에 선 호위는 레벨 40이나 되는 전직 성기사의 실력자다.

"이 테이블에 꺼내 주세요."

나는 리스트 순서대로 아이템 박스에서 꺼낸 물품을 신사에게 건넸다.

그는 그것을 옆에 선 감정 스킬 보유자에게—.

"무, 무슨."

벽에 파고든 감정사를 보고, 신사의 표정이 떨렸다.

호위는 검을 뽑고, 신사를 등 뒤로 물렸다.

흠. 설명이 필요할 것 같네.

"그 남자는 도적이다. 가슴에 숨기고 있는 위장의 마법 도구를 빼앗은 다음 그쪽 남자에게 감정을 시켜봐라."

내 말을 의심하면서도, 신사가 또 한 명의 감정인에게 지시했다.

"이, 이것은『직업 속이기』의 마법 도구입니다. 부, 분명히 에치고야 상회 분이 말씀하신 것처럼, 이 남자는 도적입니다."

"그럴 수가! 신원이 확실한 자만 고용을 했을 텐데……."

멍하니 중얼거리는 담당 직원과 달리, 신사는 짝짝 손뼉을 쳐서 주위의 주의를 모으고 재빨리 지시를 내려 경비원에게 도적을 구속시키고 방에서 끌어냈다.

조금 지나친 느낌이 들지 않는 것도 아니지만, 도적을 상대로 자비는 필요 없어.

그렇지. 또 있을지도 모른다.

경매장 주변으로 좁혀서 맵 검색을 해봤다.

하나, 둘, 셋…….

범죄자를 나타내는 몇 개의 광점이 맵에 표시됐다.

아리사와 루루를「강제」에서 구해낼「기원의 반지」를 가로채려는 해충 같은 녀석들을 방치할 생각은 없다.

"다른 해충도 처리한다."

나는 그렇게 선언하고, 표적까지 경로를 확인했다.

마법으로 될 것 같군. 닫힌 문을「멀리 보기」와「이력의 손」마법으로 열어 진로를 확보하고, 중얼중얼 더미 영창을 하면서 맵으로 록온된 대상에게「유도 기절탄」을 발사했다.

표적 말고는 피해가 없도록, 통로의 천장을 따라가는 코스를 골라서 날렸다.

맵으로 유도 기절탄이 차례차례 적중하는 것을 확인했다.

두 사람 정도는 초탄을 피했지만, 그건 쓸데없는 저항에 지나지 않는다.

실제로 두 발째 이후가 차례차례 적중하여, 범죄자의 의식을 빼앗았다.

훗훗후, 악은 멸망했다.

"쿠, 쿠로 님?"

—어이쿠, 조금 힘이 들어간 모양이군.

걱정스러워 보이는 지배인에게 안심하도록 미소를 지어주었다.

"괜찮아. 이 정도는 예상했던 범위 안**이거든**."

"**이거든**?"

지배인이 신기하다는 기색으로 고개를 갸웃거렸다.

아차— 쿠로답지 않은 본래 말투가 나와 버렸다.

"사소한 것은 신경 쓰지 마라."

"앗, 네……."

조금 진정해야겠어—.

나는 어안이 벙벙해진 사람들을 둘러보았다.

직원들은 입을 뻐끔뻐끔 거리며 도움이 안 되기에, 한꺼번에 움직일 수 있는 신사에게 말을 걸었다.

"뭘 멍하니 서 있나. 2층에 2명, 창고에 2명, 지하층의 금고실 앞에 1명이다. 얼른 가서 포박해 와라."

"헉, 네!"

신사는 주위의 부하들에게 명하여 포박하러 보내고, 그 자신도 금고실을 향해 달려갔다.

정말이지, 사전에 청소를 단단히 해주면 좋을 텐데.

확인을 마치고 돌아온 신사에게 이미 납품한 물품은 무사하다는 보고를 들은 다음, 중단했던 출품 작업을 했다.

돌 늑대를 탄 로우나와 홀에서 헤어지고, 우리는 안내원 아가씨를 따라서 상급 귀족용 참가자 대기실로 갔다.

그리고, 안내원 아가씨는 경매장 안에서 마법의 사용은 엄금이라고 에둘러 주의를 주었다.

◆

"—이상이 경매의 입찰 순서가 됩니다."

설명이 길었지만, 딱히 특별할 건 없었다.

희한하다고 생각한 건 사전에 입찰 가능액을 신고하고「그 액수를 넘어선 입찰은 못 한다」라는 것 정도였다. 이런 것도 지배인과 티파리자 두 사람에게 들었으니 문제없다.

"뭔가, 질문 있으신가요?"

"낙찰 받은 물품은 금방 받을 수 있나?"

물어보고 싶은 건 이것저것 있지만, 가장 중요한 것을 확인했다.

"아뇨. 경매 사이에 있는 휴식 시간에, 1층의 인계소에서 드립니다. 건네드린 다음의 경비는 낙찰자 쪽에서 담당하게 되니 주의해 주세요."

이건 주로 방범을 위해서인 모양이다.

경매는 2시간의 입찰과 1시간의 휴식을 하나의 단위로 3부로 이루어지며, 합계 9시간 동안 개최된다.

처음 설명을 들었을 때는 휴식이 길다고 생각했는데, 그에 걸맞은 이유가 있었구나.

콩콩 문을 노크하더니, 경비원을 데리고 여성이 들어왔다.

"공인 감정사가 온 모양입니다. 그러면 수고로우시겠지만, 입찰용 화폐의 제시를 부탁드립니다."

사전의 현금 확인 제도가 만들어진 이유는 지배인에게 들었다.

옛날에 경매에서 현금을 가진 것 이상의 금액으로 입찰한 끝에, 귀족들 사이의 내전 같은 소동으로 발전한 적이 있었다고 한다.

"시가 왕국 이외의 금화라도 괜찮은가?"

"네, 사전에 신고해주시면 문제없습니다."

나는 안내원 아가씨에게 확인하면서, 아이템 박스를 열어 금화가 들어간 주머니를 꺼냈다.

절그럭 절그럭 테이블 위에 늘어놓았다. 하나 당 금화 1000닢이 들었다.

"굉장해……."

"과연 신흥이라지만 왕가 어용 상회군요."

대기실 벽 앞에서 대기하고 있던 직원들이 작은 소리로 소근소근 대화하는 것을 엿듣기 스킬이 포착했다.

나는 신경 쓰지 않고 금화 주머니를 책상 위에 쌓아 올렸다.

"어……."

"저, 저기……."

안내원 아가씨나 공인 감정사까지 놀란 표정을 지었다.

이 정도는 매번 봐서 익숙할 텐데— 이상한 녀석들이군.

금화 주머니가 책상에 다 올라가지 못하기에, 두 사람에게 말을 걸었다.

"책상 위에 다 올릴 수가 없군. 나머지는 바닥에 두어도 상관없나?"

안내원 아가씨도 공인 감정사도, 그리고 그 뒤의 직원들이나 경비원들까지 입을 쩍 벌리고 대답을 안 한다.

예스인지 노인지 정도는 즉답을 좀 해주면 좋겠는데. 침묵을 예스로 해석하여 금화 주머니를 절그럭 절그럭 바닥에 두자, 그제야 안내원 아가씨가 재기동했다.

"기, 기다려 주세요!"

"뭐지? 바닥에 두면 안 되나?"

"아뇨, 그것이 아니라!"

하이 소사이어티 분위기였던 안내원 아가씨가, 나이에 걸맞은 표정으로 팔을 붕붕 휘둘렀다.

귀엽긴 한데, 직무를 생각하면 안 좋지 않나?

"대체, 금화를 몇 닢이나 준비하신 건가요?!"

"일단은, 31만닢 정도다만?"

에치고야 상회에서 조사를 해본 바, 견적을 높게 뽑아도 최상급 귀족이 금화 10만 닢 정도가 상한선이라고 하기에, 지배인과 의논하여 입찰용 자금은 금화 30만 닢으로 정했다. 나머지 1만 닢은 부흥 자재의 대금이나 동료들이 맡겨준 분량이다.

귀족의 경우, 자산 자체는 크지만 현금으로 보유한 양은 금화 1000닢 미만이 보통이라고 한다.

"도, 도시라도 낙찰 받으실 셈인가요!"

안내원 아가씨가 비명 같은 소리로 외쳤다.

"진정하세요. 당신의 태도는 예절에 어긋나고 있어요."

"죄, 죄송합니다……."

지배인이 타이르자 안내원 아가씨가 시들었다.

"어찌 되었든, 저는 그렇게 많이 감정하는 것은 불가능합니다. 몇 개 무작위로 골라 검사를 하겠습니다. 그 다음에는 신고하신 금액으로 표찰을 받아 주세요."

공인 감정사가 그렇게 말하고는, 310개 중에서 3개 정도 주머니를 골라 감정을 했다.

"마지막으로 왕조 야마토 님의 이름에, 금액에 거짓이 없다는 것을 맹세해 주세요."

히카루에게 맹세하는 것도 이상한 느낌이지만, 안내원 아가씨가 권하는 대로 맹세했다.

왕조님 러브인 자가 많은 이 나라에서는, 이렇게 맹세를 하는 것이 가장 부정을 방지하는데 효과가 있는 것일지도 모른다.

"이것이 입찰용 표찰입니다."

표찰에는 커다란 글씨로 19라고 적혀 있으며, 입찰자를 가리킨다고 했다. 경매는 익명이 기본이라고 해서, 입찰을 하는 사이에는 번호로 부른다고 했다.

"이것을 들면, 그것을 본 바람 마법사가 경매장 안에 두른 확성 마법을 조작하게 되니 잘 보이도록 들어 주십시오."

공인 감정사에게 금화 1만닢의 표찰 6장을 받았다. 부족한 금화 1만닢을 가리키는 나머지 25장의 표찰은, 나중에 방으로 전달해준다고 했다.

◆

"—뭐지?"

복도를 걷는 사람들이 벽으로 물러나 한쪽 무릎을 꿇었다.

"쿠로 님, 왕태자 전하십니다. 저희들도—."

지배인이 말하고, 티파리자나 접수원 아가씨도 함께 벽으로 물러나 신하의 예를 취했다.

쿠로의 오만불손한 캐릭터를 중시할 것인지, 아니면 에치고야 상회의 오너로서 입장을 우선해야 하나 망설이는 사이에, 시가 왕국의 왕태자— 솔트릭 제1왕자와 눈이 마주쳤다.

30대 정도에 이지적인 생김새의 미청년이다. 생김새는 어머니를 닮았는지 국왕하고는 별로 안 닮았다.

"그 가면에 차림새. 네놈이 용사 나나시 공의 종자, 쿠로란 자인가."

"그렇다."

무엇을 생각하는지 읽을 수 없는 어조로 왕자가 말했다.

쿠로의 무례한 대답이 거슬렸는지, 왕자의 추종자가 무례하다며 소란을 피웠지만, 왕자는 신경 쓰는 기색 없이 한 손을 들어 그것을 막았다.

"주인인 용사 나나시 공 말고는 무릎을 꿇지 않는다는 건가?"

나는 말없이 왕자를 보았다.

"흥, 네놈의 무례는 미궁도시에서 마족 토벌을 한 것과 상쇄해주지. 용사를 도와 왕국을 위해 힘을 다해 일하라."

아무래도 왕자는 쿠로의 무례함을 눈감아주는 모양이지만, 한 가지 넘어가줄 수 없는 잘못이 있었다.

"한 가지만 정정하지."

내 옆을 걸어 물러가려던 왕자에게 조금 덧붙였다.

"우리가 움직이는 것은 세계의 위기에 대해서 뿐. 왕국을 위해서 행동하는 것이 아니다."

"흥, 그것이 우리나라의 이익에 반하지 않는다면 같은 것이다."

왕자는 내 주장에 코웃음 치며 물러갔다.

추종자들이 노려보았지만, 그들의 입장이라면 당연한 반응이니 모른척했다.

"……심장이 멎는 줄 알았어요."

"저도 그렇습니다."

지배인과 티파리자가 바닥에 양손을 짚고서 깊은 안도의 한숨을 흘리고 있었다.

아무래도, 이래저래 걱정을 끼친 모양이다.

"용서해라. 다음에는 좀 더 잘해보지."

국왕도 고령이니까, 왕태자와 관계가 틀어지면 나중에 성가실 것 같거든.

힘이 풀렸던 두 사람이 부활한 참에, 안내원 아가씨에게 이끌려 에치고야 상회에 할당된 19번의 귀빈석으로 들어섰다.

귀빈석은 조금 높은 위치에 있어서 경매장의 모습을 한눈에 볼 수 있다.

대학의 강당 같은 부채꼴 모양의 막자 형태 경매장 1층에는 300명 정도 앉을 수 있는 좌석이 늘어서 있고, 우리들이 있는 것과 같은 귀빈석이 경매장의 벽 중간쯤부터 발코니처럼 튀어나와 있었다. 수는 전부 합쳐서 30개 정도다.

인접하는 귀족석은 발코니에서 몸을 내밀지 않으면 보이지 않지만, 맞은편이나 멀리 있는 귀빈석은 잘 보인다. 일단은 프라이버시를 지키기 위해 얇은 레이스 커튼도 준비되어 있었다.

"시작까지 시간이 있는 것 같아요."

"뭔가 마실 것이라도 준비를 할까요?"

지배인이 시계의 마법 도구로 시간을 확인하자, 티파리자가 귀빈석 안에 놓인 헨드벨을 힐끔 보면서 물었다. 벨은 귀빈석 밖에서 대기하는 메이드를 부르기 위한 것이리라.

"필요 없다."

마음 속으로 티파리자의 배려에 감사하면서, 심심풀이로 다른 귀빈석을 바라보며 맵 검색을 해봤다.

방금 만난 왕태자 말고도, 제5왕자 등의 왕족이 3개 정도의 귀빈석을 점거하고 있었다.

시가 국왕은 자식이 많구나 생각하면서 귀족 연감을 보았다. 왕자는 9명 있고, 그 중에서 4명은 이미 사망했다. 건강한 것은 왕태자, 제5왕자, 제8왕자, 제9왕자 4명이다. 남은 샤로릭 제3왕자는 시골의 수도원에서 요양 중인 모양이다.

왕녀는 더욱 많아서, 13명이나 있다. 시스티나 왕녀를 빼고서 이미 성인이 된 왕녀들은 국내의 유력 귀족들이나 타국의 왕족에게 시집을 갔다. 미성년 왕녀들도 대부분이 이미 약혼을 한 모양이다.

여성은 가정에 들어가야 한다는 낡은 사고방식이 주류인 시가 왕국의 관습을 생각하면, 시스티나 왕녀는 꽤 살아가기 힘든 입장 같았다. 친구라고 할 정도의 관계는 아니지만, 뭔가 힘이 되어줄 일이 있다면 도와주고 싶다고 생각했다.

"쿠로 님, 역시 평소보다 유력귀족이 많은 것 같아요."

"흠. 그렇군."

왕족을 생각하느라, 귀빈석의 조사를 잊고 있었다.

나는 지배인의 말에 건성으로 대답하고, 하던 조사를 재개했다.

문벌 귀족은 미궁도시 세리빌라의 태수부처나 무역도시의 태수나 릿튼 백작부인 등의 유력자가 다수를 점하고 있었다. 영주들은 오유고크 공작이나 비스탈 공작, 에르엣 후작을 비롯하여 과반수가 참가한 모양이다.

한편으로 호상들은 적다. 왕도 최대의 고오쿠츠 상회도 포함하여 역사가 오래된 상회가 셋 정도 귀빈석을 확보하고 있을 뿐이었다. 족제비 수인족의 상인— 스아베 상회의 호미무도리 씨는 귀빈석이 아니라 1층의 가장 앞줄 부근 자리에 있었다.

외국에서는 사가 제국이나 서방 소국의 대사들이 참가하고 있었다. 찾아봤지만 레프라콘 왕국인 브라이브로가의 스마티트 왕자는 없었다. 그는 호기심이 왕성하니까 이런 이벤트를 좋아할 거라고 생각했는데 말이야.

"쿠로 님, 출품 리스트와 나머지 표찰이 도착했습니다."

티파리자가 귀빈석에 전달된 물건을 가져왔다.

"예상한 것처럼 『기원의 반지』는 마지막인 것 같군요."

옆에서 리스트를 본 지배인의 말에 수긍하고, 리스트를 위에서 아래로 가볍게 훑어보았다.

무기와 방어구나 마법 도구 같은 것이 전반이고, 약품이나 보석 장식품 같은 것이 중반, 두루마리나 축복의 보주는 후반이었다.

"첫 번째는 유사 클라우솔라스군."

에치고야 상회에서 출품한 것으로, 성검 클라우솔라스의 비행 기능을 구현하려다가 실패한 녀석이다. 「이력의 손」의 조합을 이용해 비행 기능을 구현했는데, 클라우솔라스처럼 멋대로 방어를 하거나 적을 제거하는 기능과는 거리가 멀고, 비행 속도도 느렸다.

바람 광석과 바람의 룬을 사용한 분사 기능으로 개선을 꾀했지만, 화살 정도의 속도밖에 얻을 수가 없는 데다가 가속하는 시간에 상대가 피해 버린다. 간단히 말하자면 결함품이다.

"살롱에서 프레젠테이션을 한 것 중에 가장 반응이 좋았으니, 경매의 열기를 부추기기 위해서 처음에 내놓는 것이겠죠."

인기가 있었구나…….

우아한 겉모습이나 카탈로그 스펙은 보기 좋으니까, 그것에

속아넘어간 사람들이 많았던 모양이다.

방으로 들어오고, 기다리길 1시간.

드디어, 경매 시작의 안내가 관내 방송으로 흘러나왔다.

드디어, 전투(경매) 시작이다!

◆

"처음 물품은, 비천홍검 로우아스입니다!"

사회자가 외치자, 관객석에서 환성이 올랐다.

용장한 곡이 흐른다 싶더라니, 어느샌가 스테이지 옆에 소규모 악단이 배치되어 BGM을 연주하고 있었다.

"저런 이름을 언제 붙였지?"

"고유명이 없었기에, 로우나가 멋대로 붙였을지도 모르겠습니다. 나중에 야단을 쳐두죠."

"상관없다. 어차피 여기서 놓아줄 물품이다."

무대 옆에서, 돌 늑대를 좋아하는 간부 아가씨가 「유사 클라우솔라스」— 비천홍검을 가지고 나타났다.

입찰하기 전에 시연증명을 하는 모양이다.

로우나의 손에서 떨어진 비천홍검이 술리 마법으로 만들어진 몇 개의 고리 사이를 재주 좋게 통과하더니, 마지막에 급가속해서 표적으로 날아갔다.

꽤 능숙하군. 상당히 연습을 했을지도 모르겠다.

""""오오오오오오오오오오!""""

비천홍검이 표적을 부순 순간, 귀가 아플 정도의 환성이 경매장을 뒤흔들었다.

과연, 지금 그 시연이면 「유사 클라우솔라스」가 「유사」로 안 보이는군.

로우나는 명명이나 프레젠테이션에 재능이 있는 모양이다.

그리고—.

"금화 600닢!"

"금화 610닢!"

금화 100닢에서 시작된 「유사 클라우솔라스」의 입찰이 멈추지 않는다.

처음에는 오유고크 공작이나 비스탈 공작도 입찰했지만, 지금은 무역도시 타르투미나의 태수와 릿튼 백작의 1대 1 양상을 보이고 있었다.

이윽고 기세가 멈추고, 사회자가 결판을 고하는 해머를 때렸다.

"비천홍검 로우아스는 12번 분께 금화 2,030닢으로 낙찰되었습니다!"

표찰의 번호를 보니 무역도시의 태수가 낙찰 받은 모양이다.

"생각한 것 이상의 낙찰액이군."

"아뇨, 저 검이라면 마땅한 가격이라 하겠습니다."

지배인이 보기에는 대국의 국보와 나란히 서도 손색이 없는 물건이라고 한다.

처음의 비천홍검이 고가로 낙찰된 탓인지, 이어지는 마검이나 마법 장비류도 고가로 낙찰되었다.

에치고야 상회에서 파는 것과 다른 방어 강화계 시험작 방패는 근위기사들이나 군무 대신 케르텐 후작에게 낙찰되었다.

"모두 좋은 가격으로 팔렸군요."

지배인이 만족스런 표정으로 말했다.

기발한 시험작 무구나 장비류는 평균 금화 500닢 정도에 팔리고, 양산품으로 몇 백 개나 돌고 있는 미스릴 도금의 주조 마검— 통칭 「영걸의 검」 다섯 자루도 각각 금화 350닢에서 400닢의 가격이 붙었으니 그 반응도 이해가 된다.

그러나, 전자는 모를까 후자는 어째서 그런 가격이 붙었는지 생각을 하고 있는데, 티파리자에게 「다음에 언제 얻을 수 있을지 모르니까요」라는 대답이 돌아왔다.

아하. 아직도 수요가 더 많아서 그렇구나.

그건 그렇고—.

"인플레가 심하군."

"**인플레**?"

내가 속삭인 말에 티파리자가 귀엽게 고개를 갸웃거리고 말하기에, 간단한 설명을 해줬다.

"그러면 다음은 『적룡의 포효』가 세리빌라 미궁에서 『계층의 주인』을 토벌하여 얻은 비보로 가겠습니다! 제1부에서는 무기와 방어구를 선보이게 됩니다."

전리품은 이런저런 장르의 물품이 한꺼번에 들어왔으니, 종류별로 출품되는 모양이다.

이 전리품은 국왕에게 헌상을 한 것으로 되어 있으니, 출품자는 국왕의 대리인이었다.

“처음에는 얼음의 마검『얼음나무의 송곳니』부터입니다!”

휘두르면 얼음 결정이 흩어지는 게 상당히 예쁘다.

분명히 제릴 씨가 자기 애검으로 삼을 거라 생각했는데, 「적룡의 포효」의 리더라고 해도 그 정도의 자유는 없었을지도 모르겠다.

“미스릴 탐색자들에게 원망을 받을 것 같군요.”

“흠. 입찰자의 흥미를 빼앗아 버렸는가?”

생각보다도 입찰액이 늘지 않는다.

먼저 나온 「영걸의 검」보다 공격력이 높은데도, 아직 금화 200닢 정도다.

비스탈 공작의 귀빈석에 있는 제릴 씨의 표정도 떨떠름했다.

“하는 수 없군— 금화 250닢!”

하는 수 없이, 표찰을 들어 입찰액을 외쳤다.

받은 표찰은 소유액의 상한선을 보증하는 것이니, 금화 1만닢의 표찰로 그 이하의 금액을 부르는 건 문제없다.

내가 바람잡이로 조금 끌어올린 것이 효과가 있었는지, 「260」, 「270」하면서 순조롭게 가격이 올랐다.

몇 번인가 바람잡이를 반복하여, 금화 360닢까지 끌어올렸다.

더 이상 올리면 상대가 포기할 것 같은 기색이 있기에, 그쯤에서 입찰을 멈췄다. 결국 내가 빠진 다음에도 두 사람 정도 입찰이 이어지고, 최종적으로 금화 372닢으로 결판이 났다.

나름대로 노력해 봤는데, 제릴 씨의 떨떠름한 표정은 그대로 변화가 없었다.

"이해가 안 되는군."

"직전의『영걸의 검』이 금화 402닢이었으니,『계층의 주인』이 남긴 미궁산의 마검이라면 더 가격이 오를 거라 생각한 것이 아닐까요?"

하긴 그것도 그렇네.

나는 지배인의 말에 수긍했다.

티파리자가「어쩌면」하고 전제를 둔 뒤에 말을 이었다.

"자신이 사용하기 위해 대리인을 고용한 것이 아닐까요?"

—앗!

그건 생각 못했다.

만약 그렇다면 미안한 짓을 했을지도 모르겠다.

나는 그렇게 생각하여 그 이후 제릴 씨 일행 전리품에는 바람잡이 입찰을 안 했는데, 처음에「얼음나무의 송곳니」가 높은 가격에 팔린 영향으로 모두 예년 이상의 가격에 낙찰되고 있었다.

그 다음에 이어진 팀「펜드래건」의 전리품은, 딱히 사양할 필요도 없으니까 심심풀이를 겸해서 전력으로 바람잡이 입찰을 하며 놀았다.

그 덕분인지 아다만타이트제 전투 망치나 마비 가시창은 예상액을 훨씬 넘어서는 비싼 값이 되었다.

아무것도 낙찰 받지 않으면 빈축을 살 것 같아서, 몇 갠가 있는 벼락 지팡이를 하나만 낙찰 받았다.

하나밖에 없는 뇌정 지팡이는, 벼락 마법을 쓸 수 있는 시가

33지팡이의 마법사 세 사람이 살기를 띠고서 입찰을 하기에 손대지 않았다. 뇌정 지팡이의 핵이 되는 뇌정주는 좀처럼 나오지 않는 초 희귀품이니까 마음은 이해된다.

“쿠로 님, 낙찰 받아도 괜찮으신 건가요?”

“그래, 조금이라면 상관없다.”

한 번에 입찰할 수 있는 금액이 금화 31만 닢이라는 것뿐이지, 최종적으로 합계 금액이 그것을 다소 넘어서도 문제없다.

◆

“그러면, 제2부를 시작하겠습니다. 일단은 팀 펜드래건이『계층의 주인』에게서 얻은 만능의 영약! 부위 결손부터 독에 석화, 불치의 병부터 마왕의 저주까지, 무엇이든 고쳐 버리는 엘릭서입니다! 우선 금화 50닢부터—.”

“금화 100닢!”

사회자의 말에 겹치는 것처럼, 귀빈실의 아시넨 후작부인—미궁도시 세리빌라의 태수부인이 입찰했다.

“금화 200닢.”

묵직한 목소리로 입찰한 것은 오유고크 공작이다.

“금화 201닢!”

족제비 상인 호미무도리 씨가 작게 올린다.

“금화 310닢!”

“금화 400닢!”

그것에 지지 않고 귀빈석의 호상이 입찰하지만, 그 목소리를 뒤덮는 것처럼 태수부인이 이어서 입찰했다.

평소에는 조용한 태도의 태수부인이, 오늘은 귀기가 서린 느낌이다.

심복인 포프테마 전 백작의 불우한 상황을 구하기 위해 필사적인 거겠지.

나는 멀리서 태수부인의 승리를 기도했다.

"좀처럼 멈추지 않네요."

"그래……."

아무래도 금화 500닢을 넘어서자 입찰이 줄어들고, 지금은 태수부인과 오유고크 공작이 경쟁하고 있었다.

"처, 천 닢을 넘었습니다."

마른 침을 삼키며 지켜보던 티파리자가 중얼거렸다.

조금 망설이고 있지만, 태수부인이 드디어 금화 1천 닢의 무대로 올라선 모양이다.

사람들의 시선이, 오유고크 공작이 있는 귀빈석으로 모였다.

조금 떨어진 귀빈석에 있는 태수부인이 노려보는 것 같은 눈으로 그 동향을 지켜보고 있었다.

"이, 입찰은 없습니까?"

사회자가 확인하고, 셋 카운트 다운을 한 끝에, 낙찰의 해머가 땅땅땅 울려 퍼졌다.

의자에서 살짝 일어선 상태로 지켜보고 있었는지, 태수부인이 안도의 한숨을 쉬고 깊숙하게 의자에 가라앉았다.

―수고하셨습니다, 태수부인.

뭐, 만약 낙찰되지 못해도 다음 밑 준비가 끝나면 엘릭서를 몇 개든 준비할 수 있으니 그녀에게 나눠주면 되지만.

"과연 미궁도시의 태수부인이군요."

금화 1천닢으로 엘릭서를 낙찰 받은 태수부인에게 지배인이 감상을 중얼거렸다.

이 엘릭서는 국왕에게 헌상한 것으로 되어 있지만, 경매 낙찰액에서 수수료를 뺀 액수가 그대로 나한테 포상금으로 하사되니까, 어쩐지 태수부인에게 거금을 갈취한 기분이 들어 버린다.

엘릭서 값 금화 1천닢은 미궁도시에 도움이 되는 분야에 투자를 해야겠다.

"저, 저렇게 비싼 약을 저나 넬을 위해서……."

옆을 보자, 티파리자가 얼굴이 파래진 채 볼을 붉히는 재주 좋은 짓을 하고 있었다.

"걱정 마라. 너희들의 화상을 치료한 것은 엘릭서가 아니라 하급 엘릭서다."

"그, 그랬었군요."

티파리자가 이번에는 안도하면서 유감스러운 표정을 지었다. 참 재주가 좋아.

"고작해야, 엘릭서의 4분의 1 정도니까 신경 쓰지 마라."

"4분의 1…… 그, 금화 250닢이 아닌가요!"

보기 드물게 티파리자의 목소리가 흐트러졌다.

"너에게는 그 정도 가치가 있다."

다음 출품의 입찰에 흥미가 생겨서, 적당한 말을 해버리고 말았다. 긴장을 풀면 사기 스킬이 폭발하기 쉬우니 주의해야겠다.

"그런, 가요."

"……으음."

티파리자가 귀를 새빨갛게 만들며 고개를 숙이고, 지배인이 조금 토라진 표정으로 내 소매를 붙잡았다.

어쩐지, 오늘 두 사람은 정서불안정한 느낌이다.

조금 일을 너무 많이 한 걸지도 모르겠어.

"만능약도 상급 마법약도 상당한 가격으로 낙찰됐군."

미궁에서 산출되는 물품이라지만, 이쪽도 마검 수준의 가격이었다. 조금 인플레가 지나쳐서 무섭군.

"네, 모두 좀처럼 손에 넣을 수 없으니까요."

"에치고야 상회에서 출품된『해독약: 만능』도 지지 않습니다."

지배인이나 대항 의식을 불태우는 티파리자에게「그렇군」이라고 적당히 맞장구를 쳤다.

이것들도 금화 20닢부터 40닢으로 팔리고 있다. 만들 수 있는 자가 적은 데다가, 이번에 출품한 것은 내가 만든 최고급품이라서 보통의 몇 배 가격으로 팔린 거겠지.

"으으음. 에치고야 상회의 발모약이나 피로 회복약이 출품된다는 소문은 가짜였던가……."

약품 입찰이 모두 끝난 참에, 1층 자리 쪽에서 그런 실망의 목소리가 몇 번인가 들렸다.

"발모약이나 피로 회복약이 그렇게 부족한가?"

"네. 전자는 안이 이끄는 팀이 품질을 유지할 수가 없고, 후자는 왕성의 문관들이 앞다투어 사들이기 때문에 아무래도 일반 판매는 부족한 실정입니다."

"흠……."

고품질 발모약은 의외로 어렵단 말이지.

아까 목소리가 들린 쪽을 힐끔 보자, 머리 꼭대기가 쓸쓸해 보이는 신사가 고개를 떨구고 있었다.

—그래, 양산하자.

아리사도「머리카락은 오랜 친구」라고 했잖아.

에치고야 상회의 연금술사인 안의 팀은, 파워 레벨링으로 조금 레벨을 올려두는 편이 좋을지도 모르겠다.

"드디어로군요."

"네."

그런 생각을 하는 사이에, 티파리자와 지배인이 어쩐지 진지한 표정으로 스테이지를 주목했다.

왜 그러나? 하고 물어보기 전에 사회자가「다음은 보석 장식품 및 미술품입니다」라고 발언하자, 그 목소리를 신이 난 비명과 환성이 지워버렸다.

과연, 두 사람도 여성이라 그런 물품에는 흥미가 있는 모양이군.

엿듣기 스킬의 도움을 빌어서 귀를 기울이자,「쥬얼 세공사에 필적하는 기적의 보석」이라는 것이 대인기라는 걸 알아냈다.

"아아, 그 보석이로군."

내가 「석제 구조물」 마법으로 가공한 보석 세공이다.

"그래요! 살롱에서 견본을 보였더니, 잇따른 의뢰로 움직일 수가 없을 정도였습니다."

"네, 귀족님들 사이에서 어느 정도 **평가가 올라갈** 것인지, 신경 쓰여요."

내가 중얼거리자, 지배인과 티파리자가 즉시 반응했다.

"처음에는 사파이어 반지군."

사파이어를 반지 형태로 가공하고 그 안쪽에 선 모양으로 뻗은 빛 광석을 박아 넣어, 마력을 주입하면 사파이어에 꽃무늬 빛이 떠오르는 녀석이다.

"입찰이 시작됐어요."

금화 10닢부터 시작된 입찰이 금화 1닢씩 올라갔었지만, 차례차례 올라가는 표찰의 기세가 굉장해지고 순식간에 금화 100닢을 넘었다.

"다들, 살기를 띠고 있어요."

"무리도 아닙니다. 저 정도의 보석을 소지하고 있으면, 사교계에서 주목을 받는 것은 물론이고 사교의 자리를 넓히고 인맥을 얻는 것도 마음껏 할 수 있으니까요."

과연, 지배인의 말을 듣고 열광을 이해할 수 있었다.

사교나 인맥이 무엇보다도 중요한 귀족의 귀부인들이 손에 넣으려고 하는 것도 당연하다고 할 수 있었다.

그렇지만, 마검 이상의 가격이 붙는 것은 예상 밖이었다.

"17번 분께 금화 503닢으로 낙찰되었습니다!"

해머 소리가 울리고, 사회자의 선언이 들렸다.

처음으로 낙찰된 것은 왕도 사교계에 절대적인 영향력을 가진 릿튼 백작부인이었다.

이어지는 몇 개의 보석도, 문벌 귀족의 부인들이 상당한 가격으로 낙찰했다.

빛 광석과 다이아몬드를 사용한 녀석과 사파이어 말고는 그다지 코스트가 들어가지도 않았는데, 그런 건 상관없는 모양이군.

릿튼 백작부인 일행에게도 같은 것을 약속했는데, 그쪽은 가문의 문장이 들어간 오더메이드니까 가치가 내려가진 않을 거야.

"사교의 도구라지만, 어마어마하군."

"그뿐이 아닙니다."

"네, 저 정도의 보석이라면, 누구라도 한 번은 달아보고 싶다고 생각하죠."

티파리자와 지배인이 감탄의 한숨과 함께 내 말을 부정했다.

"그런가?"

""네.""

"그러면, 나중에 마음에 든 디자인을 말해라. 좋아하는 걸로 만들어주지."

""괘, 괜찮으신가요?""

"나는 두말 않는다."

그녀들이 평소에 헌신해주는 것을 위무하기 위해서다. 이 두 사람과 간부 아가씨들 분량 정도라면, 마법으로 휘리릭 만들 수 있으니까.

““해냈다!””

평소에는 차분한 지배인과 예리한 미모를 자랑하는 티파리자가 무방비한 웃는 표정으로 하이 터치를 나누었다.

보기 드문 반응에 어안이 벙벙한 사이에, 두 사람이 얼굴이 빨개져서 태도를 다시 꾸몄다.

뭐, 기뻐해준다면 나로서도 기쁘다.

히죽히죽 웃는 표정을 숨기지 않는 지배인과, 필사적으로 웃음을 감추려고 하면서도 볼이 풀어지는 티파리자를 보고 흐뭇해하면서, 나는 경매 제2부를 지켜보았다.

타마와 나나가 기뻐할 법한 조각이나 회화도 있었지만, 투기 목적 같은 금액이라서 보류했다.

두 사람에게는 회랑이나 봉제인형 전문점에서 좋은 물건을 골라주도록 하자.

◆

그리고 시작된 제3부.

드디어 「기원의 반지」가 출품되는 턴이다.

뭐 그건 라스트지만, 그 밖에도 두루마리나 축복의 보주 같은 것도 출품되니까 조금 흥미가 있다.

“—『전서구 소환(서먼 피젼)』의 두루마리는 310번 분께 금화 20닢으로 낙찰되었습니다!”

1회용 두루마리는 경매에서도 호사가나 군 관계자나 시멘 자작 같은 두루마리 공방 관계자 정도밖에 손대지 않으니까 그다지 가격이 안 오른다.

"또 310번이군요."

"사령 마법 3종 말고는 모두 낙찰 받았으니, 펜드래건 각하의 대리인이 아닐까요?"

티파리자가 날카로운걸.

그녀가 추측한 것처럼, 310번은 내가 준비한 대리인이다.

금화 1천닢 예산으로, 두루마리나 보주를 입수하라고 했다.

그리고 대리인이 입찰하지 않은 사령 마법 두루마리 3개는, 공도에서 두루마리 공방을 하고 있는 시멘 자작에게 금화 10닢 전후로 낙찰되었다.

그리고, 그 셋이란 것은 제릴 씨 일행이 「계층의 주인」에게서 얻은 「하급 불사생물 창조(크리에이트 렛서 언데드)」와 족제비 상인 호미무도리 씨가 출품한 「악령 소환(서먼 렛서 고스트)」, 「불사 종자 소환(서먼 렛서 언데드)」이다.

"다음은 조금 인기가 있을 것 같군."

"그럴까요? 공간 마법의 『물질 전송(머테리얼 트랜스퍼)』이라는 무언가 작은 것을 전이시키는 마법이죠? 게다가 한 번 쓰고 버리는 소모품이니, 저는 쓸 길이 떠오르지 않아요."

마물의 토벌에 쓸 법한 마법도 아니니까.

"흠. 분명히 입찰을 잘 안 하는군."

호사가가 금화 15닢까지 따라갔지만, 그 이후는 족제비 상인 호미무도리 씨와 내 대리인의 1대 1 승부가 됐다.

"저 수인, 스아베 상회의 회장이군요. 전에 펜드래건 자작이 두루마리를 샀다고 말씀하셨으니, 자작님께 팔기 위해 노리고 있는 것 같아요."

그거라면 가격이 올라가기 전에 대리인을 말리면 오히려 싸게 살 수 있을 것 같지만, 아무래도 이 상황에서 대리인과 접촉하거나 공간 마법「원거리 통화」로 지시를 내릴 수도 없다.

나는 뭐라 말하기 어려운 기분으로 입찰을 지켜보고, 금화 45닢으로 대리인에게 낙찰되는 것을 지켜보았다.

아무리 호미무도리 씨라도, 내가 이 가격으로 두루마리를 살 거라 확신하지는 못한 거겠지.

두루마리 출품은 거기서 끝나고, 다음은「축복의 보주」차례였다.

이 보주는「계층의 주인」을 토벌하여 보물 상자에서 나온 1회용 물건으로, 사용자에게 스킬을 부여하는 효과가 있다.

"—독 내성은 인기가 있네요."

"귀족은 독살의 위험이 언제나 있으니까, 적이 많을수록 진지하게 입찰하는 거야."

티파리자의 감상에 지배인이 대답했다.

최근에 두 번이나 암살을 당할뻔한 비스탈 공작을 필두로, 몇 명의 귀족들이 앞다투어 입찰했다.

이「독 내성」앞에 나온「마비 내성」이나「물 마법」의 보주는 내 대리인이 금화 102닢과 금화 162닢으로 낙찰 받았다.

이쪽도 나름대로 인기가 있었지만, 독 내성과 비교하면 훨씬 낮다.

물 마법 앞에 출품된 「빛 마법」은 성기사의 필수 마법이라고 해서, 금화 319닢이라는 비싼 가격으로 낙찰됐다.

"앗, 낙찰됐어요."

"금화 231닢이라. 생각한 만큼은 아니었군."

"그 이상이 되면, 해독 마법 도구를 사는 편이 나중 세대까지 쓸 수 있어서 이득이니까요."

지배인이 말했지만 「해독 마법 도구」는 그다지 성능이 높지 않으니, 목숨을 계속 위협받는 자라면 둘 다 가지고 싶을 거라 생각한다.

"다음은 마지막 보주입니다! 사상 처음으로, 지금까지 발견이 보고된 적 없는 환상의 보주입니다!"

꽤 긴 시간 동안 진행했는데도 사회자의 텐션은 떨어지지 않았다.

"그것은―."

사회자가 주위의 주목을 모으고자 잠시 뜸을 들이고 말을 이었다.

"―달인의 증거, 『마인』의 보주입니다아아아아아아!"

""""우오오오오오오오오오오!""""

무인이나 검을 배운 적이 있는 귀족 남성들의 입에서 절규에 가까운 환성이 올랐다.

그 마음은 이해한다.

"마인은 편리하니까."

달라붙은 피를 닦아내거나 무기 손질을 하는 수고를 큰 폭으로 덜 수 있다.

"아뇨, 분명히 그런 이유가 아니라고 생각합니다만……."

지배인이 복잡한 표정으로 중얼거렸다.

『—주인님. 지금, 괜찮아?』

아리사가 공간 마법「원거리 통화」를 걸었다.

아니, 희미하게 웅얼웅얼하는 소리가 들리니까「전술 대화」 쪽이군.

『굉장한 환성이 바깥까지 들렸는데, 벌써「기원의 반지」까지 진행됐어?』

『아니, 방금 전 그건「마인」의 보주야.』

군무 대신 케르텐 후작과 부대신 봅판 백작이 굉장한 기백으로 입찰하고 있다.

두 사람 모두 마인 스킬을 쓰지 못하는 모양이다.

『「기원의 반지」는 이 다음이야.』

『이제 곧, 이구나.』

『그래. 이제 곧, 이야.』

이제 곧, 아리사와 루루의「강제」를 해제해줄 수 있다.

뭐 반드시 해제할 수 있다는 보증은 없지만, 신의 파워라면 기아스 하나 둘 쯤은 해제해줄 수 있다고 믿고 있었다.

『주인님, 나 믿고 있을게.』

『주인님! 저도 주인님을 믿어요!』

아리사의 말에 겹치듯 루루가 말하자, 그걸 들은 동료들도 입을 모아 내 승리를 기원하는 말을 해주었다.

『맡겨둬, 반드시 낙찰 받을게.』

나는 승리를 약속하고, 아리사 일행과 통화를 끊었다.

그럼, 이제 슬슬 히카루에게 연락을 해둬야겠는걸.

◆

"우오오오오오오오오오! 이걸로 나도 마인으으으으으으으으으으으으으으으을!"

히카루에게 연락을 마친 내 귀에, 군무 대신 케르텐 후작의 외침이 들렸다.

눈물을 뚝뚝 흘리며 귀빈석에서 성취의 포즈를 취하고 있었다.

어지간히도 마인 스킬을 동경했던 모양이네.

"사전 정보와 지금까지의 집계를 통해, 『기원의 반지』 경매에서 맞설 만한 사람은 5명에서 6명 정도입니다."

티파리자가 리스트를 보여주었다.

꼼꼼하게 지금까지 낙찰 가격을 적어서 집계를 해준 모양이다.

"음. 예상대로군."

나는 그렇게 중얼거린 다음, 말이 부족한 것을 깨닫고 「티파리자, 견실하게 일해주어 고맙다」라고 덧붙였다.

작은 악단의 곡이 웅장한 것에서 신비한 것으로 바뀌었다.

무대 옆에서, 늙은 신전장과 보물 창고 스킬을 가진 파리온 신전의 젊은 신관이 들어왔다.

도적을 경계한 것인지, 경매장에 보물 창고 스킬을 가진 파리온 신전 관계자가 5명이나 와 있었다.

"쿠로 님."

"꼭 낙찰 받아요."

"그래, 당연하다."

나를 바라보는 티파리자와 지배인에게, 힘차게 고개를 끄덕였다.

"그러면 오늘의 마지막 물품. 파리온 신전에서 출품된 신의 은총. 기적을 응축한 비보!"

사회자가 도취된 표정으로 이야기를 길게 끌었다.

설명은 됐으니까 얼른 시작해.

"그것은 최고위의 대사제나 교황에게만 허락된 기원 마법. 그것과 동등한 기적이 담겨 있는『기원의 반지』입니다!"

나는 미묘하게 짜증나는 기분을 맛보면서, 사회자의 이야기를 흘려들었다.

"『기원의 반지』는『봉룡갑』에 담겨 있으며, 그것을 열 수 있는 것은 파리온 신전의 신전장 나리뿐이라고 합니다!"

사회자가 말하는「봉룡갑」에 대해서는, 지배인에게「기원의 반지」도난의 가능성에 대해 의논했을 때 들은 적이 있다. 올바른 여는 방법을 모르고 억지로 열면, 안에 있는 물품이 차원 너머로 사라져 버린다는 흉악한 보관고다.

"그러면, 신전장님, 신관님. 부탁드립니다."

신관이 아이템 박스에서 이상한 무늬의 입방체 상자를 꺼내, 그것을 늙은 신전장에게 바쳤다.

늙은 신전장이 로브로 상자가 보이지 않도록 하면서 뭔가 조작했다.

"아니이이이이잇! 빛이! 빛이 넘쳐흐릅니다아아아아아!"

사회자가 바람을 잡는다.

"이거 너무나도 찬란한 빛입니다! 이것이 신의 기적이 담겨 있는『기원의 반지』인 것입니다!"

노신전장이 반지를 주위에 보여준다.

AR표시로도「기원의 반지」라고 되어 있었다. 만약을 위해 마커를 달아둬야겠어.

무대 옆에서 검은 그림자가 늙은 신전장이 가진 반지로 뻗는 것이 보였다.

—도적이다.

"쿠로 님!"

"알고 있다."

나는 늘 사용하고 있는「이력의 손」으로 도적을 그림자에서 끌어냈다.

끌려 나와서 자세가 무너졌는지, 그림자는 늙은 신전장을 놓치고 허무하게 바닥을 때리고 사라졌다.

"도적입니다! 어서 경비원을!"

사회자가 경비원을 부르는 사이에 늙은 신전장이 재빨리「기원의 반지」를「봉룡갑」에 수납했다.

저건「마법의 가방」과 마찬가지로 아공간에 수납하는 도구인 모양이다. 마커 일람에 있던「기원의 반지」의 현재 위치가 맵이 존재하지 않는 구역이 되어 있었다.

잃어버리면 무서우니, 「봉룡갑」에도 마커를 달아둬야겠군.

"보기 좋지 않은 모습을 보여 실례했습니다. ―그러면 입찰을 시작하겠습니다."

조금 어수선하긴 하지만, 입찰은 예정대로 하는 모양이다.

"우선은 금화 100닢부터!"

사회자의 말과 동시에, 1층 자리에서 차례차례 입찰했다.

모두 금화 1닢부터 10닢 폭으로 올린다.

아무래도, 이걸 위해서 참가한 것은 우리뿐이 아닌 모양이다.

"금화 500닢!"

금화 300닢을 넘어섰을 즈음부터, 귀빈석에서 입찰이 시작됐다.

그것을 계기로 차례차례 입찰 표찰이 올라갔다.

금화 1000닢을 넘어선 시점에서 나도 표찰을 들어 참가했다.

"금화 2천닢."

내 말에 경매장이 술렁거림에 휩싸였다.

갑자기 2배는 지나쳤을지도 모르지만, 어중이떠중이를 떨쳐내기에는 마침 좋았던 모양이다.

"금화 2100닢."

"금화 2200닢."

"금화 2300닢."

"그, 금화 2301닢."

차례차례 입찰이 들어온다.

아직 싸울 생각이 넘치는 상대가 많다.

상회는 작게 올렸으니 탈락할 때가 가까운 모양이다.

함부로 고가 경쟁을 하는 것도 좋지 않으니, 조금 줄어들 때까지는 100닢씩 올려볼까.

“줄어들지 않네요.”

“그렇군.”

이미 금화 3900닢이 되었다.

그때 누가 쿵쿵, 문을 노크했다.

“확인하고 오겠습니다.”

티파리자가 일어서서, 못난 방문자를 확인하러 갔다.

나는 표찰을 들어서, 「금화 4000닢」을 선언했다.

“기, 기다려 주세요!”

티파리자의 흐트러진 목소리와 턱턱 거침없이 다가오는 발소리에 돌아보았다.

함부로 들어온 무례한 자는 아까 왕태자와 함께 있던 측근이었다.

“왕자의 부하는 예의를 모르는 모양이군. ―금화 4300닢.”

“에이잇! 손님 앞에서 한눈팔지 마라, 무례하군!”

네가 할 말이냐? 태클을 삼키고서 나는 측근을 곁눈질로 노려보았다.

“전하는 『기원의 반지』를 바라신다.”

“그런가.”

아까부터 입찰을 하고 있으니까 그런 건 다 알아.

“―금화 4600닢.”

"네, 네놈! 방금 한 이야기를 듣지 못한 거냐?!"

"뭐지? 네놈의 주인은 경매에서 부정을 저지르도록 명하는 건가?"

알아서 굽히라는 뜻이 가득한 측근이 마음에 안 들어서, 발뺌 못하는 방향으로 언질을 취하기로 했다.

뭔가 긴급성이 높은 사정이 있어서 본인이 부탁하러 오는 거라면 모를까, 애매한 말로 아리사나 루루의 「강제」를 해제할 기회를 놓칠 생각은 없다.

"고결한 전하께서 그런 말씀을 하실 리 없지 않나!"

"다시 말해서, 네놈의 독단이라는 거군. ―금화 4800닢."

말단의 점수 따기에 협력해줄 생각은 없다.

"돌아가라. 네놈에게 용건은 없다."

"네놈! 평민 주제에 유서 깊은 이메디온 백작가의 장자를 우롱하느냐!"

바보가 검을 뽑아서 덤비기에, 앉은 채 검 끝을 두 손가락으로 잡아버리고, 검을 빼앗아 지근거리에서 「위압」을 때려 박았다.

조금 짜증이 나서, 「위압」의 힘 조절을 제대로 못했다. 그러자 종자가 거품을 물고 뒤집어졌다.

"―금화 5000닢."

그러고 보니 입찰 상대가 줄어들었군.

함께 경쟁하던 비스탈 공작이 포기한 모양이다.

"쿠로 님, 괜찮을까요?"

"신경 쓰지 마라. 검을 뽑아 덤벼든 폭한을 제압했을 뿐이다."

나는 그의 몸에 손가락 하나 안 댔잖아.

"금화 6000닢."

"……금화 6100닢."

어이쿠, 슬슬 한계인가?"

"금화 7000닢."

라스트 스퍼트니까, 금화 천 닢 단위로 끌어올려봤다.

시선을 옆으로 돌리자, 우울한 표정의 지배인이 보였다.

"불안한가?"

"네, 솔트릭 전하는 왕국을 제일로 생각하는 공명정대한 분이지만, 그와 동시에 자신을 적으로 돌린 자에게는 용서가 없는 측면이 있습니다."

"도량이 좁은 녀석이군."

왕이 될 거면, 압도적인 카리스마로 적까지 한꺼번에 아군으로 끌어들여주면 좋겠어.

"……금화 7100닢."

왕태자가 입찰했다.

상당히 무리를 하는 건지, 낯빛이 안 좋은 느낌이다.

뭐, 국왕이라면 모를까, 왕자의 신분이면 그렇게 자유롭게 쓸 수 있는 돈도 별로 없을 테니까.

"자, 다른 분은 입찰이 없으십니까?"

사회자가 입찰 유무를 물었다.

"에치고야 상회를 위해서라면, 어쩔 수 없는가—."

"쿠로 님."

"분합니다."

입술을 깨무는 지배인과 티파리자의 어깨에 손을 올렸다.

다음은—.

『히카루, 맡길게.』

"—금화 1만닢!"

내 말과 동시에 경매장의 1층 자리에서 시원스런 목소리가 울려 퍼졌다.

"뭣이라고!"

왕자의 놀란 목소리를 엿듣기 스킬이 포착했다.

"자, 다른 입찰은 없으십니까?"

"크, ……금화 1만 10닢!"

왕자에게 여유가 없는지 소액 입찰을 했다.

"금화 2만닢!"

"자, 장난 치는 것이냐아아아아아!"

히카루가 유쾌하게 입찰하는 목소리에, 발코니의 난간에서 몸을 내민 왕자의 외침이 겹쳤다.

발코니를 올려다본 히카루가 왕자를 발견하고 친근하게 손을 흔들었다.

"미, 미츠쿠니 공작부인. 어, 어째서, 당신이 그런 장소에……."

왕자가 중얼거린 말은, 아마 히카루에게는 도달하지 못했을 것이다.

"그, 그러니까. 저기…… 다른 분 입찰은 없으십니까? 저기, 없는 건가요?"

사회자도 왕자가 방금 외친 것이 신경 쓰여 난처한 느낌이다.

"그, 그러면 없는 것 같으니, 카운트를 하려고 합니다. 셋…… 둘…… 하나……. 저기, 없습니까?"

사회자가 슬쩍 눈길을 올리자 왕자가 노려본다.

아니, 사회자는 잘못한 거 없잖아.

"그, 그러면 낙찰입니다! 그, 그러니까 낙찰은 325번 분께 금화 2닢으로『기원의 반지』가 낙찰되었습니다!"

긴장이 지나친 사회자가「만」을 빼먹고 말했다.

달려온 직원의 귓속말을 듣고서「시, 실례했습니다. 낙찰 금액은 금화 2만닢입니다」라고 말을 고쳤다.

『이치로 오빠, 미션 컴플리트야!』

『고마워, 히카루.』

『에헤헤, 기껏 금화 100만닢이나 준비했는데, 전혀 필요 없었네.』

『그러게 말야.』

예정과 다른 흐름이었지만, 결과가 좋으면 다 좋은 법이야.

내 입찰 가능액을 안 귀족들이나 상인들이 결탁하여, 내 입찰액 이상의 자금이나 표찰을 준비하여 맞설 때를 대비한 방법으로 아슬아슬한 타이밍에서 히카루가 반지 입찰에 끼어든 것이다.

에치고야 상회 대신 히카루가 왕자에게 미움 받을 위험성이 있지만, 이쪽이랑 달리 종자에게 협력을 요청 받은 것도 아니니까 괜찮겠지.

만에 하나의 경우는「왕조님」파워로 돌파해줄 게 틀림없다.

안 되면 내가 어떻게 하면 되고.

"가지."

""네, 쿠로 님.""

나는 바닥에 뻗어 있는 종자를 방치하고, 귀빈실을 떠났다.

문을 통과하려고 할 때, 등 뒤의 불빛이 사라졌다.

"상자가! 상자가 없다!"

노신전장이 당혹한 목소리가, 어둠의 경매장에 울려 퍼졌다.

괴도

"사토입니다. 괴도라고 하면 변장의 명인이며 아무리 엄중한 경비의 장소에도 침입하여 해제 불능인 금고도 가볍게 열어 버리는 이미지가 있습니다. 역시 모 3세의 인상이 강한 탓일까요?"

"괴도다아아아아!"

새까만 경매장에 사회자의 외침이 울렸다.

누군가가 「기원의 반지」를 훔치러 온다면 상자에서 꺼내 건넬 때라고 생각했는데, 조금 예측이 물렀나 보군.

"—쿠로 님."

"걱정 마라."

나는 맵과 마커 일람을 병렬 표시했다.

아직 「기원의 반지」는 「봉룡갑」 안에 들어 있었다.

위치는— 생각보다 멀다.

이미 경매장 밖에 있다.

"—괴도 놈."

봉룡갑이 있는 장소에 있는 것은 피핀이란 이름의 괴도다.

나는 공간 마법 「멀리 보기」를 발동하여, 괴도 피핀을 록온했다.

이걸로 놓치지 않는다.

"도적은 괴도인가요?"

"그래. 금방 되찾아 오지."

나는 지배인에게 말하고, 불안한 눈빛의 티파리자에게 용사 하야토의 남자다운 웃음을 떠올리며 웃어주었다.

나는 축지로 방을 뛰쳐나가, 적당한 창을 깨부수면서 천구로 하늘로 날아올랐다.

맵의 마커를 의지해서 섬구로 거리를 좁히고, 지붕에서 지붕으로 순간 이동하는 괴도를 맨눈으로 포착했다.

"—공간 마법인가?"

맵 정보를 확인하자, 괴도는 「단거리 전이(숏레인지 리프)」라는 반칙 같은 선천성(기프트) 스킬이 있는 걸 알 수 있었다. 「보물 창고」 스킬이나 「변장」 같은 괴도에 맞는 스킬 따위에 더해 이런 기프트까지 가지고 있으면 괴도 일도 수월하겠지.

"그러나, 그것도 여기까지다."

나는 섬구를 써서 괴도 피핀 눈앞으로 돌아서 나타났다.

"상당히 빨리 등장하셨군."

단거리 전이는 체력을 소모하는지, 괴도 피핀의 호흡이 흐트러져 있었다.

"훔친 것을 돌려다오."

나는 그렇게 말하고 피핀에게 손을 뻗었다.

"하는 수 없지— 라고 말할 줄 알았냐!"

말하는 도중에 피핀이 손에 든 빈 병을 나에게 던지고 지상으로 전이했다.

"소용없는 짓을—."

나는 섬구로 지상에 내려서서, 원형으로 휘날리는 모래 먼지를 꿰뚫고 피핀의 등을 좇았다.

피핀이 서민가의 가는 골목을, 모퉁이에서 모퉁이로 전이하면서 나아갔다.

어지간히 스킬 레벨이 높은 건지, 피핀의 단거리 전이는 시간지연이 거의 없다.

모퉁이에서 모퉁이까지 거리가 너무 짧아서 섬구로는 미묘하니까, 축지로 전환해서 피핀을 추적했다.

단거리 전이를 반복하는 상대를 뒤쫓는 것은 무노 영지에서 마족이 빙의한 염각수(쥴라혼)를 뒤쫓을 때도 경험했지만, 복잡한 지형에서 지리를 숙지한 상대를 쫓아가는 것은 또 딴판이었다.

그러나, 그래도 상대의 체력은 무한이 아니다.

궁지에 모는 것은 시간문제다.

피핀이 사라진 골목에서, 빈 병이 떨어져 부서지는 것이 보였다.

희미하게 익숙한 냄새가 난다. 시판되는 마력 회복약일 거야.

아마 피핀은 마법약으로 마력을 회복시키며 단거리 전이를 반복하는 게 틀림없다.

"어이쿠."

피핀이 전이하기 전에 쓰러뜨린 고철이 앞길을 막았다.

몇 번에 한 번, 피핀이 사전에 준비해둔 걸로 보이는 함정이나 부하를 사용해서 내 추적을 방해한다.

모두 대단한 방해는 못 되지만, 그 때마다 로스되는 시간을 제법 무시할 수가 없네.

"—멈췄어?"

레이더에 비치는 광점을 의문스럽게 노려보면서, 가는 골목의 막다른 곳으로 뛰쳐나왔다.

"시장이군……."

완만하게 휘어진 가는 길에는, 무수한 노점과 그곳에서 장을 보는 사람들이 발 디딜 틈 없을 정도로 오가고 있었다.

"과연, 인파에 섞이는 작전인가."

나는 축지를 교묘하게 사용하며, 척후 계통 스킬로 인파에 매몰되며 괴도에게 다가갔다.

노점의 뒤에 쌓여 있던 나무 상자 뒤에서, 청초한 아가씨와 키스하는 장발의 훈남이 있었다.

훈남은 나무 상자 너머에서 나타난 나에게, 개나 고양이를 쫓아내는 것처럼 휘휘 험악하게 손을 흔들었다.

—연기력 꽤 좋은걸.

"그 여자가 도난품의 운반책인가?"

"무슨 알 수 없는 소리를 하고 있—."

연기를 계속하려고 하기에, 남자의 배에 가볍게 한 방 먹여줬다.

내가 파고드는 것과 동시에 피핀의 모습이 사라졌다.

레이더의 마커는 건물 너머로 전이한 피핀을 포착했다.

이 미약한 틈에, 피핀과 함께 있던 여자가 인파 틈으로 도망쳤다.

어느 쪽을 추적할까—.

"이쪽은 맡겨둬!"

위에서 히카루의 목소리가 들렸다.

올려다보니, 건물 위에서 히카루가 뛰어 내리는 참이었다.

『부탁해!』

장을 보는 손님들의 비명이 들리는 가운데, 히카루에게 원거리 통화로 고했다.

"—칫, 벌써 따라왔군."

훈남의 변장 마스크를 내던지고, 피핀의 모습이 사라졌다.

또 건물 너머로 도망친 모양이다.

나는 섬구로 건물을 뛰어넘어 피핀을 좇았다.

"헷헷헤~. 유감이구만. 반지라면 아까 그 여자한테 넘긴 뒤야."

"거짓말이군."

나는 피핀의 헛소리를 한 마디로 내쳤다.

상자는 아직 피핀이 가지고 있고, 마커 일람의 반지는 「맵이 존재하지 않는 구역」에 있는 상태다. 그 여자가 보물 창고 스킬이나 「마법의 가방」을 가지지 않은 이상, 피핀이 가진 게 틀림없다.

"—칫!"

축지로 따라잡기 직전에, 피핀이 전이로 사라졌다.

유닛 배치의 육안 전이로 추적하는 것도 생각했지만, 아직 익숙지 않은 내 전이로 지리에 숙달된 사용자의 단거리 전이를 상대하면 승산이 낮으니까 아쉬운 마음을 품으면서도 축지와 섬구로 추적했다.

그리고 유닛 배치를 남용 안 한다고 아리사랑 약속했으니까.

호랑이도 제 말하면 온다더니. 피핀을 좇는 나에게 아리사가 『전술 대화』를 걸었다.

『주인님! 아까 굉장한 기세로 뛰쳐나간 거 주인님이랑 히카루 아냐?』

『그래, 반지를 도둑맞았어. 지금 추적중이야.』

『에엑! 큰일 났잖아!』

아리사가 놀란 소리를 냈다.

『하지만 주인님이 추적하는데 아직도 안 잡혔다니, 어떤 상대야?』

『피핀이라는 이름의 괴도야. 지리를 잘 아는 서민가를 단거리 전이로 도망쳐 다니고 있어.』

각인판 같은 표식도 없이 시야가 막힌 건물 너머로 전이를 어떻게 하는지는 의문이다.

『우리도 추적 도울게!』

『부탁해. 놈은 서민가를 따라서 왕도를 한 바퀴 도는 코스야.』

이대로 가면 붙잡는데 시간이 걸릴 것 같으니, 우리 애들 손도 빌려야겠군.

나는 붉은 밧줄 사건에서 사용한 구역 번호로 피핀의 도주 경로를 전달했다.

『오케이~ 알았어! 앞질러가서 그물 낚시처럼 잡아줘야지.』

아리사의 활기찬 목소리에 동료들이 응답하는 소리가 들렸다.

그러면, 나는 동료들이 만든 포위 안으로 피핀을 몰아넣는 사냥개 역할을 해야겠네.

◆

『—왔다.』

"우오오오오오오오오."

미아가 소환한 물의 의사정령 운디네가, 물웅덩이에서 솟아올라 피핀의 앞길을 막았다.

그쪽으로 정신이 팔린 틈에 피핀의 겉옷에 손이 닿았지만, 놈은 도마뱀의 꼬리처럼 겉옷을 남기고 사라졌다.

"우음."

"고마워, 미아."

"응."

나는 미아에게 감사를 표하며 피핀을 좇았다.

『여기는 통행금지인 거예요!』

골목의 틈에서 검을 바닥에 세운 포치가 피핀의 앞길을 막는 게 보였다.

"꼬맹이랑 놀아줄 시간 없다!"

포치를 어린애라고 얕본 피핀이 돌격한다.

포치의 입꼬리가 씨익 올라간다.

"—그럴 줄 알았겠지."

피핀이 포치의 간격 직전에서 전이했다.

눈앞에서 목표를 놓친 포치가 당황했다.

"아와왓, 인 거예요!"

"괜찮다. 맡겨둬."

포치의 머리를 쓰다듬고 피핀을 좇았다.

『닌닌~?』

"우왓, 뭐야 이 거미줄은!"

목재 적재소 같은 장소에서, 피핀이 타마의 인술에 붙잡혀 있었다.

생각보다 맥 빠지는 폐막이군.

"피핀 님을 얕보지 마라!"

목재가 쓰러지고, 피핀의 모습이 목재와 연기 속으로 사라졌다.

"뉴! 큰일~?"

피핀을 걱정하는 마음씨 착한 타마 옆에 착지하여, 목재를 스토리지에 수납했다.

"빈 껍데기~?"

끈끈한 실에 엉킨 남자의 셔츠와 바지가 나풀나풀 흔들리고 있었다.

상당히 도망치는 발이 빠르군.

"주인님, 이거~?"

타마가 무지개색 보주를 주웠다.

본 적이 있다. 왕성에서 괴도 샤루루룬이 훔치려고 했던 브라이브로가 왕국의 비보「용의 눈동자」다.

아마도 피핀이 떨어뜨린 것이겠지만, 녀석이 이걸 뭐에 쓰려고 했는지 조금 신경 쓰인다.

나는 타마의 발견에 감사를 표하고, 다음 지령을 내렸다.

"잘했어, 타마. 곧장 미안하지만 다음 포인트로 이동해줘."

"아이아이 서~?"

척 포즈로 경례하는 타마와 헤어지고, 레이더에 비치는 피핀의 광점을 좇았다.

『이곳을 지나가려거든—.』

"우왓, 저게 뭐야!"

리자가 말하는 도중에 피핀이 전이했다.

피핀은 자기와 리자의 압도적인 실력 차이를 본능적으로 짐작했으리라.

"—제가 그렇게 무서운 걸까요?"

"그렇지 않아."

미묘하게 상처받은 표정의 리자를 달래준 뒤, 루루가 높은 곳에 진을 친 길로 피핀을 몰았다.

길 너머에서 「오왓」, 「우웃」, 「어디서 쏘는 거야!」, 「젠장하아아아알!」이라는 피핀의 비명이 들렸다.

몇 번이고 전이를 했는데도 가는 길목마다 발치에 충격탄을 쏘아대니까, 그 마음은 이해한다.

『죄송해요, 사선 너머에 아이가 있어서 쏠 수가 없어요.』

『루루, 유생체의 보호는 저에게 맡기라고 고합니다.』

피핀이 달려간 곳, 아이들이 놀고 있던 빈터 앞을 나나가 막아섰다.

"유생체에게 위해를 끼친다면 용서 않는다고 고합니다!"

"그럴 생각 없어!"

나나가 뿜어낸 이술로 만든 「마법의 화살」을 재주 좋게 피하면서, 피핀이 사라졌다.

발사된 마법의 화살이 피핀이 떨어뜨린 마법약의 병을 부수고 날아가기에 손으로 떨쳐내 뒀다.

"마스터, 유생체를 지켰습니다라고 보고합니다."

"잘했어."

나는 재는 표정의 나나와 급수탑 위에 진을 친 루루에게 손을 흔들고, 마지막 몰이에 들어갔다.

아까 나나의 마법 화살을 피하는 바람에 떨어뜨린 마법약이 마지막이었는지, 피핀의 마력이 얼마 안 남았다. 아마 앞으로 몇 번이면 다 떨어질 거야.

건물 너머로 사라진 피핀을 좇기 위해 섬구로 건물을 뛰어넘었다.

『진짜배기 등장! 아리사한테서 도망칠 수 있을 거라 생각 말라구!』

"칫, 마법사 꼬맹이냐!"

마법사다운 챙이 넓은 모자와 로브를 입고서, 끝이 구부러진 고목 지팡이를 겨눈 아리사가 기다리고 있었다. 저런 의상을 언제 산 거지?

"체크―."

"영창할 틈 따위 안 줘."

피핀이 팔을 들어 올리며, 아리사에게 달려서 접근했다.

"—메이트야!"

아리사가 뿜어낸 살상력이 낮은 「섬광 불꽃(번 플래쉬)」 마법이 피핀을 불꽃으로 감싸고, 그와 동시에 발치의 물웅덩이에 숨어 있던 운디네가 전기톱처럼 물줄기의 감옥으로 피핀을 감쌌다.

"이 정도 불꽃쯤은!"

그렇게 외치고 불꽃을 떨쳐낸 피핀이, 한순간 경직되었다.

"마, 말도 안 돼!"

"흐흥, 초절정 마법사 아리사 앞에서, 단거리 전이 같은 기프트를 쓸 수 있다고 생각하면 안되지."

당황하는 피핀을 향해 아리사가 엉터리 윙크를 했다.

"전이 방해의 결계인가!"

혀를 찬 피핀이, 운디네가 만들어낸 물의 감옥을 억지로 돌파한다.

물의 감옥에 닿은 피핀의 피부가 찢어지고, 붉은 피보라가 화려하게 튀었다.

그것에 놀란 미아가 반사적으로 물줄기 감옥을 해제해버렸다.

"미안."

사과하는 미아에게 「괜찮아」라고 말했다.

왜냐하면, 그쪽에는 이미 흉악한 문지기가 버티고 있으니까.

"여기 못가, 인 거예요!"

"이쪽도 통행 금지~?"

"비켜—."

밀고 지나가려던 피핀이, 함정으로 떨어졌다.

"맨홀의 술법~?"

"과연 타마인 거예요!"

잘 보니, 길옆에 삽이 놓여 있었다.

파낸 흙은 보이지 않는데, 꽤나 사전 준비가 힘들어 보이는 인술 같았다.

"자, 훔친『기원의 반지』를 돌려주실까?"

전이를 무효화 당한 피핀이 우리들에게서 도망칠 수는 없다.

아리사 말처럼 이미 체크메이트니까.

"칫."

씁쓸한 표정으로 혀를 찬 피핀이 허리의 주머니에 손을 넣어 「봉룡갑」을 꺼냈다.

—이상하게 순순하네.

내 뇌리에, 길바닥에 떨어져 있던 「용의 눈동자」와 왕성에서 그걸 훔치려고 한 괴도 샤루루룬의 얼굴, 「용의 눈동자」 이야기를 하는 레프라콘 왕자, 지배인에게 들은 「봉룡갑」의 이야기가 주마등처럼 차례차례 떠오르고 사라졌다.

혹시—.

"샤루루룬!"

피핀이 외치며 상자를 던졌다.

상자가 날아가는 3층 건물 집합 주택의 창에서 손을 뻗은 여자는 히카루가 추적하고 있던 청초한 미인이었다.

아인 소녀들이 집합 주택으로 달렸다.

그러나 그보다도 빠르게 괴도 샤루루룬이 받아내기 직전에,

한줄기 바람이 상자를 낚아챘다.

"나이스, 캐치!"

히카루다.

"나이스~?"

"아주아주 그레이트인 거예요!"

타마와 포치가 찬사를 보내고, 동료들의 시선도 그쪽으로 향했다.

"내 소원을—."

"거기까지다."

작은 소리로 중얼거리던 피핀의 손에서 「기원의 반지」를 빼앗았다.

"에엑? 어째서 그쪽에 반지가?!"

아리사가 놀란 소리를 질렀다.

"어떻게, 알았지?"

"감이라고 해두지."

피핀이 「용의 눈동자」를 떨어뜨린 것은 「봉룡갑」을 열 때가 아니었나 생각한 것이다.

"포치 대원, 타마 대원, 하수인을 붙잡아!"

"확보~?"

"체포인 거예요!"

내가 반지를 가지고 물러나자, 타마와 포치가 구멍에 뛰어들어 피핀을 구속하고 엄중하게 묶어 버렸다.

반지를 되찾을 때 남은 마력도 빼앗았으니, 잠시 전이로 도망칠 수 없을 거야.

〉칭호 「불굴의 추적자」를 얻었다.
〉칭호 「괴도의 천적」을 얻었다.

로그에 눈길을 주자 그런 칭호를 획득했다.

"이야~ 미안미안. 내가 아는 왕도하고 너무 달라서, 몇 번이나 놓쳐 버렸어."

상자를 든 히카루가 내려왔다.

익살스런 느낌이지만, 어쩐지 울적한 분위기다.

아마, 추적하면서 옛날 왕도를 떠올려버린 모양이군.

"주인님, 이 아가씨도 포박해둘까요?"

기절한 괴도 샤루루룬을 옆구리에 낀 리자가 돌아왔다.

중간에 되돌아온 타마랑 포치와 달리, 리자는 상자를 뒤쫓던 기세 그대로 샤루루룬을 포박한 모양이다.

"그래, 그 아가씨도 괴도라고 하니까 엄중하게 부탁하지."

무엇보다, 내가 왕성에서 포박한 다음 감옥에 들어갔을 텐데 아무 일 없었다는 것처럼 탈옥했으니까.

"그렇지, 한 가지 물어봐도 되나?"

타마와 포치가 개그만화처럼 둘둘 묶어놓은 괴도 피핀에게 물었다.

"뭔데?"

"왜 반지를 훔쳤지?"

"흥! 세기의 지보 앞에서, 괴도가 훔치러 가지 않을 리 없잖아!"

뭐야, 그런 이유였어?

뭔가 「기원의 반지」가 절실하게 필요한 이유가 있나 싶어서 물어본 건데, 괜한 참견이었나 보다.

"나도 하나 물어봐도 돼? 왜 경매 처음에 반지를 상자에서 꺼냈을 때 훔치지 않았어?"

"흥, 그렇게 경계하고 있을 때 손대는 건 2류다."

히카루의 질문에 괴도 피핀이 잘난 척하며 말했다.

"안심하고 있을 때 훔치는 게 가장 확실하지."

"범죄자 주제에 잘난 척은."

"응, 단죄."

"우왓, 그만둬! 얼굴에 물 뿌리지 마!"

미아의 지시로 운디네들이 피핀의 얼굴에 물대포로 벌을 준다.

그럼, 괴도의 뒤처리를 해야겠군.

"미츠쿠니 공작부인, 그리고 팀 『펜드래건』 제군, 괴도 포박에 협력해준 것에 감사한다."

나는 히카루나 동료들에게 남인 것처럼 어색한 인사를 고하고, 괴도 두 사람을 붙잡아 위병대의 본부로 옮겼다.

괴도 상대로 그런 연기는 필요 없을지도 모르지만, 사토가 아닌 쿠로가 동료들이랑 함께 행동하는 건 좀 부자연스러우니, 만약을 위해서 해뒀다.

◆

"다녀왔어."

괴도와 「용의 눈동자」를 위병 본부에 전달하고, 반지를 되돌린 상자는 경매장에 돌려주고, 지배인과 티파리자 두 사람에게 상황을 설명했다.

반지는 히카루가 낙찰한 걸로 되어 있으니 경매장에서 낙찰 수속을 하는 건 히카루의 역할이다.

생각보다도 이래저래 시간이 걸린 탓에, 왕도 저택으로 돌아온 것은 이미 해가 떨어진 다음이었다.

"어서 와."

"어서오세~?"

평소처럼 미아와 타마가 맨 먼저 맞이해 주고, 다른 애들에게 순서대로 마중을 받으며 거실로 갔다.

"주인님, 오늘 저녁 식사는 정원에 준비했어요."

"고마워, 루루."

오늘은 밤 벚꽃을 즐기면서 저녁 식사를 하는가 보다.

시가 왕국의 벚꽃은 일본의 소메이요시노보다 피는 기간이 긴 모양이지만, 그래도 슬슬 질 무렵이다.

"그러면, 경매의 낙찰 성공을 축하하며— 건배."

""""건배!""""

내 건배사에 동료들이 잔을 맞추었다.

히카루 말고는 논알콜이다.

"연어 껍질은 시가주에 잘 맞아~. 이치로 오빠도 그렇게 생각 안 해?"

"그래, 그렇네."

벚연어 철은 한동안 이어지지만, 왕도를 떠나면 가볍게 살 수 없으니까 오늘은 벚연어 천지다.

뇌리에 시가주보다도 와인이 더 잘 맞는다는 생각이 이자카야의 이미지와 함께 넘쳤지만, 동료 중 누구의 발언이었는지 떠오르질 않으니까 이미지가 사라지도록 놔뒀다.

"뉴?"

"껍질 같은 거 안 먹어도, 연어 고기는 잔뜩 있는 거예요?"

타마와 포치가 연어 껍질을 안주 삼기는 조금 이른 모양이다.

"왜 그래? 히카루."

"아아아, 아무것도 아냐."

아리사의 목소리에 히카루를 돌아보자, 어쩐지 미묘하게 울 것 같은 미소를 짓고 있었다.

"아무것도 아닌 것 같지 않다고 고합니다."

"응, 걱정."

"정말로 아무것도 아냐."

나나랑 미아도 말하자, 히카루가 고개를 옆으로 저었다.

"다만, 이치로 오빠는 정말로 내 이치로 오빠가 아니구나 생각한 것뿐이야."

조금 취한 히카루가 쓸쓸한 눈으로 나를 보았다.

"내가 『연어 껍질에는 일본주야』라고 하면, 반드시 『와인이 더 잘 맞는다』라고 말하는 게 세트였거든."

히카루 세계의 스즈키 이치로는 속이 좁았나 보군.

연어 껍질은 좀 더 속이 넓다고 생각한다.

아리사가 가볍게 팔꿈치로 툭 찌르기에, 히카루의 잔에 술을 따라주면서 「사이좋았구나」라고 적당하게 이야기를 이었다.

옆에서 아리사가 「좀 더 다른 말이 있잖아!」라는 표정을 짓고 있지만, 어디에 지뢰가 있을지 모르니까 섣부른 말을 해서 히카루를 더 상처 입히지 않도록, 무난한 말을 고른 거다.

"응, 사이좋았어."

"연인이었어?"

"아하하, 아니야."

아리사의 말에, 히카루가 고개를 옆으로 저었다.

"누구보다도 좋아했지만, 연인은 되지 못했어."

"고백 안 했어?"

"물론, 했었지. 하지만 세 번 다 옥쇄했어."

히카루가 눈웃음을 지으며 과거를 그리워하듯 속삭였다.

"이치로 오빠한테, 나는 여동생 같은 거였으니까."

"주, 주인님은 안 돼. 내가 있으니까."

히카루가 나한테 시선을 보낸 탓인지, 조바심이 난 아리사가 내 앞에 손을 펼치고 가드 포즈를 취했다.

"우움."

"아리사."

"**우리들**이네."

미아와 루루의 항의를 듣고서, 아리사가 말을 정정했다.

"이치로 오빠, 연하 취향으로 전향했어?"

"그럴 리 없잖아. 지금도 옛날에도 연상 취향이야."

사랑하는 아제 씨에 이르러서는 인류의 역사보다도 연상이다.

"그런 점은 똑같네!"

취한 히카루가 나한테 안겨들었다.

드디어 웃는 얼굴이 되었으니 기쁘지만, 웃으면서 우는 건 그만 두자.

위로의 말은 의미가 없는 것 같아서, 나는 히카루가 울음을 그칠 때까지 그녀의 머리칼이나 등을 상냥하게 쓰다듬었다.

울다 지쳐 잠든 히카루가 중얼거린「만나고 싶어, 이치로 오빠……」라는 쥐어 짜낸 듯한 연모의 말을 듣고 귀가 따가웠다.

◆

"미안해. 기껏 축하하는 자리였는데."

한참 자고서 술기운이 빠진 히카루가 몸을 움츠리며 모두에게 사과했다.

"신경 쓰지 말라니까아. 가끔은 긴장을 빼줘야 폭발 안 하는 거야."

모두를 대표해서 아리사가 말했다.

"―그렇게 됐으니, 이 얘기는 여기서 끝!"

아리사가 짝짝 손뼉을 치고서 선언했다.

"주인님!"

"그러면, 『기원의 반지』를 보여줄게."

나에게 눈짓을 받은 히카루가 인벤토리에서 「기원의 반지」를 꺼내 테이블 위에 놓았다.

반지에서 상냥한 파란 빛이 흘러 나왔다.

"이게 바로 그 『기원의 반지』……. 신이 소원을 이루어주는 비보……."

루루가 반지를 보며 중얼거렸다.

황홀한 루루의 표정이, 중얼거리는 도중에 뭔가 애절한 기색으로 바뀌었다.

"……아리사."

루루가 아리사를 손짓해 부르더니 뭔가 작은 소리로 말을 나누었다.

뭔가 비밀 이야기 같기에, 자칫 들리지 않도록 「엿듣기」 스킬을 OFF로 했다.

놀란 아리사의 표정이 루루의 눈동자를 들여다본 다음, 성장한 딸을 보는 어머니 같은 자애와 자랑스러움이 가득한 것으로 바뀌었다.

"……주인님."

루루와 아리사에게 손짓을 받고 귀를 기울였다.

"—괜찮겠어?"

속삭이는 뜻밖의 말에, 무심코 루루와 아리사에게 되물었다.

"네, 그게 좋다고 생각해요."

"나도 루루의 의견에 찬성이야!"

무거운 결단이었을 텐데, 두 사람의 눈동자에는 망설임이 없다.

루루도 아리사도 상냥하구나.

"그럼, 건네는 건 두 사람에게 맡길게."

나는 아리사와 루루에게 「기원의 반지」를 건넸다.

받아 든 두 사람이 히카루 앞으로 나아갔다.

"—어?"

"나랑 루루가 주는 선물."

히카루의 손에, 아리사와 루루가 「기원의 반지」를 쥐어주었다.

자신의 손 안에 있는 물건이 뭔지 깨달은 히카루가 놀라서 눈을 크게 떴다.

"사용해 주세요."

"어, 하지만—."

재촉하는 루루의 말과 눈동자에 히카루가 당혹을 감추지 못했다.

"괜찮으니까 써도 돼."

"우리들은 괜찮아요."

"그래그래. 노예인 상태로도 난처할 것 없고, 우리들의 치트 주인님이라면 다른 방법으로 『강제』를 해제해줄 거야."

당황하는 히카루에게 루루와 아리사가 고개를 끄덕였다.

둘이서 미소 지으며 권유하자, 히카루의 당혹에 환희와 두 사람에 대한 미안함 같은 감정이 복잡하게 섞였다.

"자, 그걸로 사랑하는 사람과의 재회를 기도해버려!"

눈꼬리에 눈물을 짓고서, 매달리는 것처럼 나를 보는 히카루에게 고개를 끄덕여줬다.

히카루가 반지를 쥔 손을 가슴에 끌어안았다.

드디어 터져 나온 눈물이 주르륵, 히카루의 볼에 한 방울 흘렀다.

"고마워, 아리사, 루루. 그리고 이치—."

나를 이치로 오빠라고 부르려던 히카루가 고개를 젓고, 뭔가 결별하는 것처럼 「사토」라고 고쳐 말했다.

그녀에게 나는 「이치로 오빠」가 아니라, 이세계에서 만난 「사토」라는 의사표명이리라.

"내 소원은—."

히카루가 소원을 말했다.

반지에서 흘러나온 파란 빛이 눈부시게 왕도를 물들였다.

그것은 신의 자애를 담은 것처럼 상냥하게 넘치는 빛이었다.

그리고—.

에필로그

"사토입니다. 예상 밖의 결말이 되는 이야기가 많습니다만, 대부분은 해피 엔드로 이어지는 것 같아요. 게임에서는 배드 엔드가 많은 것 같지만, 그것도 트루 엔드에 깊이를 더하는 에센스라고 생각하면, 그렇게 싫지 않단 말이죠."

"그러~니까, 결국 어떻게 됐어?"

히카루가 「기원의 반지」를 쓴 파란 이펙트가 사라지고 잠시 지나, 아리사가 조심조심 히카루에게 물었다.

"고마워, 아리사, 루루. 내 소원 분명히 말했어."

히카루가 우리에게 고개를 숙였다. 히카루는 「자기 세계의 스즈키 이치로를 만나고 싶다」라는 소원을 빈 모양이다.

"하, 하지만, 아무것도 안 일어났는데?"

"신에게서 분명히 『그 소원은 금방 이루어진다』라는 느낌의 답신이 있었으니까 괜찮을 거야. 신들은 검약가지만, 거짓말은 안 하니까."

히카루가 안심한 표정으로 말했다.

반지를 사용하기 전과 현재 상황의 변화가 없는 것 같기도 하지만, 히카루로서는 「금방 이루어진다」라고 신이 보증을 해준 것이 중요한 모양이다.

히카루를 위해서도 그 「금방」이 신의 스케일이 아닌 것을 절실하게 바란다.

"그렇구나, 다행이네. 히카루."

"……응."

아리사가 모성이 느껴지는 미소로 히카루를 축복했다.

"그러면, 재회를 대비해서 에스테를 해야지!"

"에, 에스테?"

"그래! 몰라볼 정도로 미모를 갈고 닦아서, 둔탱이 평행세계의 주인님을 뇌쇄시키는 거야!"

아리사가 구세대 감성의 프레이즈로 히카루를 부추겼다.

"자, 단기간에 컵을 올린 루루 언니가 나설 차례야!"

"어? 잠깐 아리사."

아리사가 루루를 끌어들여 히카루와 체조를 시작했다.

"출렁출렁~?"

"포치도 **나이바스디**가 되는 거예요!"

어째선지, 그 자리의 분위기를 타고 타마와 포치도 히카루 옆에서 체조를 시작했다.

"참전."

"미아가 참가한다면, 저도 참가한다고 고합니다."

"자, 잠깐! 나나한테는 필요 없잖아!"

"따돌림은 싫다고 주장합니다."

"그러면, 어쩔 수 없네. 리자 씨도 같이 하자!"

결국, 리자까지 끌어들여서 동료들이 모두 체조를 하게 됐다.

◆

"—응?"

떠들썩하게 체조를 하는 동료들을 지켜보는데, 「원거리 통화」의 착신이 들어왔다.

『네, 사토입니다.』

나는 즉시 통화를 받았다. 아리사가 이 상황에서 「원거리 통화」를 쓸 리 없으니까, 통신 상대는 보르에난 숲의 하이 엘프, 사랑스런 아제 씨밖에 없다.

『안녕? 아이아리제입니다.』

언제 들어도, 아제 씨 목소리는 근사하다.

『안녕하세요? 아제 씨. 이쪽은 달이 비추는 밤 벚꽃이 근사해요.』

『밤 벚꽃이라~. 이쪽 벚꽃은 벌써 져버려서, 이제 곧 진달래가 보기 좋을 무렵이야.』

『그건 좋네요. 다음에 그쪽에 가면 함께 보러 가요.』

아제 씨와 대화를 하다가 시선이 느껴져서 눈을 돌리자, 히카루와 동료들이 체조를 멈추고 나를 가만히 보고 있었다.

"어쩐지, 사토의 표정이 헤벌레하지 않아?"

"저 표정은 아제한테 원거리 통화가 들어온 거네."

"응, 확정."

히카루의 말에 무심코 손으로 얼굴을 만져봤다.

그렇게 표정이 풀어졌었나?

나는 어흠 헛기침을 하고서, 무표정 스킬로 표정을 꾸몄다.

"아제? 사토의 연인이야?"

"아냐."

"주인님은 이미 구혼했다가 차였어."

"흐~응, 역시 연상?"

"1억년하고 2000년 정도 연상이야."

그런 합체 로봇 주제가 정도로 연상은 아냐.

"억이라니— 혹시 하이 엘프?!"

"응."

히카루가 묘하게 놀라고 있는데, 언제까지고 아제 씨를 방치할 수는 없으니 통화를 재개했다.

『왜 그래?』

『아무것도 아니에요. 그보다도, 아제 씨가 원거리 통화를 걸다니 드문 일이네요.』

기본적으로 원거리 통화를 거는 건 내 쪽이니까, 말하고 난 다음에 보르에난 숲에 무슨 일이 있는 게 아닌지 조금 걱정됐다.

『아진 일행이, 수행이 끝났으니까 마중 와달라고 전언을 부탁받았어.』

아진은 나나의 맏언니로, 그녀를 포함한 자매들은 1개월쯤 전부터 엘프 스승들 아래서 수행을 하고 있었다.

『생각보다 빠르네요.』

『그래, 다들 열심히 했는걸. 히야도 굉장히 칭찬했어.』

나는 내일이라도 마중을 간다고 약속하고, 아쉽게 생각하면서도 통화를 끊었다.

그리고 다음날—.

“마스터, 수고를 끼쳐서 죄송합니다.”

“신경 쓰지 않아도 돼, 아진.”

말투가 유창한 No.1 아진을 선두로, 일곱 자매들이 차례차례 내 앞에 섰다.

AR표시로 보이는 그녀들의 레벨은 1이나 2밖에 안 올랐지만, 몇 개나 되는 칭호나 스킬이 늘어나서 지난 1개월 동안 그녀들이 얼마나 노력했는지 이야기해주고 있었다.

“다들, 열심히 했구나.”

“““예스, 마스터.”””

내가 칭찬하자, 자매들이 자랑스럽게 가슴을 폈다.

“미토! 미토가 있다고 고합니다!”

막내인 No.8 위트가 히카루를 가리키며 놀란 소리를 냈다.

자매들이 타이밍을 맞춘 것처럼, 빙글 히카루 쪽을 돌아보았다.

그러고 보니 자매들은 히카루랑 아는 사이였지.

“오랜만이야, 하치코. 그리고 다들.”

“내 이름은 하치코가 아니라, 위트라고 고합니다! 마스터가 명명해줬다고 자랑합니다.”

위트 말고 다른 자매들도 자신의 이름을 차례차례 히카루에게 호소했다.

"아하하, 그렇게 한 번에 말하면 기억 못해."

히카루가 우르르 몰려오는 자매들을 밀어냈다.

"저의 자매들과 아는 사이였나요라고 묻습니다."

"그래, 나나 씨. 유적에서 눈을 떴을 때, 존 군이랑 같이 하치코— 위트 일행이 있었어."

"함께 여급 일을 했다고 고합니다."

"미토는 자주 요리를 태워서 혼났다고 보고합니다."

"자, 잠깐!"

싹둑 자른 세미 롱의 No.5 퓐프가 실수를 폭로하자 히카루가 초조해했다.

이쪽 히카루도 요리는 서투른 모양이군.

"루루 씨! 트리아는, 트리아는 네아 씨에게 면허 개전을 얻었다고 보고합니다!"

"축하해, 트리아 씨."

No.3 트리아와 루루가 양손으로 하이 터치를 했다.

요리사 엘프 네아 씨에게 면허 개전을 얻은 건 좋은데, 그녀 옆에 AR표시로 보이는 「함정꾼」이나 「트랩 마스터」, 「연쇄의 마술사」라는 수수께끼 칭호가 조금 신경 쓰인다.

엘프 마을에서 도대체 어떤 수행을 한 건지…….

"사토."

"아제 씨."

세계수에서 일을 하고 있던 아제 씨가 나무 집을 찾아왔다.

"음. 사토의 목소리가 한 톤 높아."

"저게 아제야."

"엄청 예쁜 사람이지만, 정말로 하이 엘프? 인간족 아냐?"

"만난 적 없어? 하이 엘프는 엘프들이랑 달리 어른 용모야."

히카루와 아리사가 소근소근 말을 나누었다.

"아제 씨, 소개할게요. 저랑 동향이고 소꿉친구 같은 사람인 타카츠키 미츠코—."

"히카루입니다!"

미츠코라고 부르는 게 싫은지, 곧장 히카루가 이름을 덮어 씌웠다.

"용사 야마토랑 꼭 닮았네."

"자손일까?"

아제 씨 뒤에서 엘프 스승 대표로 히야 씨와 무녀 루아 씨가 나타났다.

"『조정자』 히시로토야 님에 무녀 루스토푸아 님!"

두 사람을 본 히카루가 외쳤다.

"그리운 직위네. 혹시 야마토 본인?"

"앗, 네. 지금은 히카루라고 불리고 있어요."

아무래도 아는 사인가 보다.

"그때는 모처럼 정전에 협력을 해주셨는데, 평화를 유지 못해서 죄송합니다."

"지나간 일이야. 그리고 그건 어리석은 자들의 참견과 불행한 우연이 겹친 탓이지."

뭔가 이것저것 있었나 보다.

"용사 야마토, 아제 님께 인사하는 도중에 무례해요."

"죄, 죄송합니다. 무녀 루스토푸아 님."

아제 씨가 어색하게 난처한 표정을 짓고 있자, 무녀 루아 씨의 목소리에 조금 가시가 돋쳐 있었다.

히카루가 아제 씨를 마주보고 자기소개를 했다.

"사토의, 아니, 평행세계의 사토의 소꿉친구고, 히카루라고 합니다."

"소꿉친구인 히카루 씨? 보르에난 숲의 하이 엘프 아이아리제입니다. 편하게 아제라고 불러요."

히카루가 「네, 아제 씨」라고 대답하자, 무녀 루아 씨가 「아제 님이라고 하세요」라고 따끔한 어조로 야단을 쳤다. 아무래도 무녀 루아 씨랑 과거에 여러 가지 일이 있었나 보다.

히카루가 어색한 기색이기에, 수행이 완료된 축하 연회가 끝나고서 숙박하지 않고 자매들을 데리고 왕도로 귀환했다.

"아진이랑 자매들은 이제부터 어떡할래? 우리랑 같이 세계 유람 여행 갈래?"

"아뇨. 아직 걸림돌이니, 나나와 마찬가지로 미궁에서 수행을 하려고 생각합니다."

아리사의 질문에 맏언니인 아진이 대답하자, 자매들도 일제히 고개를 끄덕였다.

아니, 호기심 과다인 위트와 요리를 좋아하는 트리아는 여행에 흥미가 있어 보였다.

"그렇구나. 그러면 미궁용 장비를 준비해야지."

거점은 미궁도시의 저택이나 별장이 있으니까 괜찮을 거야.

나랑 아리사가 없으니까, 왕도 저택과 비밀기지를 연결하는 전이문을 준비해서 효율 좋은 사냥터로 가는 지름길을 만들어 줘야겠네.

"미궁도시에 제나 씨 일행이 있으니까, 그쪽에 도착하면 길드장이나 아는 사람에게 소개해줄게."

난처할 때 의지할 수 있는 상대는 많을수록 좋으니까.

"마스터, 쿠모스케를 만나고 싶다고 고합니다."

위트가 삭, 손을 들었다.

쿠모스케란 위트가 사역하던 긴 다리 거미 게를 말하는 거다.

"그렇구나. 가볼까—."

왕도 저택의 전이문을 통해, 동료들 수행 장소에 있는 비밀기지로 이동했다.

"쿠모스케!"

—SHPUEEEEEDAR.

위트와 쿠모스케가 재회를 기뻐했다.

"마스터, 쿠모스케의 모습이 조금 다르다고 지적합니다."

"이 장소는 독기가 적으니까, 그 탓이 아닐까?"

마물은 독기가 옅은 장소를 싫어하는데, 테임된 쿠모스케는 장기간 청정한 장소에 계속 머물러 있었다. 그 때문에 육체에 변화가 일어났을지도 모른다.

"환수."

미아가 조용히 중얼거렸다.

이대로 정령 모임터가 된 원천 옆에서 계속 살면, 환수로 진화할 수 있는 건가?

내가 가진 자료에 그런 학설은 없지만, 엘프들만 아는 세계의 비밀 같은 걸지도 모른다.

비밀기지는 나나의 자매들에게도 호평이었고, 우리들이 왕도에 머무르는 며칠 동안은 여기에 있을 거라고 한다.

그렇지. 다음날 이야기인데, 트리아의 「트랩 마스터」나 「연쇄의 마술사」라는 칭호의 의미를 알 수 있었다.

함정 저택물 게임 같은 연쇄를 리얼로 볼 수 있을 줄은 몰랐다.

◆

"호외, 호외요!"

에치고야 상회 본점으로 가는 도중에 호외를 뿌리는 사람이 있었다.

호외도 유료이기에 대동화 1닢과 교환해서 받았다.

"신문 같은 게 생겼네."

"뭐라고 적혀 있어?"

히카루와 아리사가 좌우에서 들여다보았다.

호외 내용은 비스탈 공작령에 파견된 반란 진압군이 첫 번째 도시를 탈환했다고 알리는 것이었다.

"전쟁은 빨리 끝났으면 좋겠어."

"정말 그래."

스토리지와 귀환전이를 써서 비스탈 공작령산 면화의 대량 운송으로 막대한 이익을 얻기는 했지만, 그쪽은 면화 관련 촌락이나 유통 경로의 정비 등에 투자해서 환원할 예정이다.

이권을 가진 귀족이나 상인에게 한때 눈총을 받기는 했지만, 이익을 잘 공유해서 불만을 잠재울 수 있었다고 한다. 그들의 이익을 확보하면서, 에치고야 상회의 이익도 줄어들지 않도록 한 것은 지배인의 뛰어난 장사 감각 덕분이겠지.

"사토 씨, 여기여기!"

에치고야 상회의 입구에서 나를 부르는 소녀가 있었다.

르모크 왕국에서 소환된 다른 세계의 일본— 남일본연방 출신의 유이 아카사키다.

"오랜만이야. 장 보러 왔니?"

"아니, 아오이가 설계한 마법 도구가 가게에 전시됐다기에 달링이랑 보러 왔어."

유이가 옆에 있는 통통한 소년을 소개해 주었다.

그녀의 약혼자이며, 왕도 제일의 호상인 고오쿠즈 상회의 후계자라고 한다. AR표시를 보니, 현 시가 국왕의 서자다. 왕위 계승권은 없는 것 같지만, 두 사람이 이상한 권력 투쟁에 말려들지 않기를 기도해주자.

조금 떨어진 장소에서, 호위를 겸한 고오쿠즈 상회의 점원이 두 사람을 지켜보는 모양이다.

"헤에, 회전체에 실을 사용한 예초기구나. 재밌는 걸 만들었네."

회전광이라는 쟈하드 박사에게 사사를 받는 건 폼이 아니었군.

아오이 소년이 스승으로 모시는 쟈하드 박사는 에치고야 상회의 공장 한 구석에 연구소를 마련해주었더니, 2중반전식 공력기관을 정력적으로 분석하여 보름도 안 되는 틈에 개량안을 제출해주었다.

설계에 따르면 20에서 30퍼센트 정도 출력 향상을 꾀할 수 있다. 예상을 넘어선 대성과다.

나랑 아리사, 루루 세 사람은 위층에서 의논할 게 있으니, 장을 보는 동료들과 1층에서 헤어져 계단을 올라갔다.

"자작님이랑 루루 선생님임다!"

붉은 머리 넬이 기쁜 표정으로 다가왔다.

"안녕하세요, 넬 씨. 오늘은 본점 일을 돕고 있나요?"

"그렇슴다! 카페의 **프렌차즈**가 늘었으니까, 본점에서 연수 담당을 하고 있슴다."

본점의 제복이 귀여워서 입고 있었더니, 그대로 매장 도우미로 차출됐다고 한다.

"점원 아가씨, 잠깐 괜찮을까?"

"넵! 금방 감다!"

손님이 부르자 넬이 달려갔다.

"사토 씨는 전부터 자작님이었나?"

"아뇨, 공도에서 만났을 때는 명예 사작이었어요."

노린 것처럼 고개를 갸웃거리는 유이에게 대답했다.

"명예 사작에서 자작이라고? 그, 그런 말도 안 되는……!"

유이의 약혼자인 통통한 소년이 놀라서 소리를 질렀다.

"—아차 미안하군. 아니, 죄송합니다, 자작님. 무례했던 점을 부디 용서해주십시오."

금방 실언을 깨달은 소년이 나에게 고개를 숙였다.

나이치고는 똑 부러지는 아이 같군. 이러면 유이도 장래가 보장되겠어.

나는 유이 일행과 함께 예초기 마법 도구를 구경한 다음, 위층에서 지배인이나 티파리자와 면회했다.

오늘은 에치고야 상회의 개척 마을에서 만드는 주력 상품 제안을 하러 왔다.

"이것이 토마토인가요?"

"맛있어 보이는군요."

"안에 젤리 부분이 취향이 갈리겠지만, 영양만점의 야채야."

"공도의 동쪽 끝에 있는 푸타란 도시 주변에서 키우고 있는 야채입니다. 그쪽에서는 붉은 열매라는 이름으로 부르고 있었어요."

미궁도시의 실험농장에서도 키우고 있지만, 토마토 요리를 보급시키려면 경작 면적이 압도적으로 부족하니까, 이쪽에서도 만들까 생각했다.

지금은 내가 마법으로 만든 첫 개척 마을에 제1진의 개척민이 들어갔고, 광산 채굴이 막 시작된 참이었다. 첫 시도로 문제점을 훑어내면서 개척 마을이나 갱도를 늘려갈 생각이다.

"루루 선생님, 가마 예열이 끝났습니다!"

"루루 선생님, 반죽 준비 끝났습다!"

"고맙습니다. 주인님, 잠깐 피자 레시피를 전수하고 올게요."

부르러 온 에치고야 상회의 요리사와, 제복에서 요리사복으로 갈아입은 넬에 이끌린 루루가 주방으로 향했다.

토마토 보급처로서, 피자나 오므라이스를 카페의 새로운 메뉴로 추가할까 생각한 것이다. 이제 곧 전문점이 생길지도 모르지.

루루를 기다리는 동안, 지배인에게 세간의 이야기로 시가 왕국 안의 이런저런 일이나 중앙 소국군의 소문 이야기를 들었다.

"요워크 왕국이 비스탈 공작령의 반란군에 협력을, 말이죠……."

요워크 왕국은 아리사의 모국인 쿠보크 왕국을 침략한 이웃나라의 이름이다.

아무래도, 요워크 왕국의 왕은 쿠보크 왕국을 수중에 넣은 것으로는 만족 못한 모양이네.

인간들끼리 전쟁을 하는데 고개를 들이밀 생각은 없지만, 아리사나 루루에게 「강제」를 건 궁정 마술사의 행방에 관한 단서가 없는지, 요워크 왕국에 대한 조사를 할까 생각 중이다.

맵 검색으로 발견되면 편한데, 단서를 쫓는다면 요워크 왕국을 잘 아는 인재를 발견할 필요가 있단 말이지. 뭐, 한 번 섬구로 다녀온 다음이 좋겠어.

◆

"쿠로 님, 경매에 출품한 매상입니다."

경매 다다음날, 쿠로로서 에치고야 상회에 들렀더니 테이블 위에 쌓여 있는 금화 주머니의 산더미를 보게 됐다.

이건 경매에 출품한 분량이고, 그 전에 귀족이나 상인들한테서 금화를 털어내기 위해 마검이나 잘 팔리는 마법 도구를 방출한 금액은 따로 있다.

"이 돈은 새로운 사업에 투자한다. 자세한 것은 지배인에게 일임하지. 경매용으로 준비한 현금도 함께 써도 상관없다."

이번에는 금액이 금액이라서, 왕국의 화폐 유통량에 영향이 생기지 않기 위해서라도 금화를 스토리지에 사장시키지 말고 쓰기로 했다.

"쿠, 쿠로 님! 13만닢 이상의 금화는, 왕도의 확장 계획에 참가하지 않는 한 쓸 길이 없습니다."

통째로 떠맡은 지배인이 난처한 목소리를 냈다.

그 정도 거금은 아니라고 생각하는데, 한 번에 운용하는 금액으로서는 많을지도 모른다.

경매용으로 준비한 금화 30만 닢 중에서, 20만 닢은 내 주머니에서 나온 거라 이미 회수했다. 참고로 우리 애들이 공출해준 돈은 감사의 물품과 함께 반납했다.

"왕도의 확장 계획이라—."

땅의 정비나 성벽의 제작이라면 내 마법으로— 아니, 부역이 아니니까 평범하게 만드는 편이 고용 촉진이 되겠군.

"왕도의 고용 촉진에 좋겠군."

"쿠로 님. 그쪽으로 자금을 쏟아 부으면, 광산 사업과 개척 마을 사업에 필요한 인원이 부족해질 가능성이 높습니다."

왕도의 인구라면 보통 도시의 몇 배나 되니까 괜찮을 거라고 생각하는데, 현장의 상황을 가장 잘 아는 티파리자의 말은 존중해야겠지.

"그렇군, 가벼운 발언을 용서해라."

"아뇨. 저야말로 주제넘은 말을 한 것을 용서해 주세요."

"그러고 보니 세류 백작령의 미궁 사업에서도 출자를 모집하더군."

"일개 상회가 참가할 수 있을지 모르겠습니다만, 한 번 타진해 보겠습니다."

왕국회의에서는 꽤 많은 수의 귀족이 세류 백작 곁에 모여 있었으니까, 벌써 충분한 자금을 얻었을 가능성이 있군.

"그리고 현행 사업을 확장하는 것이 순리인가—."

자금의 사용에 대해서 셋이서 의견을 내봤는데, 내가 제안한 시가 왕국이나 주변 소국 지점의 증강과, 면직물을 이용한 스타킹 등의 사업이나 카페의 증자, 덤으로 광산 부근의 설비를 늘리는 걸로 정리됐다.

그래도 30퍼센트 정도밖에 투자할 수가 없을 것 같아서, 그것 말고도 간부 아가씨들이나 외부 상담관인 아리사에게 아이디어를 모집하기로 했다. 아리사가 위험한 사업을 생각해내지 않기를 기도해야겠군.

"지점을 늘리는 것은 어느 정도면 착수할 수 있지?"

"점포 자체는 1개월이면 준비할 수 있다고 생각합니다만—."

"그래서는 인원을 교육할 시간이 부족합니다. 원격지의 점장을 맡길 수 있는 인재를 키우는 데는 아무리 짧아도 반년은 필요합니다."

지배인의 견적을 티파리자가 수정했다.

나로서는 유닛 배치나 귀환전이로 이동하는 곳을 확보하고 싶을 뿐인데, 생각보다도 시간이 걸릴 것 같군.

"쿠로 님. 교육과 병행하여 먼저 건물을 확보하고, 현지의 수요를 조사하는 인원을 파견하는 것은 어떨까요?"

생각에 잠긴 나를 보고, 지배인이 그렇게 제안했다.

그거라면, 내가 지점을 늘리고 싶은 주목적을 이룰 수 있다.

"멋진 제안이다."

나는 지배인의 안을 채용하고, 티파리자에게 구체적인 계획의 입안을 의뢰했다.

평소에는 금방 행동을 개시하는 티파리자가 가만히 뭔가 보고 있기에 그 시선을 따라가자— 내 손?

지배인의 안에 감동했을 때, 무심코 지배인의 손을 양손으로 붙잡은 모양이다.

갑작스런 일에 깜짝 놀랐는지, 지배인이 볼을 붉히고 있었다.

어이쿠, 이래서는 성희롱이야.

"미안하군, 지배인. 용서해주겠나."

"하, 네, 쿠로 님."

저기. 애절한 표정으로 쥐고 있던 손을 가슴팍에 끌어안는 건 관둡시다.

티파리자의 차가운 시선에 얼어붙을 것 같으니까.

◆

왕도를 출발하기 며칠 전, 나는 히카루와 동료들을 데리고 함께 왕립학원으로 왔다.

"포치 누님, 타마 누님!"

"아, 동생들인 거예요!"

"치나도 있어~?"

포치와 타마의 친구들이 있나 보군.

"다녀오렴."

"네잉!"

"와~아, 인 거예요!"

두 사람이 놀고 싶어하는 것 같아 허가하자, 굉장한 속도로 달려갔다.

동생은 세 사람이라고 들었는데, 지금은 10명 정도 된다. 친구들 같은 거라고 했으니까 사이좋게 놀다가 늘어난 거겠지.

기껏 생긴 두 사람의 친구니까, 인연이 끊어지지 않도록 왕도에 정기적으로 돌아와야겠다.

"아~! 보르에난의 미사날리아!"

무거워 보이는 책을 안고서 미아를 가리킨 것은 시가33지팡이이며 벗지기인 아테나 양이었다.

"지브크라우드."

"이, 이건 아냐! 네 수업을 듣고 있던 선배가 권해줬으니까 빌린 거 아니야! 어, 어쩌다가! 그래! 어쩌다가, 도서관에서 보고 좋아 보이기에 빌린 거야! 불만 있어?!"

"없어."

츤데레 기색으로 빠르게 말한 아테나 양에게, 미아가 성실한 표정으로 고개를 옆으로 저었다.

"양서. 힘내."

"—어?"

"그건 좋은 책이니까 그걸 읽고서 정진하래."

미아의 짧은 격려를 이해 못한 아테나 양을 위해 아리사가 번역해서 전달했다.

"고마워—가 아니라! 네가 말할 것도 없어! 요전에는 뒤처졌지만, 다음에 만날 때는 꼭 내가 이길 거야!"

"응, 기대."

콧김을 거칠게 뿜으며 선언하는 아테나 양에게 미아가 여유 있는 표정으로 고개를 끄덕였다.

예상 밖의 반응에 당황하는 아테나 양을 그 자리에 남기고, 우리는 왕립학원에 온 목적을 이루기 위해 걸었다.

"루루 선생님! 나나 선생님!"

기사 학사 쪽에서 고우엔 씨의 딸인 쉐린 양이 커다랗게 손을 흔들며 달려왔다.

만났을 무렵하고는 비교가 안 되는 안정된 달리기다.

그녀 뒤에는 시가8검인 헤임 씨도 보였다. 분명히 쉐린 양을 데리고 와준 거겠지. 눈이 마주쳐서 눈인사를 했다.

"합격했어요!"

"축하해, 쉐린!"

"합격을 축복한다고 고합니다."

웃는 표정의 쉐린 양이 루루와 나나에게 얼싸 안겼다.

그녀는 염원하던 기사 학사 입학시험에 합격한 모양이다.

나도 동료들과 함께 쉐린 양의 합격을 축하했다.

기사 학사는 다치는 일도 많다고 하니까, 자그마한 혈옥을 사용한 스테미나 회복 펜던트를 합격 축하 선물로 건넸다.

그 때, 시야 구석에 헤임 씨 쪽으로 제복 차림의 성기사가 달려오는 게 보였다.

"―뭐라고!"

생각보다 커다란 헤임 씨의 목소리에 모두의 시선이 모였다.

그것을 깨달은 헤임 씨가 목소리를 낮추었지만, 이미 늦었다. 이미 내 엿듣기 스킬은 성기사의 보고를 포착했다.

"저, 저기, 무슨 일 있는 걸까?"

"비스탈 공작령에 파견된 반란 진압군이 괴멸된 모양이야."

나는 작은 소리로 묻는 아리사에게 대답했다.

시가 왕국 북서부의 소란은, 계속 이어질 모양이다.

요워크 왕국에 「강제」를 쓰는 궁정 마술사를 찾기 위해 갈 때, 휘말리지 않도록 조심해야겠어.

■작가 후기

안녕하세요? 아이나나 히로입니다.

이번에 「데스마치에서 시작되는 이세계 광상곡」 제18권을 집어주셔서, 정말로 감사합니다!

이렇게 권수를 거듭할 수 있는 것도 독자 여러분의 응원 덕분입니다. 앞으로도 재미를 추구하여 작품을 만들어 갈 테니, 앞으로도 변함없는 지지를 부탁드립니다.

전권은 8월이었으니, 이번 권은 평소보다 조금 빠른 3개월 발매가 됐습니다.

지난 3개월은 이래저래 짙은 나날이었습니다. 전업 작가 생활로서는 몇 가지 새로운 시도를 해보긴 했지만 그렇게 파란만장한 것은 아니었는데, 사생활 쪽은 상당히 헤비했습니다. 심폐소생부터 구급차에 동승하는 수명이 줄어드는 경험은 이게 마지막이라고 생각하고 싶어요.

자 그러면 평소처럼 본권의 볼거리를 논해볼까요.

전권에서 드디어 재회를 이룬 사토와 미토 두 사람이었지만, 아직 깨달은 것은 사토뿐이고 미토는 그와 재회한 것을 깨닫지 못했습니다.

과거 권을 다시 읽어보시면 잘 알 수 있는데, 사토와 미토 사이에 어수선한 정보가 몇 가지 있었을 겁니다. 그래요, WEB판과 달리, 서적판의 두 사람은 ●●●●의 존재였던 것입니다. 가려진 내용은 이번 권을 읽어주시면 알 수 있을 겁니다.

그런 미토의 마음을 백그라운드에 두면서, 경매에서 어떤 아이템을 낙찰하는데 주력하며 이야기가 진행됩니다. 차근차근 따져보면 WEB판에 있었던 흐름 그대로지만, 거의 모두 새로 썼으니 WEB판과 같은 부분을 찾는 게 어려울 겁니다.

물론, 메인 스토리와 상관없다고 생각되는 사이드 스토리도 건재합니다.

WEB판에서 인기였던 왕립학원 에피소드를 완전 리뉴얼하고, 듬뿍 볼륨을 늘렸습니다. 물론 포치와 타마의 소풍도!

또한, 본권의 삽화를 장식해준 신 캐릭터 쉐린 양도 포치나 타마와 함께 활약합니다.

그녀의 정체는 지지난 권에서 불우한 싸움을 강요받았던 고우엔 씨의 딸입니다. 그녀가 어떤 마음을 품고서 사토 일행과 연관되는지, 그것은 본편을 보아 주세요.

펜이 너무 미끄러져서 스포일러가 되면 안 되니까, 볼거리 이야기는 이만 마무리하죠.

감사 인사를 하기 전에 고지를 하나 합니다.

공식 사이트나 첨부지 등으로 이미 고지가 되었을 거라 생각합니다만, 내년 봄 발매 예정인 데스마치 19권에서 시리즈 처음으로 「드라마 CD 첨부 특장판」이 나옵니다!(※일본 발매 서적의 이야기로, 한국어판의 발매 계획과는 다릅니다.)

왕도에서 미궁도시로 귀환한 사토 곁에, 제나가 가지고 온 책을 발단으로 동료들이 일치단결하여 퀘스트를 하는 완전 신규 작성 단편을 베이스로 한 오디오 드라마입니다.

캐스팅에 대해서는 공식 사이트에서 발표하는 걸 기다려 주세요. 카리나 양의 목소리가 누구인지, 작가도 기대하고 있습니다.

그러면, 늘 하던 인사를!

담당 편집자 A 씨와 I 씨 두 사람의 적절한 지적과 개고 조언으로 알기 어려운 부분이나 장황해진 부분이나 중복된 부분이 해소되고, 장면의 매력과 현장감이 올라갔습니다. 앞으로도 오래도록 지도 편달을 부탁드립니다. 또한, 본권의 종반부터 동료로 들어온 담당 편집자 S 씨도 프레쉬한 파워로 데스마치를 꾸며주실 게 틀림없습니다.

그리고, 매번 근사한 일러스트로 데스마치 세계를 선명하게 표현해주시는 Shri 씨에게는 아무리 감사를 해도 모자랍니다. 이번 권은 특히, 쉐린의 내면을 완전히 묘사한 삽화가 근사했습니다.

카도카와BOOKS 편집부 여러분을 비롯하여, 이 책의 출판이나 유통, 판매, 선전, 미디어믹스에 연관된 모든 분께 감사를 올립니다.

마지막으로 독자 여러분에게 최대한의 감사를!!

본 작품을 마지막까지 읽어주셔서, 정말 고맙습니다!

그러면 다음 권, 소국 유람 편에서 만나요!

아이나나 히로

■ 역자 후기

이야호! 불초 역자가 돌아왔습니다!

목발을 뗀 지도 시간이 좀 지났습니다만 아직도(좀 그만해라. 많이 우려먹었다 아이가).

어쨌거나 돌아왔습니다! 앞으로도 자주 봬요! 그런데 여러분, 혹시 똥손이라는 것을 아십니까?

그렇습니다. 기어이 외팔이 늑대가 되었습니다. 자신의 피지컬을 저주하는 중이죠.

역자가 웬만한 게임이면 어쨌거나 1회차 클리어는 다른 사람의 공략 같은 거 안 보고 자기 힘으로만 해보는 타입입니다만, 이건 도저히 안 되겠더군요. 플레이타임 약 1시간마다 좌절하면서 공략을 찾아보는 일이 반복되고 있습니다.

그리고 공략을 만든 고인물들의 기만에 다시 좌절하고 있어요.

저는 세상의 고인물들에게 있는 힘껏 항의하고 싶습니다. 이 사람들아! 똥손을 얕보지 마! 똥손은 말이지! 당신들의 상상을 초월할 정도로 못하니까 똥손이라고!

그리고 또 말해두는데, 똥손=똥눈이야! 자 이럴 때는 물러서서 막아주시면 됩니다. 라고 하는데! 당최 그걸 알아보질 못하니까 똥눈이라고!

분명히 똥손이라도 할 수 있다. 누구나 할 수 있다. 뭐 그런 프레이즈를 내세우면서 아주아주 쉽게쉽게 공략을 진행하는데, 역자는 아무리 똑같이 해봐도 그렇게 되지를 않아요.

원인은 알아요. 분명히 공략 만든 사람이 하는 거랑 뭔가 차이점이 있는 거죠. 0.1초 정도 타이밍이 늦는다거나, 상대의 움직임을 놓친다거나, 움직이는 각도가 틀렸다거나. 갖가지 차이점이 있습니다. 알아요. 다 알고 있습니다. 똥손이니까요.

근데 중요한 점은, 그 차이점이 뭔지 깨닫지 못하기 때문에 비로소 똥눈에 똥손이라는 거죠. 내 눈이 보고 내 손이 느끼기에는 분명히 공략을 완벽하게 카피해서 따라 하고 있는데 어째선지 결과가 달라요. 그리고 그 원인이 대체 뭔지를 모른다니까요.

공략을 만드는 사람들은 대부분이 고인물, 혹은 피지컬이 뛰어난 사람들이라서 그걸 몰라요. 자기가 생각하기에는 이 정도는 제아무리 똥손이라도 할 수 있을 거라고 생각하며 설명을 합니다. 그리고 아무리 그래도 저거 정도면 보고서 반응할 수 있다고 생각을 하죠. 저는 그 사람들에게 온 힘을 다해 외쳐주고 싶습니다.

못해! 못합니다! 못하는 것이야! 우리들 똥손을 얕보지 마라! 당신들이 가능하다고 말하는 게 불가능하니까 똥손이다앗!

후우……. 역자가 결코, 보스 둘 상대로 10시간을 헤맸기 때문에 폭발해서 공사를 혼동하고 역자 후기에다 이런 얘기를 쓰는 게 맞습니다.

제발 진짜로, 정말 똥손을 위한 공략이 있으면 좋겠다…….

그나마 역자가 깨달은 플레이 비결을 논해보자면, 자신이 똥손이라는 걸 겸허하게 인정하고, 자신의 주제가 어느 정도인지 정확하게 파악한 뒤에, 쓸 수 있는 모든 꼼수를 다 쓴다는 겁니다. 제아무리 졸렬한 방법 같더라도 부끄러워해선 안 됩니다. 그것이 실력에 맞는 방법인 것이죠! 역자는 어느 보스 하나 잡는데「아무리 그래도 이렇게 잡는 건 너무 꼼수 아닌가. 적한테 미안하다. 이럴려고 게임하나 자괴감 들어.」그랬었는데 이제는 다 내려놓고, 대체 왜 다른 모든 적들에게 그런 방법이 없는 것인지 안타까워하고 있어요. 그래도 트레이너 같은 걸 쓰지 않는 게 어딥니까. 그걸로 충분한 겁니다. 트레이너가 아니니까 부끄럽지 않은걸!

그럼 다음에는 어떻게든 엔딩을 보고서 돌아오겠습니다! 다시 뵐 때까지 건강하세요!

데스마치에서 시작되는 이세계 광상곡 18

1판 1쇄 발행 2020년 5월 10일
1판 2쇄 발행 2020년 6월 15일

지은이_ Hiro Ainana
일러스트_ shri
옮긴이_ 박경용

발행인_ 신현호
편집부장_ 윤영천
편집진행_ 김기준 · 김승신 · 원현선 · 권세라 · 유재슬
편집디자인_ 양우연
국제업무_ 정아라 · 전은지
관리 · 영업_ 김민원 · 조은걸 · 조인희

펴낸곳_ (주)디앤씨미디어
등록_ 2002년 4월 25일 제20-260호
주소_ 서울시 구로구 디지털로 26길 111 JnK디지털타워 503호
전화_ 02-333-2513(대표)
팩시밀리_ 02-333-2514
이메일_ lnovelpiya@naver.com
L노벨 공식 카페_ http://cafe.naver.com/lnovel11

ISBN 979-11-278-5538-3 04830
ISBN 979-11-278-4247-5 (세트)

값 9,000원

L NOVEL
저자 쿠마나노
일러스트 029
곰곰곰 베어 10
L NOVEL